책은
돛

책은 돛
내 삶의 인문교양을 향한 첫 항해

ⓒ 고진하, 2015

초판 1쇄 펴낸날 2015년 3월 25일

지은이 고진하
펴낸이 이건복
펴낸곳 도서출판 동녘

전무 정락윤
주간 곽종구
책임편집 사공영 구형민
편집 이정신 최미혜 박은영 이환희
미술 조하늘 고영선
영업 김진규 조현수
관리 서숙희 장하나

본문 일러스트 고은비
인쇄·제본 영신사 **라미네이팅** 북웨어 **종이** 한서지업사

등록 제311-1980-01호 1980년 3월 25일
주소 (413-120) 경기도 파주시 회동길 77-26
전화 영업 031-955-3000 편집 031-955-3005 **전송** 031-955-3009
블로그 www.dongnyok.com **전자우편** editor@dongnyok.com

ISBN 978-89-7297-731-5

책은
돛

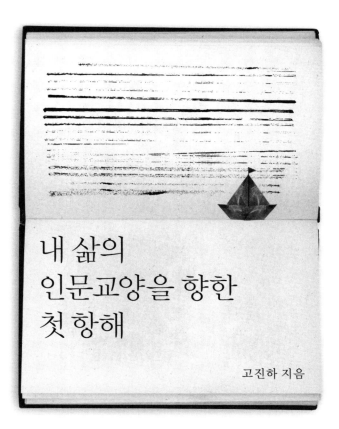

내 삶의
인문교양을 향한
첫 항해

고진하 지음

동녘

그대들은 둥글게 한껏 부풀어
거센 폭풍우 앞에 떨면서
바다를 건너가는 돛을 본 적이 없는가?
돛과 같이 정신의 거센 폭풍우 앞에 떨면서
나의 지혜는 바다를 건너간다.
나의 거친 지혜는!

― 니체,《차라투스트라는 이렇게 말했다》중에서

머리말 　 # 푸른 영혼의 지도

책이 꽂힌 서가를 갖고 싶은 시절이 있었습니다. 교과서 외엔 책이라고는 구경하지 못하고 어린 시절을 보냈거든요. 지금은 명색이 시인입니다만 집안에 시집은 물론 동화집이나 소설책 한 권 없이 고등학교까지 졸업했지요. 강원도 오지라 동네에는 서점이라곤 없었고, 부모님은 초등학교 문턱도 넘어보지 못한 분들이었습니다. 대학에 입학하고 나서 처음으로 서울의 큰 서점을 휘둥그런 눈으로 둘러본 후에야 제가 얼마나 궁핍하고 불우한 시절을 보냈는지를 알게 되었죠.

　대학 시절 부모님이 보내주는 생활비를 아껴 아껴가며 책을 사 모으기 시작했습니다. 지상의 어둠을 밝혀주었던 찬란한 별들, 이를테면 괴테, 라이너 마리아 릴케, 생텍쥐페리, 도스토예프스키, 니코스 카잔차키스, 프리드리히 니체, 카뮈, 칼릴 지브란, 김소월, 서정주, 김현승의 책을 한 권씩 사서 기숙사에 있는 작은 서가를 채울 때마다 형언할 수 없는 희열에 젖어들곤 했죠. 그 책들은 각각 제 푸른 영혼의 지도였습니다. 제가 나중에 시인의 길을 걷게 된 것도 책으로 만난 그 별들 덕분이었죠. 그때부터 책 없이 살았던 어린 시절을 보상받기라도 하겠다는 듯 틈틈이 책을 사 모으며 울울창창한 책의 숲을 거닐고 살았습니다. 이 책 속에 소개된 책들은 제 일생 동안 곁에 두고 사귄 벗들입니다.

그렇게 사귄 소중한 벗들을, 책을 사랑하는 분들에게 소개하고 싶었습니다. 마침 한 도서관과 아름다운 인연을 맺어 무려 1년 동안 매달 한 번씩 강의를 하게 되었습니다. 이 책은 강의 노트를 꼼꼼히 정리한 것입니다. 앞서 언급했지만, 제가 선정한 책들은 제 생의 가이드가 되어주었던 책들인데, 대부분 고전의 반열에 오른 책들입니다.

삶의 지혜를 내장한 책은 우리 인생이라는 배를 앞으로 밀고 나아가게 하는 '돛'입니다. 거센 정신의 폭풍우가 몰아치는 바다 위에서도 말이죠. 세상에는 물론 '돛'이 아닌 '덫'으로 작용하는 무익한 책도 있습니다. 그러나 제가 읽은 책들은 존재의 진보를 가능하게 해준 돛이었습니다. 그야말로 제 인생을 앞으로 나아가게 도와준 '마음을 밝히는 보배로운 거울'이었죠. 항상 곁에 두고 사귄 벗이요, 스승이었던 그 책들은 행간의 깊이를 담보하고 있습니다. 그 행간의 깊이를 읽어내려면 물론 세월의 경과가 필요합니다. 오래 전에 읽었던 책들을 이번에 다시 읽으며 그것을 확인할 수 있었습니다. 모름지기 좋은 책들은 세월이 흘러 다시 읽어도 새로운 감동을 자아내죠. 저는 제 강의를 듣는 분들과 함께 이 책들을 읽으며 '보이지 않는 책', 즉 생생한 제 삶의 경험에서 얻은 소중한 지혜도 함께 나누었습니다.

미디어 환경의 발달로 오늘날 지식에 대한 사람들의 태도는 무척 경박스럽습니다. 손가락만 까딱거려 검색한 지식으로 무얼 아는 양 아기똥하는 태도는 자못 염려스럽지요. 사실 그건 '빌려온 지식' 에 불과한데. 그런 지식은 우리 삶을 풍요롭게 하는 자양분이 되지 못하기 때문입니다. 정보와 지식의 과잉 때문에 사람들이 자기 존재 의 중심을 바르게 세우는 책읽기에서 점차 멀어지고 있는 것 같아 무척 안타깝기도 합니다.

강의를 하는 동안 저 역시 많이 배웠습니다. 그래서 수강생들 앞에서 윤똑똑이처럼 굴 수 없었습니다. 인생을 살면 살수록 모르 는 게 더 많아진다는 걸 절감했기 때문이죠. 인생은 그렇습니다. 나 날이 우리를 모름의 신비 앞에 마주세웁니다. 이 모름의 신비 앞에 서 제가 취할 자세는 겸허한 마음으로 하루하루 배움에 충실하는 것밖에 더 있겠습니까.

지금 제가 머무는 공간의 지붕 위론 우주쇼가 벌어지고 있습니 다. 오늘이 정월 대보름이거든요. 황사가 걷히고 조금 쌀쌀한 하늘엔 대보름달이 자기를 읽어달라는 듯 휘영청 떠서 흘러가고 있습니다. 여백, 설렘, 경이, 환희, 자유, 자비, 그리움……. 이런 단어들이 환하 게 떠오르는 밤입니다. 사뭇 부족한 글이지만, 저와 더불어 공감과 희열을 나눌 당신이 그리워지는 밤입니다.

2015년 3월
21세기 문학관 창작실에서
보름달을 감상하며

머리말 • 7

1강 나
당신 안에 나비의 재료가 있다 • 15

2강 책임
잘 보려면 마음으로 보아야 한다 • 35

3강 자유
나는 자유다 • 59

4강 사랑
너와 나를 살리는 영혼의 묘약 • 85

5강 긍정
춤추는 별을 낳는, 거룩한 긍정의 철학 • 115

6강 예술
거룩한 낭비 • 147

7강 고독

세상의 모든 책을 덮게 한 최후의 지혜 • 167

8강 자족

내려놓음을 배우는 시간 • 189

9강 자비

가장 깊은 중심에서는 모두가 하나 • 221

10강 느림

걷는 즐거움으로의 초대 • 249

11강 지혜

당신의 희열을 따라 살라 • 271

12강 죽음

학생의 기쁨 – 배움은 끝이 없다 • 301

1강

_____

나

나는 공중을 날 수 있다는 공상에 빠져
불가능한 자유를 꿈꾸는 바보인가?
아니면 신비한 세계에 살며 공중을 날아다니는 영혼의 화신인가?
나는 먼지에서 먼지로 돌아가는 덧없는 존재인가?
아니면 영원한 생명을 가진 존재인가?

▌1강에서 함께 읽을 책

《꽃들에게 희망을》 트리나 폴러스 지음, 김석희 옮김, 시공주니어, 1999.
《갈매기의 꿈》 리처드 바크 지음, 이덕희 옮김, 문예출판사, 2000.
《공중을 나는 철학자》 샘 킨 지음, 도반 옮김, 나무심는사람, 2000.

당신 안에
나비의 재료가 있다

———

안녕하세요? 책을 사랑하는 여러분과 만나서 반갑습니다. 여러분과 함께 떠나는 독서 여행이 제 가슴을 설레게 합니다. 이제 앞으로 열두 번 강의를 진행하는 동안 매달 한 번씩 저와 함께 책을 읽고 함께 이야기를 나누는 시간을 갖게 될 텐데, 저에겐 그저 단 하나의 바람이 있을 뿐입니다. 이 모임이 단지 우리의 두뇌만 비대하게 하는 시간이 아니라 우리 존재의 변모와 성숙을 꾀하는 시간이 되었으면 합니다. 사실 우리의 두뇌를 비대하게 하는 지식과 정보는 지천으로 널려 있지 않습니까. 지식과 정보를 늘리기 위함이라면 우리가 굳이 시간을 내어 이 자리에 와 앉아 있을 필요가 없을 겁니다. 인터넷의 바다로 뛰어 들어가면 거대한 정보와 지식의 물결이 넘실거리고 있으니까요.

오늘 책 이야기에 들어가기 전에 먼저 제가 좋아하는 어느 선사의 이야기를 들려드리지요. 한 젊은 스님이 《유마경》을 열심히 읽고 있었답니다. 그 스님의 경 읽는 소리가 날마다 사원 경내에 우렁우렁 울려 퍼졌지요. 그런 어느 날 젊은 스님을 가르치는 노선사가 법당으로 들어가서 젊은 스님 옆에 앉더니 돌 두 개를 손에 들고 벅벅 갈았습니다. 《유마경》을 읽던 스님이 시끄러운 소리에 짜증이 났습니다.

"스님, 돌은 왜 그리 시끄럽게 갈고 계십니까?"

"거울을 만들려고 그런다!"

"아니, 돌을 간다고 거울이 됩니까?"

혈기 가득한 젊은 스님이 노선사에게 대들었지요. 그러자 선사가 일갈했습니다.

"그러면 경전만 읽는다고 진리를 알 수 있는 줄 아느냐?"

"스님이 경전을 열심히 읽으라고 말씀하시지 않았습니까?"

"이놈아, 경만 읽지 말고 너를 읽어야지!"

제가 이 이야기를 하는 까닭을 눈치 빠른 분들은 벌써 알아채셨을 겁니다. 우리가 몇 수레를 가득 채울 만큼 많은 책을 읽는다 해도 '나'를 읽지 않는다면 그런 독서가 무슨 소용이 있겠습니까. '나'를 읽는다는 말이 무슨 뜻인지 다들 알고 계시죠?

지금 말씀드린 이야기 속에서 노선사가 눈앞에 있는 책에만 정신이 팔려 있는 제자를 일깨우듯이, 좋은 책은 우리를 일깨우는 스승입니다. 앞으로 우리가 함께 읽을 책들은 제가 임의로 선정했는데, 그 책들은 저를 일깨워주고 제 삶의 이정표가 되어준 책들이지요.

어떤 책들은 제 머리를 망치로 때리고 또 어떤 책들은 딱딱하게 굳어진 제 의식을 도끼로 내리쳤죠. 표현이 너무 과격했나요? 그렇다고 겁먹지는 않으시겠지요? 하여간 이 책들을 통해 우리가 '나'를 읽을 수 있다면 자기 삶의 주인이 되는 삶을 선택할 수 있을 겁니다. 당나라의 선승 임제 스님이 "가는 곳마다 주인이 되면 자기가 선 곳이 곧 진리의 땅이다〔隨處作主 立處皆眞〕"라고 하신 말씀은 여러분도 들어보신 적이 있을 텐데, 우리가 책을 읽고 공부를 해야 하는 까닭이 바로 여기에 있는 것이 아닌가 생각합니다.

돈을 벌고 밥을 먹는 것만으로 살 수 있을까?

이 시간에 우리가 함께 이야기를 나눌 책은 트리나 폴러스의 《꽃들에게 희망을》입니다. 제가 이 우화를 처음 접한 건 대학 때였습니다. 사실 저는 이 우화를 책으로 읽은 게 아니라 연극으로 먼저 보았어요. 서울 성공회대성당 옆에 '쎄실'이란 이름의 소극장이 있었는데, 그때 제 후배가 이 연극의 주인공이었거든요. 그래서 연극 초대권을 후배로부터 선물로 받아 관람을 했죠. 공연이 열리는 극장으로 들어가서 보니, 관객들은 대부분 어른들이었습니다. 지금 기억으론 어린이들은 거의 없었던 것 같아요. 아무튼 저는 연극으로 먼저 보고 나서 나중에 책을 읽었습니다. 여러분은 믿기지 않으시겠지만, 사실 저는 강원도 오지의 깡촌에서 자랐고, 집안이 몹시 가난하여 이 책은 물론 흔한 동화집조차 구경하지 못하고 자랐거든요. 지금은 제가 시인으로 활동하고 있지만, 고등학교를 졸업할 때까지 그야말로 시집 한 권도 구경한 적이 없어요. 믿어지지 않는다는 표정들이시군요! 그러실 거예요. 하지만 사실입니다. 오늘 강의를 위해《꽃들에게 희망을》을 다시 읽었는데, 여전히 감동적이었습니다. 이 책을 읽고 나니 문득 리처드 바크의《갈매기의 꿈》이 연결되어 그 책도 다시 읽었지요. 그래서 오늘은 지금도 여전히 세계인들의 사랑을 받는 스테디셀러인 이 두 책을 중심으로 이야기를 풀어가려고 합니다.

　　이 책은 온갖 어려움을 겪으면서도 진정한 자아를 찾아 나선 한 애벌레의 이야기입니다.

　《꽃들에게 희망을》의 서문에 나오는 구절이지요. "진정한 자아를 찾아 나선 한 애벌레!" 저자는 벌써 서문에서 이 애벌레 이야기가 인간의 '참자아'를 찾아가는 우화임을 분명히 밝히고 있습니다. 대학 시절에 톨스토이가 쓴《자아의 발견》이란 에세이집을 읽은 기억이 있습니다만, '참자아'를 찾는 일은 젊은이들에게만 해당하는 사항이 아니라 인간이 자기 일생을 다해 추구해야 할 숭고한 과제가 아닙니까. 그런 점에서 이 우화는 아이들에게만 해당하는 책이 아니라 이미 성인이 된 이들도 읽어야 할 책이죠. 참자아를 찾는 일은 인간의 영원한 과제니까요.
　이 우화 속에는 두 마리 애벌레(호랑애벌레와 노랑애벌레)가 주인공으로 나오는데, 그들은 '단순히 먹고 자라는 것 이상의 무엇'을 원하지요. 제가 책에서 바로 그 부분을 읽어드리겠습니다.

그저 먹고 자라는 것만이 삶의 전부는 아닐 거야. 이런 삶과는 다른 무언가가 있을 게 분명해. 그저 먹고 자라기만 하는 건 따분해.

《갈매기의 꿈》을 읽은 분들은 당장 호랑애벌레의 이 말이 조나단 리빙스턴 시걸이라는 갈매기의 목소리와 겹쳐지는 걸 느낄 겁니다. 그렇습니다. 우리는 밥만 먹고 살 수는 없습니다. 인간은 배가 부르고 잠자리가 편안한 것만으로 만족하지 못하는 존재입니다. 인간은 경제적 동물만이 아니라 문화적, 종교적 존재이기도 하니까요. 인간은 밥만 먹는 게 아니라 여분으로 술도 먹고, 사랑도 먹어야 삽니다. "배부른 돼지가 되기보다 배고픈 소크라테스가 되라"는 말 들어보셨죠? 그 말은 결국 인간이 일차원적 욕구의 충족만으로 만족하지 못하는 존재임을 잘 드러냅니다.

문득 생각나는 이야기가 있습니다. 허균이 지은 《한정록》에 보면 중국 송나라에 살던 호장유란 사람의 이야기가 나옵니다. 그는 똥구멍이 찢어질 정도의 가난한 살림에도 우뚝한 기개를 지니고 있었고, 시를 사랑하는 사람이었죠. 호장유는 자기 곁을 떠나는 벗을 전송하는 글에서 "죽도 제대로 먹지 못하고 옷도 따뜻하지 않으나, 시를 읊는 소리는 오히려 맑기만 하다"라고 말한 뒤 이렇게 덧붙입니다. "이것이 나의 비밀스러운 아름다운 양식이다." 놀랍지 않습니까? 우리 인간사 속에는 이처럼 가난 속에서도 시를 '아름다운 양식'으로 삼는 멋진 선비들이 있었습니다. 저는 이런 이야기를 접할 때마다 과연 인간의 정신사는 진보했다고 말할 수 있을까, 하는 회의에 사로잡히곤 하죠.

하여간 우화 속의 호랑애벌레는 단지 '먹고 자라는 것'에 만족하지 않고 그 이상의 것을 찾아 나섭니다. 그렇게 해서 뻘뻘 기어 다니다가 만난 것이 하늘로 치솟는 커다란 기둥이었죠. 나중에 그것은 '애벌레 기둥'으로 밝혀집니다. 호랑애벌레 역시 이 기둥을 오르는 대열에 합류합니다. 그 기둥을 오르면 꼭대기에 뭔가 대단한 것이 있을 거라는 기대를 잔뜩 품은 채!

결국 '밟고 올라가느냐, 아니면 발밑에 깔리느냐' 하는 애벌레들의 치열한 생존의 다툼을 보여주는 이 기둥 오르기 대목을 보며 여러분은 어떤 생각이 떠오르십니까? 지금 이 자리에는 어린 학생을 둔 학부모들도 계신 것 같은데, 오늘날 무한경쟁으로 아이들을 내모는 우리의 팍팍한 교육 현실을 떠올리신 분도 계실 겁니다. 물론 이런 경쟁은 학교에만 있는 건 아니고, 우리 사회 전체가 남보다 앞서기 위한 이전투구의 아수라장이죠. '이전투구(泥田鬪狗)'란 말 아시죠? 진흙탕 속의 개싸움이란 말입니다.

이 우화 속의 주인공인 호랑애벌레와 노랑애벌레는 그런 이전투구가 어리석다는 걸 곧 깨닫습니다. "꼭대기에 오르는 것이 그들의 가장 간절한 소망은 아니라는 것을." 이런 깨달음 뒤에 그들은 자

책은 돛

신의 참모습은 무엇인가를 물으며 그것을 발견하기 위해 다시 길을 나섭니다. 그런 어느 날, 늙은 애벌레 한 마리가 나뭇가지에 거꾸로 매달려 있는 걸 보게 됩니다. 그 애벌레는 나비가 되기 위해 나뭇가지에 매달려 고치를 짓고 있었던 것이죠.

저는 애벌레가 고치 짓는 대목을 읽으며 고등학교 시절의 한 풍경이 떠올랐습니다. 농업고등학교를 다녔는데 그때 저는 학교 수업의 과정으로 누에를 길러본 적이 있습니다. 요즘은 이런 교과목이 사라진 걸로 아는데, 누에치기를 가르치는 그 교과목 이름이 '양잠(養蠶)'이었죠. 알에서 깨어난 뒤부터 시퍼런 뽕잎을 먹고 자란 누에는 짚으로 만든 섶에 올라가 고치를 짓습니다. 그때 저는 뽕잎을 먹은 누에가 비단실을 토해내어 고치를 짓는 모습을 보며 참 신기해했죠. 그렇게 누에가 지은 고치의 실은 나중에 공장에서 뽑아 우리 몸에 걸칠 비단을 만드는 데 씁니다. 어느 날 누에를 키우는 잠사에 들러 고치를 짓는 누에를 유심히 보고 있는데, 양잠 선생님이 빙그레 웃으며 말씀하셨어요.

"누에가 비단실을 뽑는 모습을 보고 있니?"

"네. 뽕잎만 먹은 누에의 몸에서 비단실이 술술 나오는 게 정말 신기하네요."

"그래. 참 놀랍지. 너도 나중에 누에처럼 비단을 뽑는 인생을 살도록 하려무나."

그때는 선생님이 하신 말씀이 제대로 이해되지 않았지만, 지금은 그분이 하신 말씀의 의미를 분명히 알고 있습니다. 세상에는 먹고 똥 싸고 먹고 똥 싸고…… 그러다가 끝나는 인생도 있으니까요. 누에만도 못한 인생이지요. 아마도 그런 이들은, 우화 속에 나오듯이, 고치를 짓는 늙은 애벌레를 보며 노랑애벌레가 던지는 것과 같은 물음을 던질 수밖에 없을 겁니다.

제 눈에 보이는 것은 당신도 나도 솜털투성이 벌레일 뿐인데, 그 속에 나비가 한 마리 들어 있다는 걸 어떻게 믿을 수 있겠어요?

노랑애벌레는 육안으로 보이는 것밖에 볼 수 없는 존재이기 때문에 이런 물음을 던진 것이지요. 이런 물음은 그동안 지상에 속박된 인간들이 거듭 물어온 물음입니다. 무슨 말이냐고요? 잘 생각해보세요. 기독교에서는 인간 속에 '신의 씨앗'이 깃들여 있다고 하고, 힌두교에서는 인간 속에 '아트만(참자아)'이 있다고 하며, 불교에서는 인간 속에 '불성'이 있다고 하지 않습니까. 표현은 각각 다르지만, 인간 속에 내재해 있다는 그것들은 곧 트리나 폴러스가 얘기하는 '나비' 곧 인간의 자기 초월의 가능성을 말하는 겁니다. 살과 피와 뼈로 구성된 인간 속에 그런 가능성이 있다는 건 참으로 놀라운 신비가 아닐 수 없잖아요? 지구상에 종교인의 명찰을 달고 있는 이들은 많지만, 그 놀라운 신비를 흔쾌히 받아들일 수 있는 사람은 많지 않아 보입니다.

기독교가 말하는 '신의 씨앗'이든, 힌두교가 말하는 '아트만'이든, 불교가 말하는 '불성'이든, 그게 모두 '생명의 존엄'을 말하는 것이 아니겠습니까. 번쩍거리는 누런 금화만을 신주처럼 떠받드는 이 시대에 생명의 존엄은 땅바닥에 떨어져 나뒹굴고 있잖아요. 너나없이 돈이나 금화 같은 것만 인생의 중요한 가치로 여기니까요. 소위 자본의 맹독에 물든 이들, 즉 눈에 보이는 것에만 존재의 가치를 부여하며 사는 이들은 우화 속의 노랑애벌레처럼 거듭 의문을 제기할 겁니다. 땅바닥을 꿈틀꿈틀 기어 다니는 내 몸뚱어리 속에 무슨 '나비'가 될 가능성이 있느냐고! 신심이 부족한 종교인이라면 내 속에 무슨 '신의 씨앗'이나 '아트만'이나 '불성' 같은 게 있느냐고 묻겠지요. 《갈매기의 꿈》에서도 '먹는 것'보다 높은 하늘을 '날기' 위해 애쓰는 조나단 리빙스턴 시걸에게, 그의 부모 갈매기도 그런 꿈은 어리석은 거라고 충고하지요.

이봐, 조나단. 겨울이 멀지 않았어. 어선도 곧 없어질 것이고, 수면에 떠다니던 고기들도 이제 바다 깊숙이 헤엄칠 거야. 그러니 만일 네가 배워야 한다면, 먹이를 배우고, 그리고 그것을 어떻게 얻는지를 배우도록 하여라. 비행하는 일은 전적으로 좋지만, 그러나 너는 '활공(滑空)'을 먹을 수는 없다는 걸 잘 알지 않니. 네가 나는 이유는 먹기 위해서야.

"활공을 먹을 수는 없다!" 하늘 높이 날 수 있다고, 그게 밥 먹여 주느냐는 말이지요. 하지만 조나단은 부모의 충고보다 자기 내면의 소리를 따릅니다. 자기 내면의 소리를 따른다는 건 그가 '자기실현'을 중요하게 여긴다는 말이지요. '셀프 리얼라이제이션(self-realization)'. 굳이 설명하자면, 자기실현이란 애벌레들에게는 나비로 화하는 것이고, 조나단에게는 높이 나는 것이겠지요. 하지만 자기실 현이란 게 그렇게 밥 먹듯이 쉬운 게 아니죠. 나비가 되기 위해서 애 벌레는 고치를 짓고 그 안에 들어가 죽어야 했고, 조나단이라는 갈 매기 역시 높이 날기 위해서는 숱한 위험과 고통을 감수해야 했지 요. 그렇게 자기 내면의 소리를 따르던 조나단은 끝내 동족 갈매기 의 집단에서 미움을 받아 추방되기까지 합니다. 그럼에도 조나단은 끝까지 자기실현의 길을 포기하지 않습니다. 물론 노랑애벌레도 나 뭇가지에 매달려 고치를 짓고 있는 다른 애벌레들을 보며 나비가 되 기 위한 모험에 나서지요.

영혼에 열정이라는 물을 뿌려라!

우리는 대체로 모험의 길로 나아가기를 두려워합니다. 하지만 우리 의 삶 속에 호기심과 설렘, 모험심이 사라지는 순간, 그때부터 우리 는 늙기 시작하는 겁니다. 젊은이들 역시 현실에 안주하며 더는 모 험의 길에 나서려 하지 않는다면, 이미 애늙은이가 된 거지요.

혹시 '샘 킨'이란 철학자에 대해 들어보셨나요? 아마도 못 들어 보신 분이 더 많을 겁니다. 샘 킨은 미국의 철학자인데, 제가 읽은 그 의 책으로는 오래 전 번역되었던 《춤추는 신》이라는 책이 있고, 여러분에게 오늘 소개해드릴 책은 《공중을 나는 철학자》입니다. 아주 흥미롭고 도전적인 책이지요. 이 책에는 스승이 되어 젊은 사람들을 가르칠 나이에 공중 곡예 그네타기를 배운 샘 킨의 열정과 철학이 담겨 있답니다. 그는 환갑이 넘은 나이에 그 어려운 공중 곡예 그네타기에 도전하지요. 위험하기 짝이 없는 공중 곡예를 배우며 그는 그네에서 떨어져 여러 번 골절상을 입지만, 포기하지 않습니다. 그걸 배우는 과정을 통해 자기가 느낀 생각을 풀어놓은 것이 바로 이 책입니다. 아주 감동적이지요. 아마도 절판된 것 같은데, 도서관에서라도 빌려 보시라고 권하고 싶습니다. 그 책에 나오는 감동적인 몇 구절을 읽어드리죠.

나는 공중을 날 수 있다는 공상에 빠져 불가능한 자유를 꿈꾸는 바보인가? 아니면 신비한 세계에 살며 공중을 날아다니는 영혼의 화신인가? 나는 먼지에서 먼지로 돌아가는 덧없는 존재인가? 아니면 영원한 생명을 가진 존재인가?

샘 킨 역시 그 지난한 공중 곡예를 배우는 과정 속에서 이런 회의가 들었다는 겁니다. 육체의 나이는 늙었지만 정신의 나이는 파릇파릇했기 때문에 그는 자기 안에서 문득문득 일어나는 이런 회의에 굴복하지 않습니다.

영혼에 열정이라는 물을 뿌려 주지 않으면, 황폐한 땅에 잡초가 자라듯 두려움이 싹튼다. (…) 열정은 환상의 세계에 속한 것이며 영적인 땅으로부터 온다. 어린 시절의 순수한 마음과 소망이 살아 있는 곳, 매일 새롭게 태어나는 나라로부터 온다. (…) 우리는 작은 아이가 되지 않으면 결코 '경이로운 세계'에 들어갈 수 없고, 물질의 세계를 넘어 형이상학적인 새로운 세계로 여행할 수 없다.

그러니까 샘 킨은 "경이로운 세계"로 들어가고 싶은 열망이 컸기 때문에 공중 곡예를 할 때마다 자기 속에서 밀려오는 두려움이 명령하는 대로 따르지 않았던 겁니다. 그렇게 두려움을 가져다주는 것은 곧 "악마의 어두운 힘"이라고 생각했기 때문이죠. 니체의 말을 빌리면 그것은 인간 존재를 무겁게 짓누르는 "중력(重力)의 영(靈)"이라고 할 수 있을 겁니다.

'악마의 어두운 힘'은 즐겁게 구름다리 건너기, 미소, 가벼움 등의 반대편에 있다. 나는 '빛의 왕자'를 만나 그의 가벼운 영혼에서 활력을 얻고, 나 자신도 가벼워지고 싶다. 이런 소망을 갖고 나는 공중을 나는 모험을 떠난다.

물론 우리 모두가 샘 킨 같은 모험을 할 순 없겠죠. 괜히 섣불리 흉내 내다가 공중그네에서 떨어져 앉은뱅이가 될 수도 있을 테니까요. 다만 우리가 샘 킨 같은 철학자에게서 배울 것은 우리 안의 잠

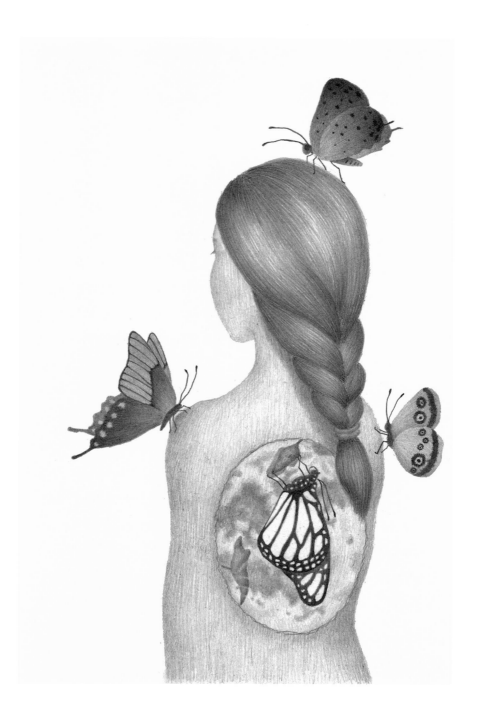

재된 가능성을 사장해버리지는 말자는 겁니다. 우화 속의 노랑애벌레도 스스로 고치를 지으면서 이렇게 말하지요.

> 어머나, 나도 이런 일을 할 수 있다니! (…) 용기도 생기는 걸. 내속에 고치의 재료가 들어 있다면, 나비의 재료도 틀림없이 들어 있을 거야.

저는 이 문장에 빨간 볼펜으로 밑줄을 쳤습니다. 애벌레 속에 고치의 재료가 들어 있을 뿐만 아니라 "나비의 재료"가 들어 있다니! 나비의 재료? 이건 대체 무슨 말일까요? 평범한 우리 인간 안에도 무한한 가능성이 내재해 있다는 겁니다. 어쩌다 외국 여행을 떠나러 공항에 가면 이 말이 생각나곤 합니다. 출국 수속을 마치고 비행기를 타러 활주로가 보이는 곳으로 나가면 천천히 바퀴를 굴리며 움직이는 비행기를 볼 수 있죠. 그런데 비행기가 활주로 위에서 굴러가기만 한다면, 그게 자동차와 다를 게 뭐가 있겠습니까. 속도를 높여 바퀴를 접고 하늘을 날아야 비행기라고 할 수 있죠. 비행기는 인간이 이 세상에서 놓여나고자 하는 상상력의 산물입니다. 새가 상징하는 것도 그렇고요. 제가 이런 얘기를 하는 까닭이 있습니다. 활주로 위에서 천천히 움직이는 비행기처럼 혹은 땅바닥을 기어 다니는 애벌레처럼 우리 가운데는 오로지 땅의 현실에만 천착하고 사는 이들이 대부분이기 때문입니다. 언제까지 땅 위를 기어 다니기만 하겠습니까. 우리도 비행기나 새처럼 날개를 펼치고 저 푸른 하늘을 시원스레 날아보아야 하지 않을까요.

자유와 사랑은 결국 하나다

오늘 우리가 읽은 작품들은 바로 우리에게 그런 점을 일깨우는 겁니다. 무슨 말이냐고요? 왜소한 자기를 초월해보라는 겁니다! 초월이라고 말하면 어떤 분들은 당장 어떤 피안의 세계를 떠올릴지도 모르겠습니다. 제가 말하는 자기 초월은 피안의 세계로 날아오르라는 말이 아니라 좁디좁은 자기의 아상(我相)을 벗어나 보라는 겁니다. 여기서 '아상'이란 불교에서 사용하는 말인데, '오온(五蘊)이 화합하여 생긴 몸과 마음에 참다운 자신이 있다'고 여기는 잘못된 생각을 이르는 말입니다. 정현종 시인은 그것을 이렇게 간단히 표현했죠. "자기를 벗어날 때처럼 / 사람이 아름다운 때는 없다"고요.

그러니까 '나'라고 부르는 왜소한 자아를 벗어나 더 '큰 나'로 변모할 수 있을 때, 우리는 비로소 사랑이나 자유를 말할 수 있을 겁니다. 고치를 짓고 있는 늙은 애벌레가 노랑애벌레에게 말하죠.

> 일단 나비가 되면, 너는 '진정한 사랑'을 할 수 있어. 새로운 생명을 만드는 사랑을 말이다. 그런 사랑은, 서로 껴안는 게 고작인 애벌레들의 사랑보다 훨씬 좋은 것이란다.

조나단 리빙스턴 시절의 이야기도 크게 다르지 않습니다. 조나단은 완전한 비행, 완전한 자유에 이르는 꿈을 지닌 영혼이 밝은 스승 갈매기를 만나게 되는데, 그 스승을 통해 놀라운 비행술을 터득하지요. 스승의 이름이 치앙인데, 조나단은 치앙에게 가르침을 받고 어느 날 해안가에서 눈을 감고 정신을 집중하여 명상을 하다가, 돌연 큰 깨달음을 얻고 이제는 42인치의 날개를 가진 제한된 갈매기가 아니라 무제약적으로 완전 비행할 수 있는 절대자유의 경지에 이른 갈매기가 되죠. 치앙은 새로운 존재로 태어난 조나단에게 "끊임없이 사랑하라"는 말을 남기고 곁을 떠납니다.

자, 이제 오늘 강의를 정리해야겠네요. 우리가 함께 곱씹어본 두 우화, 그리고 샘 킨의 책 모두 그 귀결은 '자유'와 '사랑'입니다. 자유와 사랑, 말은 다르지만 사실 그 단어들이 육화(肉化)되는 과정을 깊이 들여다보면, 그 둘은 하나입니다. 무슨 말일까요? 우리가 참자유를 누린다고 할 때는, 앞에서 말한 것처럼 우리가 좁은 아상의 울타리를 벗어날 수 있을 때입니다. 아상에 갇혀 타인과 담을 쌓고 지내면서 우리가 자유롭다고 말할 수는 없거든요.

《꽃들에게 희망을》에 나오는 것처럼 욕망의 기둥을 오르기 위해 남과 치열한 다툼을 벌이면서, 자유를 누린다고 할 순 없죠. 마찬가지로 먹이를 얻기 위해 다른 갈매기들과 다툼을 벌이는 데 무슨 자유가 있겠어요? 그러니까 적어도 왜소한 자아를 넘어설 때 비로소 참자유를 맛볼 수 있고, 거기에서 진정한 사랑도 가능해진다는 말입니다. 《갈매기의 꿈》에서 "가장 높이 나는 새가 가장 멀리 본다"

는 말은 곧 자기 초월의 날개를 달아야 한다는 말이 아닐까요. 우리가 자기 초월의 날개를 달게 되면 에고의 옷을 벗고 알몸의 자유를 누리게 될 뿐만 아니라 남을 이롭게 하는 자비의 존재가 될 수도 있으니까요. 자유와 사랑, 그건 오늘날 우리 지구 주민들이 살아남기 위해 아무리 강조해도 지나침이 없는 소중한 미덕이지요. 아니, 그건 우리 인간의 내적 본성은 아닐는지요. 샘 킨도 그런 비슷한 말을 했어요.

> 인간은 단지 돈을 벌고 밥을 먹는 것만으로는 살 수 없다. 우리에게는 자기 초월의 황홀감을 느끼고 싶은 본능적인 욕구가 있는 것이다.

여러분 가운데는 이런 표현에 대해 거부감을 느끼는 이들도 있을 겁니다. 제가 며칠 전에 만난 친구는 점점 어려워지는 경제적 현실에 대해 말하면서 "하루 세 끼를 먹을 수 있으면 천국이고, 하루 세 끼를 챙길 수 없으면 지옥"이라고 하더군요. 친구의 그 말이 틀린 말은 아닙니다. 하지만 먹는 것으로만 인간의 삶을 규정하는 건 좀 지나치지 않나 하는 생각이 들었습니다. 매일같이 진수성찬을 차려 먹을 정도로 넉넉하면서도 전혀 남을 배려할 줄 모르는 사람이 있는 반면에, 하루 세 끼를 못 챙길 정도로 궁핍하면서도 존재의 자유를 누리며 자기가 지닌 소유를 이웃과 나누며 사는 이들도 있는데, 그런 이들이야말로 자기 자신은 물론 타인에게 천국을 선사하는 사람이라고 할 수 있을 겁니다. 우리 주위에는 실제로 이런 사람들도 있지 않습니까. 바로 이런 사람은 왜소한 자기를 넘어선 사람이고, 자기 초월의 황홀을 누리는 사람이라고 할 수 있지 않을까요.

책임

그것은 내가 그 꽃에 물을 주었고,
벌레를 잡아 주었으며, 그 꽃이 크고 활짝 피어나도록
정성을 다해 보살펴주었기 때문이다.
결국 나는 그 꽃을 길들인 것이고 나 또한 꽃에게 길들여진 것이기 때문에
그 꽃에 대하여는 내가 책임을 지지 않으면 안 된다.

▌2강에서 함께 읽을 책

《어린 왕자》 생텍쥐페리 지음, 송진희 옮김, 혜원출판사, 1993.
《인간의 대지》 생텍쥐페리 지음, 안응렬 옮김, 동서문화사, 2013.
《생떽쥐뻬리》 르네 젤러 지음, 안응렬 옮김, 기린원, 1980.

잘 보려면
마음으로 보아야 한다

———

며칠 전 폭설이 내린 날 아침, 어린 시절처럼 자를 들고 나가 장독대에 쌓인 눈을 재보았습니다. 20센티미터가 넘게 왔더군요. 그렇게 많은 눈이 내린 풍경을 바라보니, 설국(雪國)이란 말이 절로 떠오르더군요. 딴 세상 같았습니다. 햇살이 내리면 곧 사라질 '환(幻)'의 나라지만 누추하기 짝이 없는 예토를 흰 눈으로 덮어 정토로 보이게 만든 대자연이 위대해 보이더군요.

　어쩌면 이런 '환'의 아름다움 없이 이 신산고초(辛酸苦楚)의 세상을 건너가기는 참 힘들 거란 생각이 듭니다. 이성과 합리와 숫자만이 지배하는 세상은 얼마나 삭막합니까.

　오늘 저는 여러분과 생텍쥐페리의 《어린 왕자》를 함께 읽어보려 하는데, 별들을 여행하는 어린 왕자의 이야기는, 이성과 합리와 숫자로만 우리의 삶을 바라보는 이들에게는 '딴 세상'의 풍경이거나 '환의 세계'처럼 여겨지겠지요. 그러나 생텍쥐페리에게는 이성과 합리와 숫자로만 삶을 재단하고 사는 이들이 측은하고 가여울 겁니다. 물질적으로는 풍요롭다 하더라도 좀스런 구멍가게 주인처럼 머리나 굴리고 숫자 노름만 하며 살아가는 이들의 정신세계는 황량하기 짝이 없으니까요. 사막에 불시착한 비행사와 우연히 만난 어린 왕자는 자기가 어느 별에서 만난 "얼굴이 시뻘건 어른"에 대해 솔직하게 이야기합니다.

> 나는 어떤 얼굴 시뻘건 어른이 살고 있는 별을 하나 알고 있지. 그 사람은 꽃향기를 맡아본 일도 없고, 별을 본 일도 없고, 누구를 사랑해본 일도 없어. 더하기 밖에는 아무것도 하는 일이 없어. 그리고 온종일 아저씨처럼 '나는 착실한 사람이다, 나는 착실한 사람이다' 하고 되뇌고 있어. 그리고 이것 때문에 잔뜩 교만을 부리고 있어. 그렇지만 그건 사람이 아니야. 버섯이야!

얼굴 시뻘건 어른이 살고 있는 별, 우리가 사는 지구 별이 아니면 그 어디겠습니까. 저는 이번에 다시 《어린 왕자》를 읽다가 이 대목에 이르러서는 어린 왕자가 꼭 저를 두고 하는 이야기 같아서 얼굴이 화끈거렸습니다. "그건 사람이 아니야. 버섯이야!"

나는 상징을 가꾸는 정원사

제가 여러분을 두고 '당신들은 사람이 아니야, 버섯이야!'라고 하면 모욕을 느끼겠지만, 어린 왕자가 그렇게 얘기하니까 '그래, 나는 버섯이야' 하고 고개를 끄떡이게 되지 않습니까. 버섯이 무엇입니까. 다른 생명체에 기생하는 존재가 아닙니까. 그러니까 다른 생명체에 기생하는 존재는 사람이 아니라는 겁니다. 흔히 생텍쥐페리를 일컬어 앙드레 말로와 더불어 '행동주의 문학가'라고 칭하는데, 그는 인간이 자기 존재를 입증하려면 목숨까지도 버릴 수 있는 가치 있는 그 무엇인가를 실천해야 한다고 믿었습니다. 이런 문학적 특성은 사실 그가 작품을 발표하기 이전, 학생 시절에도 이미 그 속에 잠재되어 있었던 것 같습니다.

생텍쥐페리 연구자인 르네 젤러는 이런 에피소드를 전합니다. 생텍쥐페리가 해군사관학교에 가려고 입학시험을 보는데, 불어 시험에서 "전쟁에서 돌아온 병사의 인상을 말하라"는 문제가 나왔답니다. 생텍쥐페리는 답안에 "나는 전쟁에 나간 일이 없다. 그러므로 그것에 대해 아는 체하고 싶지 않다"고 적어냈습니다. 참 당돌한 청년이죠. 어떻게 되었을까요? 말할 것도 없이 낙방하고 말았지요. 생텍쥐페리는 벌써 이때부터 인생에서 의미가 없는 것은 결코 받아들이지 않는 어른이 되어 있었던 겁니다.

자, 이제 작품 속으로 들어가 볼까요. 이 동화의 가장 중요한 골격은 뭘까요? 어린 왕자가 일곱 개의 별을 여행하는 것이죠. 생텍쥐페리는 스스로 이렇게 말한 바 있습니다. "나는 상징을 가꾸는 정원사다"라고요. 사실 일곱 개의 별에 나오는 인물들은 저마다 인간의 어떤 속성을 상징하고 있지요. 물론 대체로 부정적인 속성을 지니고 있지만요. 생텍쥐페리는 여러 별들을 여행하면서 그 각각의 별들에 사는 인물들의 속성을 통해서 우리 삶의 본질적인 면을 드러내고 있습니다. 그런 의미에서 르네 젤러가 말한 것처럼 그는 진정한 예술가입니다. 왜냐하면 그는 "사물의 혼, 상징 속에 숨어 있는 본질적인 것"을 보고 있으니까요.

어린 왕자가 찾아간 첫 번째 별은 어떤 별이었죠? 네, 임금의 별이었습니다. 자기 권위가 항상 존중되기를 바라는 임금, 그러나 마음씨가 착했기 때문에 '이치에 맞는' 명령만 내리는 임금이었죠. "짐이 복종을 요구할 권리가 있음은 짐의 명령이 이치에 맞는 까닭이로다." 허허, 참! 세상에 이런 임금이 과연 있을까요? 딴 세상 이야기 같죠? 이 임금은 원칙만 존중된다면, 사람들이 무엇을 하든 내버려두는 이였습니다. 그 원칙이란, 권위의 신성성! 아무도 자기의 권위를 침범하지 못하게 했습니다.

이 임금은 어린 왕자를 만난 후 그를 사법대신으로 임명하고 싶어 합니다. 어린 왕자는 단호하게 거절하지요. 진정한 왕권은 자기 자신에게서 비롯된다고 여겼기 때문입니다. 그러나 이 임금은, 왕권이 자기 자신에게서 나오는 것임에도 불구하고 굳이 어린 왕자를 대신으로 임명하고 위엄을 부림으로써 자기를 권력과 동일시하는 어리석음을 범하고 있습니다. 이 임금은 스스로 권력의 노예가 되어 있었던 것이죠. 다시 말하면 이 임금은 권력에 취해 자기를 그 올가미에 스스로 가둔, 부자유한 인간을 상징하는 겁니다.

권력의 노예가 되어 부자유한 삶을 살았던 인간을 우리 인류 역사에서 찾는 것은 그렇게 어려운 일이 아닙니다. 여러분도 황제이며 위대한 정복자였던 나폴레옹을 잘 아실 겁니다. 나폴레옹은 권력을 잃고 난 후 만년에 세인트 헬레나라는 작은 섬에 유배되어 결국 거기서 생을 마칩니다. 그는 한 사람의 평범한 죄수에 불과했지만, 죽기까지 자기가 황제라는 환상에 갇혀 살았다고 하죠. 그는 자기가 처한 현실을 받아들이지 않고 허구적인 행동을 계속했습니다. 심지어 죄수복 입기를 거부하고 무려 6년 동안 황제의 옷을 입고 있었다고 합니다. 옷은 완전히 썩어서 헤졌고, 색은 바래고, 더러워져 악취가 진동했으나 그는 옷을 갈아입으려 하지 않았습니다. 어느 날 감옥의 의사가 나폴레옹에게 물었다지요.

"왜 옷을 갈아입지 않소? 당신이 입고 있는 옷은 너무 더럽소. 깨끗한 옷을 줄 테니 제발 갈아입으시오."

나폴레옹이 퉁명스레 대답했습니다.

"이 외투는 황제가 입는 옷이다. 더러울지는 모르지만 보통의 옷과는 바꿀 수 없다."

미쳐도 단단히 미쳤죠? 그 후에도 나폴레옹은 여전히 황제처럼 말했고, 황제처럼 걸었습니다. 심지어 그는 죽을 때도 황제로 죽었습니다. 죽기 직전에 자신의 장례식을 어떻게 치를지에 대해서도 간수들에게 상세히 지시했다고 합니다. 얼마나 웃기는 일입니까? 나폴레옹만이 아니라 누구든지 권력의 노예가 되면 그 환상과 허구에 사로잡혀 스스로 부자유한 존재로 전락해버리고 맙니다. 어린 왕자는 권력의 환상에 사로잡힌 임금의 별을 떠나며 혼자 중얼거립니다. "어른들은 이상해!"

두 번째 별은 허영쟁이의 별입니다. 어린 왕자가 자기 별로 오자 허영쟁이가 중얼댑니다. "오! 숭배자가 하나 오는구나!" 모든 사람이 자신을 숭배하고 있다고 여기는 허영쟁이. 무릇 허영은 자기보다 낮은 자의 존경을 추구하는 것이므로 자존감의 결여라고 말할 수 있습니다. 이 허영쟁이는 자기의 잘난 용모와 옷과 돈과 지식을 자기 자신과 동일시함으로써 자기를 기만합니다.

자신의 분수에 어울리지 않는 필요 이상의 겉치레나 외관상의 화려함에 들뜬 마음, 자기를 알아달라는 인정받고 싶은 욕구 또한 허영심으로 나타나지요 그런 욕구가 충족되지 않을 때 사람들은 미치기도 하고, 까닭 없이 타인에게 패악을 저지르기도 합니다. 문득 황지우 시인의 〈성 요한병원〉이란 시가 생각납니다.

결국, 사람이란 자기 알아 달라는 건데
그렇지 못하니까 미쳐버린 거다
권력도
부부 싸움도 그렇다
자기 알아 달라는 치정(癡情)이다.

"자기 알아 달라"는 이런 인정 욕구는 예컨대 명품에 대한 집착으로 나타나기도 하죠. 그게 목걸이든 가방이든 외투든, 명품에 대한 집착은 결국 내적 공허에서 비롯되는 게 아닐까요. 사람들이 하도 명품, 명품하니까 짝퉁도 범람하죠? 짝퉁이 뭡니까? 명품과 겉만 쏙 빼닮은 가짜 상품을 말하는 게 아닙니까. 명품족들을 보면 이런 생각이 들곤 합니다. 인생이 명품이 아니니까 명품에 더 집착하는 게 아닐까. 어른들이 그러니까 요샌 초등학생들조차 명품을 모으기에 혈안이 되었다는 말을 들으며 참 씁쓸하기도 했습니다. 이처럼 인정받고 싶은 욕구가 지나치면 정신병이 됩니다. 혼자밖에 없으면서도 누군가의 숭배를 기다리는 두 번째 별의 허영쟁이는 치료받아야 할 환자지요. 결국 어린 왕자는 이해할 수 없다는 표정으로 고개를 갸우뚱거리며 그 별을 떠납니다.

나는 덧셈만 하면서 살아온 건 아닐까?

세 번째 별에는 술고래가 살고 있었습니다. 어린 왕자가 술을 마시는 술고래에게 묻습니다.

"술은 왜 마셔?"
"잊어버리려고 마신다."
"무얼 잊어버려?"

"창피한 걸 잊어버리려고 그런다."

"무엇이 창피해?"

"술 마시는 게 창피하지."

여러분도 웃으시는군요. 아마도 이 땅의 많은 술꾼들은 "잊어버리려고", "창피한 걸 잊어버리려고 술을 마신다"는 이 술고래의 말에 동의할 거라고 생각합니다. 무얼 잊어버리려고 마실까요? 한마디로 하면 고통스런 삶의 문제들이겠죠. 여러분, 바커스(Bacchus)라는 신을 아시죠? 로마 신화에 나오는 술의 신〔酒神〕 말입니다. 그리스 신화에서는 디오니소스라는 이름으로 알려져 있죠. 이 주신의 주요한 역할은 인간에게 '망각'을 선사한다는 겁니다. 고통과 슬픔을 잊게 해주는 망각, 어찌 생각하면 망각은 은총입니다. 우리가 과거의 모든 것을 다 기억한다면 과연 살 수 있을까요? 부부 싸움을 해보신 분들은 다들 아시지만, 여성들은 과거를 참 잘 기억해냅니다. 저는 까맣게 잊고 있는데, 제 아내는 과거에 제가 서운하게 했던 것을 잘도 들추어냅니다. 사실 그렇게 들추어내기 시작하면 부부 싸움의 수위는 가일층 높아지지요. 이런 점에서 우리가 부부 사이이든, 친구 사이이든 상대의 허물을 기억해내지 않는 것, 즉 망각은 은총이라 할 수 있지요.

다만 하나 짚고 넘어갈 것은, 우리가 술이나 마약 같은 마취제를 사용하여 우리가 겪는 삶의 고통의 문제를 회피하려는 것은 옳은 태도는 아닐 겁니다. 그러니까 생텍쥐페리는 이 술고래를 통해서 자기 삶의 고통의 문제를 피하려 하는 인간의 비겁성을 지적하려는 것이지요.

네 번째 별에는 밤하늘의 별을 자신이 소유하고 있다는 착각 속에 사는 상인이 등장합니다. 이 상인은 '덧셈'을 하느라 산책할 시간도 못내는, 자본주의적 삶의 방식에 사로잡힌 탐욕스런 인간의 상징입니다. 오늘 우리 시대의 많은 사람들은 소위 '더하기 행복'을 추구합니다. 뺄셈보다는 덧셈에 능한 것이죠. 하지만 곰곰이 생각해봅시다. 우리가 밤에 보는 달도 보름이면 꽉 찼다가 보름이 지나면 이웁니다. 이게 자연의 이치지요. 과연 인간이 자연의 이치를 거스를 수 있을까요. 우리가 아무리 자기 소유의 창고를 많이 채우려 해도 가득 차면 덜어지게 되어 있습니다. 보름이 지나면 꽉 찬 보름달이 이울어지기 시작하는 것처럼! 그러므로 우리는 찼다 이울고, 이울었다 차는 달한테서 채움과 비움의 균형을 배워야 합니다. 그러나 덧셈만 할 줄 아는 어리석은 상인은 자기 스스로를 성실한 자라고 여기면서 어린 왕자를 설득합니다.

네가 임자 없는 금강석을 얻으면 그 금강석은 네 것이 되지. 임자 없는 섬을 발견하면 그 섬이 네 것이 되지. 네가 무슨 생각을 처음 해내면 거기에 대해서 특허를 딸 수 있지. 이와 같이 별을 차지할 생각을 나보다 먼저 가진 사람이 없으니까 별들은 내 차지가 된단 말이다.

동화 속에 나오는 이 상인은 무척 귀여운 데가 있습니다. 그는 별의 숫자를 헤아려 조그만 종이쪽지에다 적어서 서랍에 넣고 자물쇠로 잠글 뿐이지요. 그러고는 그 별들이 곧 자신의 소유라고 여깁니다. 어린 왕자는 상인의 이야기를 듣고 "그거 재미있네. 꽤 시적인데" 하고 반응합니다. 그러고 나서 그는 말합니다.

> 내 별에는 꽃이 하나 있는데, 매일 물을 줘. 내 별에는 화산이 세 개가 있는데, 일주일에 한 번씩 쑤셔 줘. 죽은 화산까지도 말이야. 어떻게 될지 모르니까. 내가 차지하고 있는 게 꽃이나 화산에 이로운 일이야. 그렇지만 아저씨는 별들에게 이로울 게 없어.

이처럼 어린 왕자가 상인을 업신여기는 것은 상인이 쌓아 둔 보화 때문이 아니라, 그 보화를 쌓아두긴 하면서도 그것을 '정신적인 부요'로 바꾸지 못하기 때문입니다. 그래서 생텍쥐페리는 다른 책에서 인간이 지녀야 할 바람직한 삶의 자세에 대해 이렇게 말합니다.

> 사람은 일생 중에 사랑을 가지고 그쪽으로 몸을 구부리는 것밖에는 보관하지 못한다.

그러니까 타인에게 이로움을 베푸는 이타적인 삶만이 가치 있는 것이라는 겁니다. 밤마다 아름다운 별들을 보면서 그 별들의 아름다움에 경탄할 줄은 모르고 오로지 그것을 차지하려는 욕심만으로 사는 상인의 태도를, 어린 왕자는 경멸하고 있는 것이죠.

책은 돛

우리나라를 다녀간 철학자 알랭 드 보통도 "이 세상에서 진정 부유한 사람은 상인이나 지주가 아니라, 밤에 별 밑에서 강렬한 경이감을 맛보거나 다른 사람의 고통을 해석하고 덜어줄 수 있는 사람이다"라고 말합니다. 아무리 세상이 망가졌다 해도 이런 사람들이 있기에 세상은 살만 한 것이 아닐까요? 제정신을 가진 사람들이죠. 밤하늘의 별들을 바라보며 경이로움을 느낄 줄 아는 사람들은 자기가 살아가는 삶의 시간과 공간을 싱싱하게 만듭니다. 고은 시인은 어릴 적에 너무 배가 고파서 할머니 등에 업혀 별을 바라보며 '배고파, 별 따줘! 별 따줘!'라고 했다는데, 오늘 우리 시대는 별이 먹을 것으로 보일 만큼 절대 빈곤 속에 살지 않으면서도 별을 바라보며 경이로움을 느끼는 이들이 드물죠. 그만큼 사람들이 상인과 같은 삶의 양식을 지니고 산다는 것이죠. 이런 어른들은 어린 왕자에게 "어른들은 정말 이상야릇해"라는 핀잔을 들을 수밖에 없을 겁니다. 그런 핀잔을 듣지 않으려면 정신 바짝 차리고 살아야겠지요.

다섯 번째 별에는 점등인이 삽니다. 점등인이 무슨 뜻인지 아시지요? 등에 불 켜는 사람이란 뜻이죠. 해가 하루에 1440번이나 지는, 세 발짝이면 한 바퀴를 돌 수 있을 만큼 작디작은 별에서 가로등에 불을 켜고 끄는, 어리석지만 아름다운 점등인. 어린 왕자는 점등인을 만나 이야기를 나눈 뒤 그 소감을 이렇게 털어놓습니다.

이 사람은 임금, 허영쟁이, 술고래, 상인 모두에게 멸시를 당할 테지만, 우스꽝스럽게 생각되지 않는 사람은 이 사람뿐이다. 자기의 일이 아닌 다른 사람의 일을 보살피니까.

그동안 어린 왕자가 여러 별에서 만난 인물 중에 가장 비현실적인 일을 하는 사람이지만, 어린 왕자는 그를 비웃지 않습니다. 여기서 비현실적이란 말은 현실적 이득이 없다는 말이죠. 여러분도 아시겠지만,《장자》에 보면 '무용지용(無用之用)'이란 말이 나옵니다. '쓸모없는 것이 쓸모가 있다'는 말이지요. 예를 들어볼까요. 여러분, 우리가 살아가는 데 꼭 음악이 있어야 할까요? 없어도 살 수 있잖아요. 음악이 없어도 생을 영위하는 데는 큰 지장이 없습니다. 하지만 우리의 삶 속에 음악이 없다면 삶이 얼마나 팍팍하고 메마르겠습니까. 물론 음악이 돈이 되지는 않습니다. 세속화된 가치관으로 보면 무용한 것이죠. 하지만 그 무용한 음악은 돈 이상의 가치가 있습니다. 우리 삶을 싱싱하고 풍요롭게 해주니까요. 그래서 장자는 쓸모없는 것이 쓸모 있다고 말하는 겁니다.

다시 한번 비근한 예를 들어볼까요. 제가 명색이 시인이잖아요. 그런데 시 쓰기, 별로 돈이 되지 않습니다. 원고료라고 몇 푼 주지만 그것이 생계를 꾸려가는 데는 거의 보탬이 되지 않습니다. 하지만 저에겐 그처럼 현실적 유용성이 없는 것이 저를 살아가도록 만드는 에너지의 원천입니다. 그리고 현실적 유용성이 없는 제 시를 읽으며 삶의 에너지를 얻는 분들도 있습니다. 그런 의미에서 시를 쓰는 제 삶은 '쓸모없음의 쓸모'라고 할 수 있겠죠? 시만 아니라 예술의 용도가 그런 쓸모없음의 쓸모로서 기능합니다. 오늘날 우리가 사는 세상이

망하지 않고 이만큼이라도 굴러가는 건 현실적으로 유용하지 않은 삶의 고충 속에 살아가는 예술가들이 있기 때문이 아닐까요.

하여간 '쓸모없음의 쓸모'를 지지하는 어린 왕자는 점등인을 만나 자기와 가장 닮은 시적 유전자를 가진 사람이라고 생각했는지도 모르겠습니다. 특히 이런 대목에서 어린 왕자는 시적 통찰력을 발휘합니다.

> 그 가로등을 켜면 별이나 꽃을 하나 돋아나게 하는 거나 마찬가지고, 가로등을 끄면 꽃이나 별을 잠들게 한다. 이건 매우 아름다운 일이다. 아름다우니까 정말로 이로운 일이다.

여섯 번째 별에는 무지하게 큰 책을 쓰는 노인이 나옵니다. 지리학자죠. 서둘러 말하자면 그는 죽은 과학의 상징입니다. 이 학자는 지도로만 세계를 압니다. 그래서 그는 책을 쓰기 위해 탐험가들의 도움을 요청해야 합니다. 하지만 그는 자기에게 도움을 주는 탐험가들에게 도덕적 증명을 요구합니다. 왜냐하면 탐험가가 거짓말을 하면 지리 책에 크나큰 위해를 끼칠 수 있다고 생각하기 때문이지요. 이 지리학자가 가진 문제점은 무엇일까요? 그는 객관성이 담보된 학문을 하지만 자기 자신은 거기에 직접 참여하지 않습니다. 이런 학자의 태도를 사자성어로 뭐라고 합니까? 탁상공론(卓上空論)이라고 부르죠? 이런 이들이 하는 학문은 아무리 그럴싸하게 떠벌려도 결국 죽은 학문이지요. 그것이 문학이든 철학이든 과학이든 마찬가지

입니다. 자기를 쏙 빼놓고 하는 학문, 그건 죽은 학문이란 말입니다. 객관성을 중요시한다고 여겨지는 오늘의 과학자들이 하는 말입니다. 과학자들이 실험실에서 실험을 할 때 누가 실험을 하느냐, 즉 실험자에 따라 실험 결과가 달라진다고 합니다. 이건 무얼 말하는 걸까요? 엄밀한 의미에서 객관적인 실험은 있을 수 없다는 겁니다. 결국 과학자의 주관이 그 실험 대상에 영향을 미친다는 것이죠. 이렇게 본다면 주체가 배제된 학문, 그건 살아 있는 학문이라고 할 수 없는 겁니다.

실제로 생텍쥐페리는 행동보다 말만 앞세우는 작가들을 경멸했습니다. 자기의 삶은 없고 글재주만으로 미사여구나 난삽한 문장을 늘어놓은 작가들 말입니다. 자기 삶의 체험이 결여된 글쓰기는 진정성이 없고 따라서 그걸 읽은 이들에게 공감을 주지 못합니다. 그래서 생텍쥐페리는 진정한 문학은 실생활에서 우러나오는 생생한 경험에서 비롯되어야 한다고 생각했던 것이지요.

자, 이제 마지막으로 어린 왕자는 지구별을 여행합니다. 이 여행에서 주목할 것은 여우와 장미꽃과의 만남입니다. 특히 여우와의 만남에서 어린 왕자는 '길들인다'는 것에 대해 배웁니다. 어느 날 지구별을 여행하는 중에 쓸쓸함을 느낀 어린 왕자는 우연히 여우를 만나 "나하고 놀자"고 말합니다. 친구가 되어 달라는 일종의 프러포즈였죠. 여우가 대답합니다. "난 너하고 놀 수가 없단다. 서로 길이 안 들었으니까." 어린 왕자가 고개를 갸웃거리며 '길들인다'는 게 무슨 뜻이냐고 다시 묻지요. 여우는 "길들인다는 건 관계를 맺는다는 뜻이란다"라고 대꾸합니다. 그리고 "친구를 갖고 싶거든 나를 길들여! 사람들은 이 진리를 잊고 산단다. 하지만 너는 잊어버리면 안 돼. 네가 길들인 것에 대해서는 영원히 네가 책임을 지게 되는 거야. 너는 네 장미꽃에 대해서 책임이 있어!"라고 친절히 설명해줍니다.

바로 이 대목에서 행동주의 작가인 생텍쥐페리의 삶의 윤리가 뚜렷이 나타납니다. 우리가 맺은 관계에 대해서는 우리가 책임을 져야 한다는!

오늘 우리가 사는 시대에서는 사람과 사람의 만남이 너무 하찮아졌습니다. 자기가 길들인 것에 대해 책임 의식을 가진 사람들이 점점 줄어들고 있습니다. 언젠가 이런 얘기를 들은 적이 있습니다.

어떤 청년이 청바지 가게에 들렀답니다. 청년이 물건을 고르느라 시간을 지체하자 가게 주인이 물었지요.

"누구에게 선물하려고요?"

"제 애인에게요."

한참을 고르다가 드디어 청년이 청바지를 골라서 예쁘게 포장해서 가지고 갔습니다. 며칠 후 청년이 다시 청바지 가게에 들렀습니다. 전에 샀던 청바지를 바꿔 가겠다는 것이었습니다. 가게 주인이 궁금해서 물었죠.

"애인이 맘에 들어 하지 않았나요?"

청년이 퉁명스럽게 대답했습니다.

"아니요, 애인을 바꿨거든요!"

며칠 사이에 애인을 바꿔버리는, 인간과 인간의 만남이 너무 가

책은 돛

벼워진 오늘의 한심한 세태를 풍자한 이야기입니다. 가볍다고 말했지만, 보다 정확히 표현하면 이런 삶의 태도는 자기에게나 타인에게나 너무 무책임한 거죠. 청바지를 바꾸듯 연인을 바꾸는 사람은 실상 자기 자신도 진실로 사랑하지 않을 겁니다.

어쩌면 이런 식의 가벼운 인간관계는 서로를 제대로 길들이지 않은 데서 비롯되는 것인지도 모릅니다. 연인들이 상대에게 자신의 진실한 마음을 내어주고, 진지한 사귐 속에서 자신의 시간을 아낌없이 상대에게 바치고, 서로가 성실하게 관계를 맺는다면, 청바지를 바꾸듯 가볍게 연인을 바꾸는 일은 일어나지 않겠지요. 오늘날 우리가 삶이 가치 없다고 생각하는 이유는, 삶의 그 어느 부분에도 우리의 삶을 풍요한 것으로 만들 수 있을 정도로 길들여놓은 것이 없기 때문일지도 모릅니다. 이것은 매우 중요한 이야기입니다.

어린 왕자는 여우의 얘기를 듣고 자신이 별에 두고 온 장미꽃 한 송이가 왜 그렇게 중요하게 생각되는지 깨닫습니다.

그것은 내가 그 꽃에 물을 주었고, 벌레를 잡아 주었으며, 그 꽃이 크고 활짝 피어나도록 정성을 다해 보살펴주었기 때문이다. 결국 나는 그 꽃을 길들인 것이고 나 또한 꽃에게 길들여진 것이기 때문에 그 꽃에 대하여는 내가 책임을 지지 않으면 안 된다.

아름다운 것은 눈에 보이지 않아

작가의 이런 생각은 《어린 왕자》보다 먼저 쓴 작품인 《인간의 대지》에도 나타납니다. 이 작품은 실제 인물인 작가의 가장 친한 친구 기요메의 이야기입니다. 어느 날 비행사인 기요메는 안데스 산맥을 넘다가 비행기와 함께 추락하여, 며칠 동안 죽음의 눈보라 속에서 잠도 자지 못하고 인가를 찾아 헤맵니다. 그렇게 인가를 찾아 헤매던 기요메는 눈보라의 악천후 속을 걸어가면서도 걷잡을 수 없이 쏟아지는 잠의 유혹을 받습니다. 잠을 유혹이라 부르는 건, 그 유혹을 견디지 못하고 쓰러져 잠들면 다시는 깨어나지 못하고 죽음의 나라로 가버릴 수 있기 때문입니다.

하지만 너무 지친 기요메는 눈 속에 쓰러져 눕고 맙니다. 그런데 그가 잠에 푹 빠져들려는 순간 문득 한 얼굴이 떠오릅니다. 누구의 얼굴이었던가요? 네, 그렇습니다. 사랑스런 아내의 얼굴이었죠. 아내의 얼굴이 떠오르는 순간, 기요메는 생각합니다. '내가 죽으면 그녀는 어떻게 될 것인가?' 물론 보험금을 타면 구차스러운 생활이야 면할 수 있겠으나, 문제는 과연 그 보험금을 탈 수 있느냐 하는 것이었습니다. 왜냐고요? 보험금은 그 보험을 들어 있는 사람의 시체가 발견되어야만 지불되는 것이었거든요. 그래서 그는 생각합니다.

'사람들 눈에 띄는 곳으로 가서 죽어 아내가 보험금을 탈 수 있도록 하자.'

그래서 기요메는 무거운 몸을 억지로 일으켜 사람들의 눈에 띨 수 있는 곳을 찾아 이삼일간을 더 헤매다가 마침내 구조를 받게 됩니다.

이것은 소설적 허구가 아니라 실제 있었던 일이랍니다. 보통 사람으로는 상상하기 힘든 눈물겹고 감동적인 이야기입니다. 그런데 더욱 놀라운 것은 주인공 기요메의 머릿속에 있었던 생각의 흐름입니다. 자신을 기다릴 아내를 떠올리며 몸을 일으킨 기요메는, 조난을 당한 것은 자기 자신이 아니라 자기가 죽을 경우, 살아남아서 자기를 애타게 기다릴 사람들이라고 생각했다는 겁니다. 참으로 대단한 정신력 아닙니까. 초인적이라고나 해야 할까요. 하여간 기요메는 그 '조난당한 사람들'을 살려야 한다고 생각하며 눈 속을 헤매다가 구조되는 기적을 경험합니다. 나중에 생텍쥐페리 자신도 실제로 이런 경험을 해보았다고 해요.

이런 이야기가 중요한 골격인 《인간의 대지》 역시 인간이 인간답게 살려면 자기가 관계를 맺고 있는 것에 대해 책임을 져야 한다는 것입니다. 생텍쥐페리의 이런 사상은 그의 여러 작품 속에 일관되게 드러나고 있지요.

그러면 생텍쥐페리는 어떻게 해서 이런 책임윤리를 형상화한 것일까요? 그가 살던 시대는 전통적인 삶의 가치가 무너지는 시대였습니다. 다시 말하면 서구사회를 떠받쳐온 기독교적인 가치 체계가 송두리째 붕괴되는 시대였습니다. 또 1차 세계대전을 경험하면서 사람들은 그 비인간적인 전쟁으로 인해 삶에 대한 엄청난 불안과 회의, 혼란을 겪어야 했습니다. 비행사라는 직업을 가진 생텍쥐페리 자신도 항상 삶의 위기와 불안을 겪으며 살았을 텐데, 이처럼 건강한 생각을 작품으로 드러낼 수 있었다는 사실이 참 놀랍지 않습니까?

어찌 보면 생텍쥐페리한테서는 위대한 수도자에게서 느껴지는 삶의 향기가 풍겨납니다. 그가 살아온 역경의 삶도 그렇고, 그런 역경의 삶 속에서 절대 긍정의 태도를 잃지 않는 마음가짐도 그렇고, 해맑은 동심의 세계를 작품으로 형상화하는 것도 그렇고! 실제로 그는 《성채》라는 작품 속에서 수도자의 느낌을 자아내는 문장을 보여주고 있지요.

기도를 하는 수도자가 엎드려 꼼짝 않고 있을 때보다 더 인간다운 때는 없다. 파스퇴르가 관찰하는 때보다 더 인간다운 때는 없다. 그때에 그는 전진한다. 비록 꼼짝 않고 있지만은 거인의 걸음으로 전진하며 넓은 공간을 발견한다.

오늘날 우리는 과거 어느 때보다 삶의 변화가 급격히 이루어지고 모든 가치관이 송두리째 흔들리는 시절을 살고 있는데, 그래서 그럴까요. 꼼짝 않고 앉아 전진하는 '거인'을 만나보기는 쉽지 않습니다. 생텍쥐페리의 작품 속에 나타난 이런 생각들은 우리가 깊이 곱씹어볼만한 가치가 있다고 여겨집니다. 특히 우리가 잠시나마 어린 왕자와 같은 천진무구한 동심의 세계로 돌아가기를 원한다면, 그가 들려주는 아름다운 몇 문장은 기억해둘 필요가 있을 겁니다.

우리에게 보이지 않는 꽃 때문에,
별들은 아름다운 거야.

사막이 아름다운 건 어딘가 우물이 숨어 있어서 그래. (…) 맞아.
집이건, 별이건, 사막이건, 그 아름다움은 눈에 보이지 않아.

아름다운 시구처럼, 혹은 지혜로운 현자의 잠언처럼 들리는 이런 구절들이 이해가 되십니까. 사실 이런 구절들은 우리가 이해하려 애쓸 필요가 없는 겁니다. 그냥 가슴으로 느끼면 됩니다. 저는 부득불 설명하지 않을 수 없었지만, 우주와 존재의 깊이를 드러내는 이런 문장들은 이해하려 하지 말고 꿀꺽 삼키면 되는 겁니다. 프랑스 문학을 전공한 문학평론가 김현은 일찍이 생텍쥐페리의 문학을 '건강한 문학'이며 그가 사용한 문장에 대해 '세련된 문체'라고 격찬한 바 있습니다. 오로지 생텍쥐페리를 읽기 위해서만 불어를 배워도 아깝지 않다는 말도 덧붙여서!

이야기를 마치면서 한 문장만 더 읽어드리고 싶습니다. 어른들의 경직된 감성을 일깨우는 시적 문장인데, 어린 왕자와 작별인사를 나누면서 여우가 들려주는 말입니다.

잘 가거라. 내가 비밀 하나를 일러줄게. 아주 간단한 거야. 잘 보려면 마음으로 보아야 한다. 가장 중요한 것은 눈에는 보이지 않거든.

자유

나는 아무것도 바라지 않는다.
나는 아무것도 두려워하지 않는다.
나는 자유다.

▌ 3강에서 함께 읽을 책

《그리스인 조르바》니코스 카잔차키스 지음, 이윤기 옮김, 열린책들, 2009.
《영혼의 자서전》니코스 카잔차키스 지음, 안정효 옮김, 열린책들, 1981.
《지금 이 순간을 살아라》에크하르트 톨레 지음, 유형일·노혜숙 옮김, 양문, 2002.

나는
자유다

———

오늘 우리가 함께 생각해볼 작품은 니코스 카잔차키스의 소설《그리스인 조르바》입니다. 작품으로 들어가기에 앞서 소설은 무엇인가, 하는 이야기를 먼저 간단히 하고 넘어가려 합니다. 스탕달은 소설을 "거리로 메고 다니는 거울"이라고 말했습니다. 참 멋진 은유죠. 누가 거울을 메고 거리를 걸어 다니면 그 거울에는 온갖 행인들의 모습이 비춰질 텐데, 그들은 곧 친숙한 우리의 이웃들인 셈입니다. 그러니까 소설이라는 장르는 바로 친숙한 우리 이웃 사람들의 이야기입니다. 흔히 만나는 그런 세상살이 이야기에서 우리 삶의 민낯을 볼 수 있겠지요.

비평가 이어령은 소설을 아주 쉽고 재미있게 풀더군요. '소설'이라고 할 때 한문으로 작을 '小' 자를 쓰는 까닭은 소설이 '소인들의 이야기'이기 때문이라는 거예요. 우리가 그리스 신화 같은 것을 보면 신과 영웅들이 나오는 데 반해, 소설에서는 온갖 문제적 인간들, 결코 매력적이지 않은 인간들이 나오지요. 예컨대 제가 대학 시절에 탐독했던 도스토예프스키의 소설들을 보면, 술주정뱅이, 살인자, 도박하는 사람, 간질환자, 장애인, 사기꾼 등이 주인공들입니다. 그야말로 보잘 것 없는 소인들이고 우리 시대의 보통 사람들과 다를 바 없죠. 이제 곧 자세히 살펴보겠지만 《그리스인 조르바》 속의 인물들도 마찬가지입니다. 그럼에도 불구하고 우리는 소설 속에 나오는 인물들을 통해 새로운 삶의 빛을 발견하기도 하고, 위로와 치유를 경험하기도 하며, 성스런 영성의 세계로 안내받기도 합니다. 이것이 곧 소설이 갖는 매력이죠. 좋은 소설을 손에 잡으면 시간 가는 줄 모르고 몰입하게 되는 까닭도 바로 거기에 있을 겁니다.

니코스 카잔차키스는 제가 무척 좋아하는 소설가 중의 한 사람입니다. 문학에 맛들인 대학 시절에는 한 일 년간 도스토예프스키의 소설에 미쳤었는데, 그의 우울한 작품 세계에서 빠져나올 수 있었던 건 카잔차키스 덕분이었습니다. 오늘 저는 이윤기 선생이 번역한 《그리스인 조르바》를 중심으로 강의를 진행하려고 합니다. 책을 읽을 시간이 없는 분들은 영화라도 보시면 좋은데, 영화는 미국의 유명한 배우였던 앤서니 퀸이 조르바 역을 맡고 있습니다. 영화도 비교적 원작에 충실합니다. 1960년대에 나온 영화인데, 흥미로운 것은 배우 앤서니 퀸이 얼마나 조르바라는 인물에게 매료되었으면 이 영화를 찍은 뒤 조르바처럼 일생을 살려고 했다는 얘기를 들은 적이 있어요. 그렇게 살 수 있었는지는 모르지만.

머리와 가슴, 무엇이 우선일까?

소설은 화자인 '나'가 크레타 섬으로 가는 배를 타려고 항구에서 뜨내기인 조르바를 만나는 데서 시작됩니다. '나'는 크레타 섬 해안에 폐광이 된 갈탄광 한 자리를 사둔 게 있었는데, 그곳에서 책벌레 족속들과는 거리가 먼 노동자, 농부 같은 단순한 생활을 하는 사람들과 새 생활을 해보기로 마음먹고 가는 길이었죠. 하여간 그렇게 우연히 만난 조르바라는 야성의 인간과의 만남을 통해 삶을 바라보는 '나'의 관점이 새롭게 바뀌게 됩니다.

> 내가 오랫동안 찾아 다녔으나 만날 수 없었던 바로 그 사람이었다. 그는 살아있는 가슴과 커다랗고 푸짐한 언어를 쏟아 내는 입과 위대한 야성의 영혼을 가진 사나이, 아직 모태(母胎)인 대지에서 탯줄이 떨어지지 않은 사나이였다.

화자인 '나'는 조르바를 만난 것이 크나큰 충격이었던 모양입니다. 왜 충격이 아니었겠습니까. '나'는 그야말로 손에 흙 한 번 묻혀본 적이 없는, 책 속에나 파묻혀 살던 샌님이었으니까요. 동양식으로 말하면 화자는 선비에 해당하죠. 이제 그는 크레타로 가면서 '자, 이제 내 너를 본질 앞으로 데려 갈 테다'라고 스스로 다짐하지만, 막상 조르바와 살면서 '붓다의 해탈'이 어쩌구 저쩌구 하며 살아온 자기의 아상(我相)이 송두리째 부서지죠.

카잔차키스가 말년에 쓴 자서전《영혼의 자서전》을 보면, 소설 속 화자는 작가 자신처럼 보입니다. 작가 자신이 성인인 붓다나 예수처럼 되고자 하는 열망을 보여주는 이런 흥미로운 이야기가 그 자서전 속에 나옵니다.

나는 오스트리아의 비엔나에 머무는 중에 어느 날 영화관을 찾게 되었다. 그 극장에서 프리다라는 젊은 여인을 만났다. 그녀 몸에서는 계피 냄새가 났다. 우리 둘은 우연히 눈이 마주쳤고, 공원 벤치에서 이야기를 나누다가 나는 문득 그녀에게 물었다.

"당신과 같이 밤을 보내고 싶소."

프리다가 대꾸했다.

"오늘밤은 안 되고 내일 그러지요."

그래서 나는 그녀와 다음 날 만나기로 약속하고 숙소로 돌아왔다. 그런데 믿어지지 않는 끔찍한 일이 벌어졌다. 호텔 방에 도착해 불을 켜고 거울을 본 나는 비명을 질렀다. 얼굴 전체가 무섭게 부어올라 눈이 보이지 않을 지경으로 변해 있었다. 그 순간 프리다 생각이 나서 호텔 지배인을 불러 전보 문안을 썼다.

"내일 못 가고 모레 가겠음."

그렇게 하루, 이틀, 일주일, 이 주일이 지나도 얼굴이 부어오르는 고통은 사라지지 않았다. 나는 내 상태가 심상치 않음을 느끼며 문득 프로이드의 유명한 제자인 슈테켈이 생각났다. 그가 비엔나에 있다는 걸 들어서 알고 있었기 때문이다. 나는 내 병이 정신적인 병이라는 생각이 들었던 것이다.

박식한 슈테켈 교수는 나의 고백을 귀 기울여 들어주었다. 나는 그에게 내가 사춘기 시절부터 성스러운 삶을 추구해왔다고 고백했다. 내 얘기를 듣고 난 교수는 최근에 무슨 일이 있었는지, 좀 더 솔직하게 이야기하라고 다그쳤다. 마침내 나는 부끄러움을 무릅쓰고 프리다라는 여자와 만나기로 했던 얘기를 털어놓았다.

내 얘기를 듣고 난 교수가 말했다.

"당신이 비엔나에 눌러있는 한, 이 가면은 사라지지 않아요. 당신이 걸린 병은 고행자, 혹은 성자의 병이라고 부르죠. 요즘 세상에는 영혼에 순종하는 육체란 없으니까, 이건 지극히 희귀한 병이에요."

그리고 그는 한 사막의 고행자 얘기를 들려주었다.

"성자들의 전기를 읽어본 적이 있나요? 색욕의 악마가 갑자기 씌워서 여자와 자야겠다는 욕구를 못 이겨 테베의 사막을 떠나 가까운 도시로 달려간 고행자 얘기 아시죠? 그는 달리고 또 달렸지만, 성문을 지나가려다 몸을 내려다보니 나병이 번지는 중이었어요. 하지만 그건 나병이 아니라 지금 당신이 걸린 것과 똑같은 병이었어요. 그런 끔찍한 꼴로 어떻게 여자를 만나러 가겠어요? 그래서 그는 사막의 암자로 뛰어 돌아가서는 죄악에서 건져준 신에게 감사를 드렸고, 전설에 의하면 신은 그를 용서하고 그 병을 낫도록 해주었다는군요. 보아하니, 붓다나 예수처럼 성자가 되고 싶은 열망을 지닌 당신의 영혼은 여자와 자는 걸 대죄라 믿죠. 그런 까닭에 당신의 영혼이 육체가 죄를 범하지 못하게 막는 것이죠. 육체에 이토록 심한 영향을 끼치는 영혼은 우리 시대엔 희귀하죠. 당신이 프리다를 떼어놓고 비엔나를 떠나기만 하면 당신의 병은 당장 나을 거예요.”

나는 의사의 말을 믿지 않았다. 그러나 한 달을 더 머물러도 낫지를 않았다. 나는 마침내 의사의 말대로 비엔나를 떠나기로 결심하고 짐을 싸서 들고 정거장으로 향했다. 그런데 놀랍게도 아직 정거장에 도착하지도 않았는데, 얼굴에서 부기가 빠진 것을 느꼈다. 정거장에 도착해서 거울을 꺼내 보자 부어오른 얼굴은 본래의 모습으로 돌아와 있었다.

그날 이후로 카잔차키스는 “인간의 영혼이 무섭고 위험한 용수철”이라는 것을 느꼈고, “우리들은 의식하지 못하는 사이에 살과 기름 속에 굉장한 폭발물을 담고 다닌다는 것”을 깨달았다고 합니다. 헉! 과연 어떻게 그런 일이 있을 수 있나, 하는 생각이 들죠? 성자병! 저도 카잔차키스를 통해서 처음 들은 병명입니다. 오늘날 우리 시대에는 이런 순수한 열망을 가진 자도 드물고, 이런 병을 알아보고 처방할 의사도 찾기 힘들겠죠.

소설의 화자인 ‘나’는 성자 붓다에 대한 열망으로 어머니 대지에서 멀어져 형이상의 구름 속을 유영하며 살고 있었던 겁니다. 그런 그가 마침내 어머니 대지에서 탯줄이 떨어지지 않은 사나이 중의 사나이인 조르바를 만나 ‘조르바 학교’의 학생으로 변합니다.

내 인생은 한갓 낭비에 지나지 않는다. 걸레를 찾아 내가 배운 것, 내가 보고 들은 것을 깡그리 지우고 조르바라는 학교에 들어가 저 위대한 진짜 알파벳을 배울 수 있다면…… 내 인생은 얼마나 다른 길로 들어설 것인가! 내 오관과 육신을 제대로 훈련시켜 인생을 즐기고 이해하게 된다면! 그러자면 달음박질을 배우고, 씨름을 배우고, 수영을, 승마를, 배는 젓는 것, 차를 모는 것, 사격을 배워야 했다. 내 정신을 육신으로 채워야 했다. 내 육신을 정신으로 채워야 했다. 그렇게 하자면 내 내부에 도사린 두 개의 영원한 적대자를 화해시켜야 했다.

화자가 자기가 살아온 삶을 후회하며 새롭게 배우고자 하는 "저 위대한 진짜 알파벳"은 뭘까요? "육신으로 정신을 채워야 했다"는 말은 무슨 뜻일까요? 먹물만 가득 찬 머리로만 살던 존재가 이제 가슴과 몸으로 살아야겠다는 거 아니겠습니까! 이 대목에서 저는 고인이 되신 김수환 추기경이 남긴 말이 생각납니다. 생의 말년에 김추기경은 "내 삶이 머리에서 가슴으로 옮겨가기까지 평생이 걸렸다"라는 고백을 하죠. 따지고 보면, 얼마나 부끄러운 고백입니까. 존경받는 성직자가 머리로만 살고 가슴으로 살지 않았다는 건, 진정으로 사랑을 해보지 않았다는 말 아닙니까. 왜냐하면 사랑은 머리가 주관하지 않는, 가슴의 소관이니까요. 하여간 저는 그분의 그런 정직한 고백에 고개를 떨굴 수밖에 없었죠. 아무리 성직자라도 그런 솔직한 고백을 하는 건 쉬운 일이 아니잖아요.

아무튼 화자인 '나'는 머리로 사는 존재였죠. 조르바는 이와 반대로 가슴과 몸으로 사는 존재였습니다. 처음 만난 지 얼마 되지도 않아서 조르바는 자기를 광산의 일꾼으로 고용할 '두목'에게 거침없이 내뱉습니다.

> 두목, 계산 같은 건 이제 그만 하쇼. 숫자놀이는 그만두고 저울은 부숴 버리고, 구멍가게는 문을 닫아 버리라고요. 당신 영혼은 구제와 파멸의 갈림길에 선 거요.

좀스러운 구멍가게 주인이 될 것인가?

이성과 합리적 정신으로 살아가는 소위 지식인의 특성이 뭡니까. 그 비대해진 머리로 따지고 재고 달고…… 철저한 계산이죠. 그리고 나에게 이득이 될 건가, 저울에 올려놔보는 거죠. 마치 '구멍가게 주인'처럼. 비슷한 표현이 또 나오는데, 조르바라는 인간을 깊이 이해하기 위해 그가 하는 말을 좀 더 들어볼까요.

> 당신은 자유롭지 않아요. (…) 두목, 당신은 긴 줄 끝에 있어요. 당신은 오고 가고, 그리고 그걸 자유라고 생각하겠지요. 그러나 당신은 그 줄을 잘라 버리지 못해요. (…) 아주 어렵습니다. 그러려면 바보가 되어야 합니다. 바보, 아시겠어요? 모든 걸 도박에

다 걸어야 합니다. 하지만 당신에게 좋은 머리가 있으니까 잘은 해나가겠지요. 인간의 머리란 식료품 상점과 같은 거예요. 계속 계산합니다. 얼마를 지불했고 얼마를 벌었으니까 이익은 얼마고 손해는 얼마다! 머리란 좀상스러운 가게 주인이지요. 가진 걸 다 걸어 볼 생각은 않고 꼭 예비금을 남겨 두니까. 이러니 줄을 자를 수 없지요. 아니, 아니야! 더 붙잡아 맬 뿐이지……. 이 잡것이! 줄을 놓쳐 버리면 머리라는 이 병신은 그만 허둥지둥합니다. 그러면 끝나는 거지. 그러나 인간이 이 줄을 자르지 않을 바에야 살맛이 뭐 나겠어요? 노란 양국 맛이지. 멀건 양국 차 말이오. 럼주 같은 맛이 아니오. 잘라야 인생을 제대로 보게 되는데!

거침없는 말투로 조르바가 비난하는 계산적 이성, 오늘 이 시대를 살아가는 현대인의 특성이죠. 조르바는 "가진 걸 다 걸어 볼 생각은 않고 예비금을 꼭 남겨" 두는 구멍가게 주인 같은 그런 좀스러운 인간이 되지 말라는 겁니다. 자기가 가진 것을 다 걸어보지 않는 인생은 "노란 양국 맛"일 뿐 "럼주 같은 맛"이 안 난다는 겁니다. 우스운 얘기입니다만, 호기심이 많은 저는 조르바가 하는 말이 궁금해 그 맛을 알려고 럼주를 구해다가 마셔보았습니다. 그렇게 마셔보고 나니 왜 조르바가 럼주 맛을 얘기하는지 그 까닭을 알겠더라고요. 럼주를 두어 잔 마시고 나니, 문득 페르시아의 신비 시인인 잘랄루딘 루미의 시가 떠올랐습니다.

그대 진정 사람이라면
모든 것을 사랑에 걸어라.

아니라면, 이 모임을
떠나라.

반쪽 마음으로는
장엄(莊嚴)에 이르지 못한다.
그대 신을 찾겠다고 나선 자가
지저분한 주막에 머물며
그렇게 오래 머뭇거리고 있는가.

— 잘랄루딘 루미, 〈사랑의 도박〉 전문

그러니까 모든 것을 저울에 달아보고 주판알을 튕겨보고 행동하는 사람은, "반쪽 마음"으로 사는 사람이라는 거죠. 그런 사람은 결코 삶의 장엄을 맛보지 못한다는 겁니다.

그러면 왜 사람들이 자기 인생을 다 걸지 않고 꼭 비상금은 남겨두는, "반쪽 마음"으로 살아갈까요? 현재, 즉 지금 이 순간에 충실하지 않기 때문입니다. "반쪽 마음"으로 산다는 건 뭐겠어요? 마음의 반은 현재에 걸치고 또 마음의 반쪽은 이미 지나가버린 과거에 걸치거나, 올지 안 올지도 모르는 미래에 걸치고 살기 때문이죠. 이런 사람은 늘 찢어진 마음으로 살아가죠. 우리가 삶의 모범으로 여기는 성인들은 한결같이 '지금 이 순간을 살아라!'고 얘기합니다. 물론 말하기는 쉽지만, 그렇게 사는 게 정말 쉽지 않습니다. 여러분도 '지금 이 순간을 살아라!'는 얘기는 많이 들어보셨지요? 하지만 그게 잘 되던가요?

마음 다루는 일이 얼마나 어려웠으면, 붓다 같은 분이 "자기를 다스리는 일이 천 명의 적을 무찌르기보다 어렵다"고 했겠어요. 이렇게 보면 소설의 주인공 조르바는 정말 자기 마음 다스리기의 달인처럼 보입니다. "지금 이 순간"을 멋지게 살아가는 그의 유머스러우면서도 거침없는 표현에 우리는 웃음과 함께 놀라움을 금하지 못합니다.

나는 어제 일어난 일은 생각 안 합니다. 내일 일어날 일을 자문하지도 않아요. 내게 중요한 것은 오늘, 이 순간에 일어나는 일입니다. 나는 자신에게 묻지요. '조르바, 지금 이 순간에 자네 뭐하는가?' '잠자고 있네.' '그럼 잘 자게.' '조르바, 지금 이 순간에 자네 뭐하는가?' '일하고 있네.' '잘해 보게.' '조르바, 자네 지금 이 순간에 뭐하는가?' '여자에게 키스하고 있네.' '조르바, 잘해 보게. 키스 할 동안 딴 일일랑 잊어버리게. 이 세상에는 아무것도 없네. 자네와 여자밖에는. 키스나 실컷 하게.'

오로지 현재에 충실한 삶을, 조르바는 아주 감각적으로 표현하죠? 그런데 우리는 어떻습니까? 밥 먹을 때도 밥만 먹지 않고, 잠 잘 때도 잠자는 것에 몰두하지 않고, 늘 딴짓을 하죠. 연인을 만나 키스

하면서도 그 순간에 충실하지 않고 다른 여성 혹은 남성을 생각한단 말입니다. 이건 바로 심리학자들이 얘기하는 '정신분열'이죠. 현재에 충실한 조르바 같은 사람은 정신분열증에 걸릴 일이 없겠지요.

왜 많은 현대인들이 물질적 풍요를 누리면서도 정신분열 속에서 살아갈까요. 현재를 도외시하고 자기 존재의 행복을 바깥에서 찾기 때문입니다. 에크하르트 톨레의 《지금 이 순간을 살아라》라는 책에 보면, 우리 삶의 행복을 가로막는 장애물이 바로 우리 자신에게 있다고 진단합니다.

30년 동안 길가에 앉아서 구걸을 해온 거지가 여느 날과 마찬가지로 "한푼 줍쇼."라는 말을 나지막이 중얼거리고 있었습니다. 거지가 내밀고 있는 낡은 야구 모자에는 가끔씩 동전이 떨어졌습니다.

지나가던 한 행인이 거지에게 말했습니다.

"난 가진 게 아무것도 없으니 적선도 할 수가 없구려. 그런데 당신이 걸터앉아 있는 그건 뭐요?"

"이거 말이오? 그냥 낡은 상자일 뿐이죠. 난 늘상 이 위에 앉아 있었소. 언제부터인지 모르지만, 어쨌든 쭉 난 이 상자 위에 앉아 있었소만⋯⋯."

행인은 상자를 가리키며 말했습니다.

"한번이라도 그 안을 들여다본 적이 있소?"

"그건 봐서 뭘 하게요? 안에는 아무것도 없어요."

"안을 한번 들여다보시구려."

행인이 다그쳤습니다. 거지는 마지못해 상자 뚜껑을 들어올렸습니다. 그런데 웬일입니까? 상자 안에는 놀랍게도 황금이 가득차 있었습니다.

여러분, 저자가 이 얘기를 들려주는 의도가 뭔지 설명하지 않아도 아시겠지요? 행복 혹은 깨달음의 보물 상자가 바로 우리 내면에 있다는 겁니다. 그런데 우리는 이 거지처럼 그것이 우리 안에 있다는 걸 자각하지 못하고 바깥으로만 찾아 헤매고 있다는 거지요. 사실 이건 세상의 모든 경전들이 이미 얘기해왔습니다. 예수는 "하늘나라가 네 안에 있다"고 했고, 《우파니샤드》 같은 인도의 경전은 "불멸의 신성(아트만)이 네 안에 있다"고 말했지요. 에크하르트 톨레 같은 이는 그걸 현대인이 알아들을 수 있는 쉬운 우화로 표현한 겁니다. 조르바는 무얼 읽고 나서 그걸 안 게 아니라 자기 가슴과 몸을 사용하면서 스스로 터득한 걸로 보이는데, 조르바는 그것을 이렇게 표현합니다.

나는 아무도, 아무것도 믿지 않아요. 오직 조르바만 믿지. 조르바가 딴 것들보다 나아서가 아니오. 나을 거라고는 눈곱만큼도 없어요. 조르바 역시 딴 놈들과 마찬가지로 짐승이오! 그러나 내가 조르바를 믿는 건, 내가 아는 것 중에서 아직 내 마음대로 할 수 있는 게 조르바뿐이기 때문이오. 나머지는 모조리 허깨비들이오. 나는 이 눈으로 보고 이 귀로 듣고 이 내장으로 삭여 내어요. 나머지야 몽땅 허깨비지.

자긍심이 대단하죠. 자기를 자기 마음대로 할 수 있다는 자긍
심! 물론 이런 자긍심이 지나치면, 교만에 떨어질 수 있겠지요. 그러
나 조르바는 교만에 떨어질 수 없는 사람처럼 보입니다. 몸으로 살
아가는 조르바는 자신이 다른 사람과 다를 바 없는 '짐승'이라는 걸
또렷이 자각하고 있을 뿐만 아니라 몸으로 살아가는 삶을 '존엄' 그
자체로 여기기 때문이죠. 예컨대, 그는 몸을 지탱하기 위해 필요한
음식을 먹는 일을 대단히 소중히 여깁니다. 그러나 그는 단지 맛 집
을 찾아 순례하는 현대인들처럼 먹는 것을 탐닉하기만 하는 낮은 수
준의 인간이 아니었죠.

먹은 음식으로 뭘 하는가를 가르쳐 주면, 당신이 어떤 사람인지
나는 말해 줄 수 있어요. 혹자는 먹은 음식으로 비계와 똥을 만
들고, 혹자는 일과 좋은 유머에 쓰고, 내가 듣기로는 혹자는 하
느님께 돌린다고 합디다. 그러니 인간에게 세 가지 부류가 있을
수밖에요. 두목, 나는 최악의 인간도 최선의 인간도 아니오. 중
간쯤에 들겠지요. 나는 내가 먹는 걸 일과 좋은 유머에 쓴답니
다. 과히 나쁠 것도 없겠지요!

인간에 대한 이런 멋진 분류를 들어보신 적이 있나요? 우리는
매일 얼마나 많은 물질을 목구멍으로 삼킵니까. 그런데 그게 무엇으

로 변하는지는 잘 생각하지 않고 삽니다. 하루에도 우리가 먹는 걸 나열해본다면, 육해공에서 나온 수십 종류의 생명을 우리 몸을 유지하기 위한 양식으로 삼잖아요. 하지만 우리가 목구멍으로 삼킨 것이 무엇으로 변하는지는 거의 생각하지 않고 산다는 말입니다. 우리가 먹은 것이 무엇인가로 변하는 것은 틀림없잖아요. 카잔차키스는 우리에게 그걸 일깨우고 있는 겁니다. 몸으로 살아가는 조르바라는 인물을 통해서 말입니다.

이 소설을 읽는 동안 제가 붉은 밑줄을 두 번씩이나 긋고 일부러 메모까지 해둔 아름다운 문장이 있습니다. 이 문장을 읽으며 가슴이 먹먹했죠.

나는 달빛을 받고 있는 조르바를 바라보며 주위 세계에 함몰된 그 소박하고 단순한 모습, 모든 것(여자, 빵, 물, 고기, 잠)이 유쾌하게 육화(肉化)하여 조르바가 된 데 탄복했다. 나는 우주와 인간이 그처럼 다정하게 맺어진 예를 일찍이 본 적이 없었다.

"여자, 빵, 물, 고기, 잠이 유쾌하게 육화"했다, 그게 바로 조르바다! 인간에 대한 찬사로 이보다 더 큰 찬사가 있을까요. 유쾌한 육화, 저는 한동안 이 표현에 매료되어 어떻게 살면 유쾌한 육화를 이루는 존재가 될 수 있을까, 곱씹으며 지낸 날들도 있었지요. 저는 일찍이 '육화(incanation)'란 말을 신학을 공부하며 배웠습니다. 신이 인간의 몸을 입는 걸, 보통 육화라고 하지요. 그런데 카잔차키스는 여자,

빵, 물, 고기 같은 물질이 사람으로 변한 것을 육화로 표현했습니다. 이런 유쾌한 육화가 일어나려면, 그 존재가 깨어 있어야 한다는 겁니다. 조르바는 때로 여자나 밝히는 색골이나 탕아처럼 보이기도 하지만, 그래도 그는 항상 깨어 있는 존재였습니다.

앞서 인용한 구절에서 느끼셨겠지만, 그는 자기가 먹은 것으로 무얼 해야 하는가를 항상 생각하는 존재였단 말입니다. 오늘 내가 빵과 포도주를 먹었다면, 그렇게 내 몸에 들어와 소화되고 축적된 에너지로 뭘 할까를 생각하는 존재였다는 겁니다. 먹은 걸로 똥오줌만 싸는 건 아무 생각이나 노력 없이도 할 수 있는 거잖아요? 조르바는 적어도 자기가 먹은 걸로 '일과 유머'를 만든다고 했는데, 사실 세상에 자기가 먹은 걸로 일과 유머를 만들고 사는 존재도 흔치 않습니다. 일과 유머는커녕 타인에게 고통과 슬픔을 안기거나 말썽만 일으키는 경우도 있고, 자기 스스로 무기력, 열등감, 불평, 혐오감, 자학 속에 살아가는 경우도 많습니다. 남의 얘기만 할 건 아니죠. 돌이켜보면, 저도 지금보다 미숙했을 때는 아내와 싸우고 나면 제가 먹은 것에서 비롯된 에너지를 온종일 분노하는 데만 사용했습니다. 조르바의 말을 깊이 새긴다면, 우리가 먹은 것에서 나오는 소중한 에너지를 그런 부정적인 데 쓰지 말아야겠지요.

그렇게 살기 위해서는 사물과 세계를 바라보는 우리의 눈이 바뀌어야 할 겁니다. 세상을 바라보는 조르바의 깊은 시선을 보세요.

두목, 저기 저 건너 가슴을 뭉클거리게 하는 파란 색깔, 저 기적이 무엇이오? 당신은 저 기적을 뭐라고 부르지요? 바다? 바다? 꽃으로 된 초록빛 앞치마를 입고 있는 저것은? 대지라고 그러오? 이걸 만든 예술가는 누구지요? 두목, 내 맹세코 말하지만 내가 이런 걸 보는 건 처음이오!

한 번도 본 적이 없다! 바다나 대지를 그가 한 번도 본 적이 없었을까요? 만일 여러분 앞에 조르바가 나타나 그렇게 말한다면 여러분은 뭐라고 하시겠어요? 어이, 조르바, 뻥치지 말아! 이러시겠지요. 뻥! 조르바의 말이 뻥 같다는 건 맞습니다. 하지만 그건 조르바가 시인과 같은 깊은 눈을 지녔기 때문입니다. 무슨 말이냐고요? 무릇 시인은 자기 앞의 사물을 처음인 듯이 볼 수 있는 눈을 지닌 사람입니다. 다시 말하면, 경험의 눈, 고정관념의 눈으로 보지 않는다는 말입니다. 인도의 경전인 《우파니샤드》에서는 산스크리트어로 '시인'이란 단어의 뜻을 '혁명의 눈을 가진 자(krantdarsi)'로 새긴다고 합니다. 정말 의미심장하죠. 조르바야말로 '혁명의 눈'으로 자기 앞의 사물과 세상을 매 순간 새롭게 보았죠. 화자인 '나'는 이처럼 매순간 파릇파릇 빛나는 조르바의 시선에 반해 이런 반성을 토해냅니다.

나는 조르바라는 사내가 부러웠다. 그는 살과 피로 싸우고 죽이고 입을 맞추면서 내가 펜과 잉크로 배우려던 것들을 고스란히 살아온 것이었다.

내 말은 종이로 만들어진 것들에 지나지 않았다. 내 말들은 머리에서 나오는 것이어서 피 한 방울 묻지 않은 것이었다.

우리가 잃어버린 '놀람'이라는 감각

지금 이 자리에는 글쓰기에 대한 열망을 가진 분들도 있겠지요. 저도 글을 쓰는 사람이지만, 우리가 몸을 움직일 생각은 않고 책상물림으로만 살면 화자의 아픈 토설처럼 "피가 흐르지 않는" 죽은 글만 토해내기 십상입니다. 문학이 상상력의 소산이라고 하지만, 문학적 상상력도 자기 몸의 체험과 동떨어지면 그 진정성을 의심받기 쉽습니다. 바로 이러한 문제를 명쾌하게 짚어준 한 비평가의 말이 생각나는군요.

> 우주에 대해 시적 상상력을 갖는다는 것은 이 우주 속에 프롤레타리아로 산다는 것과 다른 것이 아니다. 부르주아는 간접적으로만 세상과 만나는 사람이다. 프롤레타리아는 제 육체로 직접 세상과 교섭한다. 맨손이 고무장갑을 낀 손보다 물에 관해 더 많은 것을 알고 더 많은 것을 상상한다. 못을 박으라고 명령하는 사람보다 못을 박는 사람이 벽과 못에 대해 더 많은 것을 안다. 명령을 받고 못 박는 사람보다 제가 박고 싶어 못 박는 사람이 우주로부터 더 많은 영감을 받는다. 명령이 세계와 우리를 이간하였다.
>
> ― 황현산, 《말과 시간의 깊이》 중에서

여기서 '부르주아'와 '프롤레타리아'란 구분이 계급적 분류에서 나온 것이 아님을 여러분은 눈치 채셨겠지요. 그렇다면 제가 비평가의 이런 분류를 인용한 까닭도 충분히 이해하셨으리라 생각합니다. 요컨대 부르주아의 시적 상상력은 대지에 발을 딛지 못한 채 형이상의 구름 위를 떠다니기 십상이고, 프롤레타리아의 그것은 우리 삶의 심층에 깊이 닿아 있다는 걸 강조하고 있는 거지요. 그래서 저는 종이로 인쇄된 책을 사랑하는 것도 소중하지만, 종이로 되어 있지 않은 책, 즉 우리 삶을 읽어내는 일이 더 소중한 거라고 말씀드리고 싶습니다. 우리가 조르바에게서 배울 점은 바로 책에 씌어 있지 않은 날것의 삶을 읽어내는 더듬이를 소중히 해야 한다는 겁니다.

다시 작품 속으로 들어가 볼까요. 어느 날 조르바는 갈탄광 설치에 필요한 자재를 구하려 머물던 마을을 떠나는데, 화자가 그를 전송하러 따라 나가지요. 바로 그 대목을 읽어드리겠습니다.

사면을 내려가면서 조르바가 돌멩이를 걷어차자 돌멩이는 아래로 굴러 내려갔다. 조르바는 그런 놀라운 광경을 처음 보는 사람처럼 걸음을 멈추고 돌멩이를 바라보았다. 그러다 나를 돌아다보았다. 나는 그의 시선에서 가벼운 놀라움을 읽을 수 있었다.
"두목, 봤어요?"
"……"
"사면에서 돌멩이는 다시 생명을 얻습니다."

비탈을 굴러가는 돌멩이에서 살아 있는 생명을 읽는 눈. 오늘 우리는 이런 놀람의 감각을 잃어버렸어요. 문명이 발달하고 지식이 증대하면 이런 감각은 퇴화하는 걸까요? 아브라함 요수아 헤셸이라는 유대 출신의 철학자는 현대인들이 놀람의 감각을 잃어버리고 사는 것을 깊이 우려하면서 이런 경고를 했어요. "인류가 멸망한다면, 그것은 정보의 부족 때문이 아니라 놀람을 올바로 감상하지 않기 때문이다"라고. 무슨 말일까요? 만일 우리가 우리 존재를 떠받치는 우주 생명들에 대한 경이를 상실하면, 어떤 생명이든 하찮게 대하게 되지 않겠어요? 조르바의 놀람의 감각, 그것은 우주 만물을 우리가 반드시 읽어야 할 위대한 경전으로 여기게 만듭니다.《성경》이나 불경만 경전이 아니지요, 만일 우리에게 읽어낼 눈이 있으면 우주 만물이 경전이 되는 거죠.

우리가 이런 시선을 지닐 때 인류에 대한 보편적 형제애가 나오는 지도 모릅니다. 조르바가 하는 말입니다.

요새 와서는 이 사람은 좋은 사람, 저 사람은 나쁜 놈, 이런 식입니다. 그리스인이든, 불가리아인이든 터키인이든 상관하지 않습니다. 좋은 사람이냐, 나쁜 놈이냐? 요새 내게 문제가 되는 건 이 것뿐입니다. 나이를 더 먹으면(마지막으로 입에 들어갈 빵 덩어리에다 놓고 맹세합니다만) 이것도 상관하지 않을 겁니다. 좋은 사람이든 나쁜 놈이든 나는 그것들이 불쌍해요. 모두가 한가집니다. 태연해야지 하고 생각해도 사람만 보면 가슴이 뭉클해요. 오, 여기 또 하나 불쌍한 것이 있구나, 나는 이렇게 생각합니다. 누군 지는 모르지만 이자 역시 먹고 마시고 사랑하고 두려워한다. 이 자 속에도 하느님과 악마가 있고, 때가 되면 뻗어 땅 밑에 널빤 지처럼 꼿꼿하게 눕고, 구더기 밥이 된다. 불쌍한 것! 우리는 모 두 한 형제 간이지. 모두가 구더기 밥이니까.

저는 이 문장에도 빨간 밑줄을 쳤습니다. 우리가 이념, 민족, 종 교, 사상 따위로 가르고 나누고 쪼개는 분열적 사유를, 카잔차키스 는 조르바라는 야성적 인간의 걸쭉한 입담으로 한 방에 날려버립니 다. 얼마나 통쾌하던지요!

왜 통쾌하냐고요? "나는 인간을 사랑해!"라는 뻔한 말보다 "불 쌍한 것! 우리는 모두 한 형제 간이지. 모두 구더기 밥이니까"라는 말에서 인간에 대한 보다 지극한 연민을 느낄 수 있지 않습니까. 또 통쾌한 이유는 우리가 세상을 살아가면서 얼마나 많은 분별에 찢기 고 삽니까. 그런 분별 속에서 상처도 많이 받고요. 그런데 궁극에는 나보다 잘났다고 으스대는 놈도 구더기 밥, 그렇게 으스대는 놈 앞에 기죽어 살던 나도 구더기 밥, 얼마나 평등합니까. 더욱이 그 놈의 돈 때문에 친한 형제나 동기, 이웃 간에도 서로 비교하며 척을 지고 살 때가 많잖아요. 그런데 돈이 좀 많다는 놈이나 적은 놈이나 모두 공 동묘지로 가게 될 테니, 이 얼마나 평등합니까. 세상에는 숱한 평등 의 이론이 있겠지만, 조르바의 평등론만큼 명쾌한 게 또 있을까요.

저는 아직 그리스를 가보지 못했는데, 카잔차키스의 고향이며

《그리스인 조르바》의 무대인 크레타 섬은 꼭 가보고 싶어요. 수평선 위로 물드는 아름답고 황홀하다는 지중해 저녁놀이 보고 싶기도 하고, 카잔차키스 묘소에도 가서 거기 새겨져 있다는 묘비명도 보고 싶거든요.

나는 아무것도 바라지 않는다.
나는 아무것도 두려워하지 않는다.
나는 자유다.

작가가 이런 거창한 묘비명을 남길 수 있었던 까닭은 아마도 그가 만난 영혼의 스승들 때문일 겁니다. 그는 자기 영혼에 가장 깊은 자취를 남긴 사람들로, 호메로스와 붓다와 니체와 베르그송과 조르바를 꼽습니다.

호메로스는 기운을 되찾게 하는 광채로 우주 전체를 비추고 태양처럼 평화롭고 찬란하게 빛나는 눈이었으며, 붓다는 세상 사람들이 빠졌다가 구원을 받는 한없이 깊은 까만 눈이었다. 베르그송은 젊은 시절에 해답을 못 얻어 나를 괴롭히던 철학의 온갖 문제들로부터 나를 해방시켜 주었으며, 니체는 새로운 고뇌로 나를 살찌게 했고 불운과 괴로움과 불확실성을 자부심으로 바꾸도록 가르쳤으며, 조르바는 삶을 사랑하고 죽음을 두려워하지 말라고 가르쳤다. 힌두교에서는 이른바 구루(道師)라 일컫고

아토스 산의 승려들이 '아버지'라고 부르는 삶의 길잡이를 선택하는 문제라면, 나는 틀림없이 조르바를 택했으리라. 그 까닭은 화살처럼 창공에서 힘을 얻는 원시적인 관찰력, 일상적 요소에 처녀성을 부여하여 아침마다 새로워지는 창조적 단순성, 자신의 영혼을 제멋대로 조종하는 대담성, 신선한 마음과 분명한 행동력, 초라한 한 조각의 삶을 안전하게 더듬거리며 살아가기 위해 하찮은 겁쟁이 인간이 주변에 세워 놓은 도덕이나 종교나 고향, 민족 따위의 모든 울타리를 대담히 때려부수는 우상파괴적 힘, 야수적인 웃음……

카잔차키스는 《영혼의 자서전》에서 이처럼 자기 영혼에 큰 울림을 준 이들을 꼽으면서 조르바에게 가장 많은 단어를 할애합니다. 조르바는 작가가 만난 실제 인물을 소설화한 겁니다. 그의 무덤에 새겨진 묘비명이 작가가 살았던 삶을 함축하는 거라면, 그런 묘비명이 있게 된 건 조르바 때문이 아닌가 여겨집니다. 아마도 저는 크레타 섬으로 여행을 가서 묘비명 앞에 선다면 제 안에 화인처럼 강렬하게 각인된 소설 《그리스인 조르바》를 떠올릴 것이고, 소설 속의 다음과 같은 대화를 중얼거리지 않을까 생각합니다.

"인간이라니, 무슨 뜻이지요?"
"자유라는 거지!"

작은 돛

4강

——

사
랑

너무 사랑하여
그리움의 고통을 알게 되기를.
너희 스스로 사랑을 알게 됨으로써
상처 받게 되기를.

▌**4강에서 함께 읽을 책**

《예언자》칼릴 지브란 지음, 류시화 옮김, 열림원, 2002.
《칼릴 지브란—아름다운 영혼의 순례자》수혜일 부쉬루이 지음, 이창희 옮김, 두레, 2000.
《사랑 예찬》알랭 바디우 지음, 조재룡 옮김, 길, 2010.

너와 나를 살리는
영혼의 묘약

———

오늘은 먼저 여러분에게 질문부터 하나 드리고 강의를 시작할까 합니다. 사람과 사람을 잇는 관계의 언어 가운데 가장 소중한 언어는 뭘까요?

— '사랑'요.

네, 그렇습니다. 사랑, 낡고 오래된 언어지요. 너무 흔하게 써서 오래된 가구처럼 온갖 더러운 때가 덕지덕지 묻어 있고 반질반질 닳아 있는 언어이기도 하죠. 하지만 오래된 가구도 먼지를 털고 기름걸레 같은 것으로 잘 닦으면 반짝반짝 윤이 나는 것처럼, 낡고 오래된 언어인 '사랑'이란 말도 진정이라는 기름을 쳐서 잘 닦아 사용하면 다시 우리의 삶을 윤택하게 하고 사람과 사람 사이의 관계를 빛나도록 해주지 않을까요.

이런 역할을 해온 사람들이 누구냐 하면, 바로 시인들이죠. 우

리가 일상 속에서 사용하는 똑같은 언어도 시인들이 쓰면 이상하게
반짝반짝 빛이 납니다. 자, 그럼 먼저 짧은 시 하나 읽어드릴게요.

> 두 사람이 마주 앉아
> 밥을 먹는다
>
> 흔하디흔한 것
> 동시에
> 최고의 것
>
> 가로되 사랑이더라
>
> — 고은, 《순간의 꽃》 중에서

잠든 영혼을 흔들어 깨우는 詩

어떻습니까. 시인이 특별한 언어를 쓴 것도 아닌데, 그 흔하디흔한
'사랑'이란 말이 환한 빛을 내뿜고 있지요. 그렇습니다. 이것이 바로
우리가 시를 자주 읽고 사랑해야 할 이유인 겁니다.

    저는 오늘 여러분과 칼릴 지브란의 시를 함께 읽으려고 하는데,
다들 읽고 오셨겠죠? 오늘 우리가 읽을 시집의 제목은 《예언자》입니
다. 책을 못 읽으신 분들도 이 시집의 제목은 들어보셨을 겁니다. 워

낙 유명한 책이니까. 20세기에 《성경》을 제외하고 가장 많이 팔린 책이라지요. 이 시집이 미국에서 막 출간되고 나서 얼마나 인기가 높았던지, 《아라비안 나이트》 이래 아랍 출신의 작가가 세계 여러 나라에서 그토록 큰 반향을 일으킨 경우가 없었다고 합니다. 우리나라에서도 숱한 출판사들이 이 책을 포함해 지브란의 여러 작품들을 앞다투어 출간해왔지요.

하지만 지브란의 다른 작품도 그렇지만 오늘 우리가 읽으려고 하는 《예언자》의 경우도 깊이 읽은 독자들이 많지 않습니다. 왜 그럴까요? 곰곰이 생각해보았는데, 무엇보다도 지브란의 시가 평소에 우리가 접해온 일반적인 서정시들과는 다르기 때문인 것 같습니다. 그의 시는 독자들에게 깊은 사색을 요구합니다. 물론 그의 시도 서정적 요소가 강하지만, 광활한 정신세계로부터 나오는 삶의 철학이 시 속에 깔려 있거든요.

《예언자》는 칼릴 지브란이 무려 20년 동안이나 고쳐 쓴 시집입니다. 참으로 긴 세월 동안 공을 들였죠. 이 책을 쓴 후에 지브란은 말했습니다. "《예언자》는 나의 내면적 삶의 성스러움을 표현한 것이다." 철저한 기획하에 오랜 세월에 걸쳐 쓰여진 이 시집은 지브란이 자기 일생의 정신적 영적 탐구의 성과를 담아내고자 한 것으로 보입니다.

실제로 지브란은 이 시집을 쓰기 전에 서구의 중요한 사상가들과 직접 만나기도 하고, 인류의 가슴을 흔들었던 위대한 사상들을 두루 섭렵합니다. 흔히들 그의 작품을 영국의 시인인 윌리엄 블레이

크나 단테, 타고르, 프리드리히 니체, 미켈란젤로, 로댕 등과 비교하기도 하는데, 특히 그는 블레이크의 시와 니체의 사상에 큰 감화를 받았다고 하죠. 이 짧은 시간에 지브란이 사상가들로부터 받은 영향에 대해 다 말씀드릴 수는 없고, 더 깊이 알고 싶은 분은 수헤일 부쉬루이와 조 젠킨스가 함께 지은 평전 《칼릴 지브란―아름다운 영혼의 순례자》를 읽어보시기 바랍니다. 특히 부쉬루이는 일생을 지브란 연구에 바친 훌륭한 학자지요. 저 역시 이 평전을 통해 지브란을 좀 더 깊이 이해할 수 있었습니다. 이만큼 공들여 쓴 평전도 흔치 않습니다.

　칼릴 지브란은 파리 유학 시절에 니체의 《차라투스트라는 이렇게 말했다》라는 책을 접하는데, 이 책은 《예언자》를 쓰는 데 적지 않은 영향을 준 듯싶습니다. 읽으신 분들은 짐작하시겠지만, 적어도 두 사람의 책이 모두 시적인 잠언으로 이루어져 있는 것도 그렇고, 물질주의에 탐닉된 동시대인들의 잠을 깨우는 역할을 한다는 점에서도 그런 느낌을 받을 수 있습니다. 두 사람 다 시를 높이 평가했는데, 그것은 시가 인간의 '잠(sleeping)'을 깨우는 도구라고 생각했기 때문입니다.

　레바논 태생인 지브란은 그 당시에도 정치적 분쟁이 잦았던 자기 조국을 위해 정신적으로 도움을 주어야겠다는 생각으로 살았다고 합니다. 그가 생각할 때 그런 분쟁의 근원은 정치적인 것에 있는 것이 아니라 인간의 마음을 짓누르는 '심리적 잠'에 있었죠. 그래서 그는 시를 통해 성서의 이사야나 예레미야 같은 예언자들처럼 잠든 영혼들을 흔들어 깨우려 했던 겁니다. 이러한 생각은 이미 블레이크나 니체의 작품 속에도 드러나 있죠. 그들은 시가 인간의 영적인 자각을 돕는 예언자적 기능을 지니고 있다고 생각한 것이 틀림없습니다.

사랑이 '내' 안에 있는 게 아니라
내가 '사랑' 안에 있다

자, 이제 슬슬 《예언자》 속으로 들어가 볼까요! 물론 오늘 이 시간에 시집 전체를 다 다룰 수는 없고, 시집 앞부분에 나오는 〈사랑에 대하여〉와 〈결혼에 대하여〉를 깊이 읽어볼까 합니다.

먼저 시집의 서문에 보면 오르팰리스 성 사람들을 가르치는 스승이 나오는데, 그 이름이 '알무스타파'죠. 그는 "선택된 자 그리고 사랑 받는 자, 자기 시대에 새벽빛을 비추었던 자"라고 소개되어 있습니다. 어떻습니까? 그 이름에서 벌써 예언자나 현자의 냄새가 풍기지요. 여러 평자들이 얘기하는 것처럼 니체의 '차라투스트라'를 연상케 하는 인물이기도 합니다. 지브란 평전의 저자인 부쉬루이는 그 이름에 대해 매우 친절하게 설명해줍니다.

알무스타파는 그리스도를 상징함과 동시에 이슬람 문명의 보편적 인간상을 상징한다.

저는 부쉬루이의 이런 견해에 한 표를 던지고 싶습니다. 왜냐하면 기독교 문명과 이슬람 문명이 교차하는 지역인 레바논에서 태어난 지브란에게는 기독교의 신비주의적인 유산과 이슬람의 수피즘적 냄새가 동시에 풍겨나기 때문입니다. 그래요, 지브란은 "나의 가슴 반쪽에는 예수, 다른 반쪽에는 마호메트를 품고 있다"고 할 정도로, 서로 다른 문명처럼 여겨지는 것들을 자기 삶과 작품을 통해 결합하려는 열망을 품었죠. 그는 기독교인이었지만, 그의 사상적 배경에서 이슬람 수피즘은 매우 중요한 요소였습니다. 달리 말하면 수피즘은 그에게 시적 영감의 원천이었던 것 같아요.

아, 질문하는 분이 있군요. 수피즘이 뭐냐고요? 여러분이 좋아하는 베르나르 베르베르가 쓴 《상상력 사전》에 보면, 그는 수피즘을 이렇게 흥미롭게 설명하고 있지요.

수피즘 철학에 따르면, 벗들이나 사랑하는 사람들과 함께 앉아 있는 것은 행복을 얻는 방법 중에서도 으뜸가는 것에 속한다. 아무 말도 하지 않고 아무 행위도 하지 않고 그저 함께 앉아 있는 것으로 충분하다.

물론 베르나르의 설명이 충분하지는 않지만, 핵심은 충분히 건드리고 있습니다. 여러분의 이해를 돕기 위해 조금 더 부언하면, 수피즘(sufism)은 '신비주의'를 나타내는 아랍어에서 유래한 말입니다. 요컨대 수피즘은 신에 대한 직접적인 개인의 체험을 통해 신의 사랑과 지혜의 진리를 찾으려고 노력하는 이슬람의 신앙과 의식 형태다, 라고 말할 수 있습니다. 기왕 얘기가 나왔으니 수피의 어원에 대해 좀 더 자세히 얘기하고 넘어가죠. '수피'라는 말은 양털을 뜻하는 '수프(suf)'라는 아랍어에서 왔다고 합니다. 재미있지 않습니까? 수피들은 불경한 무슬림 통치자들의 풍요로움에 반항하면서 검소한 생활 방식을 채택한 금욕주의자들이었어요. 그들은 속된 세상과 관계를 끊고 오로지 신을 추구하는 자들입니다. 그들은 거친 양털로 된 옷을 입고 지냈는데, 그로부터 '양털 옷 입은 사람들' 혹은 '수피'라는 별명을 갖게 되었다고 합니다.

얘기가 좀 곁길로 빠졌지만, 지브란은 이슬람을 지지하면서도 그중에서도 폭력적이지 않은 수피들의 삶의 양식을 좋아했다고 보면 됩니다. 정통 이슬람에서 보면 지브란 역시 수피들처럼 이단적인 측면이 다분합니다. 이슬람에 대해 잘 모르는 분들도 텔레비전에서 수피춤은 보셨을 겁니다. 흰 드레스를 입고 긴 모자를 쓰고 빙글빙글 도는, 소위 회전춤 말입니다. 제가 호기심이 많아 방안에서 수피춤을 흉내 내어 빙글빙글 돌다가 정말 돌아버리는 줄 알았습니다. 하여간 수피들은 지브란처럼 경직된 종교 교리보다 시와 노래와 춤을 사랑한 사람들이지요. 수피들이 추는 회전춤은 일종의 종교의식으로 볼 수 있는데, 그들은 이 춤을 통해 신과의 합일을 경험하는 황홀경 속으로 들어간다고 합니다.

아무튼 알무스타파라는 이름으로 등장하는 이 현자의 가르침 속에는 위에서 말한 두 종교의 사상이 결합되어 있다고 볼 수 있습니다. 자, 이제 알무스타파가 전하는 '가르침'이 뭔지 책 속으로 들어가 볼까요. 스승 알무스타파는 오르펠리스 사람들의 요청을 받고 드디어 무거운 입을 엽니다.

> 오르펠리스 사람들아, 지금 이 순간에도
> 그대들의 영혼 속에서 살아 움직이는 바로 그것 말고
> 내가 다른 무엇을 말할 수 있으랴?

이 구절이 참 의미심장하지 않습니까? 오르펠리스 사람들이 알고자 하는 것이 이미 그들의 영혼 속에서 살아 움직이고 있다는 겁니다. 이것은 그리스도교 신비가들의 생각과 닮아 있고, 이슬람 수피들의 생각과도 다르지 않습니다. 붓다의 가르침도 마찬가지 아닙니까? '그대 안에 불성이 있다, 나는 그대 안에 있는 것을 일깨워 줄 뿐이다.' 수피들 역시 인간 속에 이미 신이 있으니, 신이 자기 속에 살아 있음을 깨달으면 된다는 겁니다. 알무스타파 역시 사람들이 질문하는 것들의 해답이 이미 그들 안에 있다는 겁니다. 진정한 스승은 단지 사람들 안에 있는 그것을 일깨워줄 뿐인 거죠.

알무스타파가 말하려는 '사랑'에 대한 가르침도 마찬가지입니다. 질문하는 이 속에 이미 있는 걸 스승은 일깨워주는 겁니다. 여자 예언자인 알미트라의 요청을 받고 알무스타파가 하는 말을 들어볼까요.

책은 돛

사랑이 너희를 손짓해 부르거든 그를 따르라.

비록 그 길이 어렵고 험할지라도.

사랑의 날개가 너희를 감싸 안으면 그에게 자신을 온통 내맡기라.

비록 그 날개깃 속에 숨겨진 칼이 너희에게 상처를 줄지라도.

사랑이 너희에게 말할 땐 그를 믿으라.

비록 북풍이 저 뜰을 휩쓸어 폐허로 만들 듯

사랑의 목소리가 너희의 꿈을 산산이 부숴버릴지라도.

위의 시구들을 보면 '사랑'은 의인화(擬人化)되어 있습니다. 추상적인 단어인 사랑이 인간의 옷을 입고 있죠. 이처럼 시인들은 의인화의 명수입니다. 사랑이, 위대한 스승이나 현자와도 같이 사람들을 '손짓'해 부르고, 그 '날개'로 감싸 안고, '말'을 건넵니다. 그러면 여기서 사랑은 뭘 뜻하는 걸까요. 우주와 존재를 구성하는 궁극적 원리로 볼 수 있지 않을까요. 노자가 얘기하는 '도(道)'나 그리스도교에서 얘기하는 '하느님'처럼 말입니다. 즉 알무스타파는 우주와 존재를 구성하는 원리인 궁극자가 부르면, 그를 무조건 신뢰하고 따르라는 겁니다. 이거야 원, 도대체 무슨 강아지 풀 뜯어먹는 소리일까요.

이어지는 시의 후반에 나오듯이 우리가 '사랑의 길'을 지시할 수 없고 '사랑'이 우리의 길을 지시할 뿐이기 때문이라는 겁니다. 그러니까 우리가 깊이 생각해보지 않고 함부로 내뱉는 '사랑'이 우리보다 더 큰 존재라는 거죠.

사랑할 때 너희는
'신이 내 가슴 속에 있다'고 말하지 말고
'나는 신의 가슴 속에 있다'고 말하라.

이건 또 무슨 말일까요. "신이 내 가슴 속에 있다"고 말하지 말고 "나는 신의 가슴 속에 있다"고 하라니! 생각해보세요. 예컨대 우리의 사랑이 아무리 커도 우리 어머니의 사랑만 하겠어요? 자식의 사랑과 어머니의 사랑은 비교할 수 없는 겁니다. 자식은 어머니를 사랑한다고 할 수 없는 겁니다. 그냥 존경할 뿐이지요. 다시 한 번 지브란식으로 표현하면 사랑이 내 안에 있는 게 아니라 내가 사랑 안에 있는 겁니다. 따라서 우리는 우리를 향해 손짓해 부르는 사랑에 대해 신뢰를 가지고 따르면 된다는 겁니다. 무한한 신뢰로 말입니다. 《성경》〈요한일서〉에도 보면 "사랑이 여기에 있으니, 곧 우리가 하느님을 사랑한 것이 아니라, 하느님이 우리를 사랑하셔서"라고 되어 있습니다. 이 차이는 매우 큰 겁니다. 우리가 이 차이를 알면 다음 시구도 이해할 수 있습니다.

사랑은 너희에게 면류관을 씌워주지만
또 너희를 십자가에 못 박기도 한다.

여러분은 이 시구가 공감이 되십니까? 사랑은 그렇습니다. 사랑은 면류관을 쓰는 듯한 영광의 순간과 십자가에 못 박혀야 하는 고통의 순간을 다 포함합니다. 그러니까 지브란이 말하는 사랑은 보통 우리가 생각하는 얄팍한 사랑의 이해를 넘어섭니다. 우리가 생각하는 사랑은 대개 어떻습니까. 기쁨, 황홀, 영광, 환희, 이런 단어들의 범주를 넘어서지 못하지요. 지브란이 생각하는 사랑은 그런 범주에 머물지 않습니다. 진심으로 누군가를 사랑해본 분들은 아실 겁니다. 사랑에는 기쁨과 황홀 같은 것만 있는 게 아니라 아픔과 고통 같은 것이 반드시 동반된다는 것을!

생각해보세요. 지브란의 가슴 '반쪽'을 차지하고 있다는 예수의 삶을 보아도 그렇잖아요? 그는 자기가 아버지라 불렀던 신과 하나 되는, 영광의 면류관을 쓴 듯한 희열 속에서도 살았지만, 자기가 아버지라 불렀던 분에게 버림받은 고통을 토해내기도 했습니다. 십자가에 매달린 그가 고통 속에서 이렇게 울부짖었다지요. "엘리 엘리 라마 사박다니!" 당시 예수가 사용했던 아람어로 된 이 말은 "나의 하느님, 나의 하느님, 왜 저를 버리시나이까?"라는 뜻이죠.

자, 계속 이어지는 시구에서 우리는 사랑 때문에 겪는 고통에 대해 깊이 명상할 수 있습니다.

사랑은 곡식단을 거두듯이
너희를 자기에게로 거두어들이며,
사랑은 너희를 타작하여 알몸으로 만들고,
사랑은 너희를 키질하여 껍질을 털어버리며,
사랑은 너희를 갈아 흰 가루로 만들어,

사랑은 너희를 반죽하여 부드럽게 하며,
그런 다음 사랑은 너희를 자가의 성스러운 불에 올려
성스러운 빵으로 구워
신의 성스러운 향연에 내놓는다.

이 시구를 보면 사랑에 대한 시인의 묘사가 참 잔혹하게 느껴집니다. 하지만 이것이 바로 사랑이 지닌 깊이이며 진실입니다. 진정한 사랑은 타작마당의 곡식들처럼 알몸이 되는 것이고, 방앗간에서 빻아져 흰 가루가 되고, 끝내는 반죽되어 빵으로 화하는 겁니다.

이런 표현에서 여러분은 무엇을 느끼십니까. 앞서 어머니의 사랑을 이야기했지만, 만일 어머니가 자식이 홀로서기를 할 때가 되었음에도 불구하고 그 자식의 온갖 응석을 다 받아준다면, 그 자식은 평생 마마보이의 신세를 벗어나지 못할 겁니다. 요즘 보면 이런 어머니들이, 그리고 이런 응석받이 자식들이 많다지요. 대학교수인 친구에게 들었는데, 학기 초가 되면 어떤 어머니는 학교로 와서 자식의 수강신청까지 일일이 다 해주기도 한답니다. 참 딱한 일이죠. 그렇게 해서 대학 졸업장을 딴다고 칩시다. 그런 미숙한 존재가 사회로 나가서 도대체 무얼 할 수 있겠습니까.

시구에 "알몸으로 만든다"는 표현이 나오는데, 여러 가지로 해석할 수 있겠지만, 지금 말씀드린 문맥에서 말씀드리면, 결국 알몸이 된다는 건 그 존재를 감싸고 있던 의존성을 벗겨버린다는 겁니다. 바꾸어 말하면, 사랑에 대한 거짓상들이 벗겨지는 겁니다. 어머니는 어머니니까 언제까지나 내 뒤를 봐줄 거야! 이런 터무니없는 기대는 사랑에 대한 거짓상이라는 거죠. 그 어머니 또한 마찬가지입니다. 언제까지나 자식의 뒤를 졸졸 따라다니면서 자식을 돌봐주는 걸 사랑이라고 생각하는 건, 사랑에 대한 잘못된 인식이라는 거죠.

알무스타파는 그런 사랑에 대한 거짓상은 깨져야 한다는 겁니다. 바로 사랑이, 그런 사랑의 거짓상을 부숴버린다는 거죠. 빻아져 가루가 된다는 표현, 더 나아가 반죽이 되고 빵이 된다는 표현이 바로 그겁니다. 앞서 말한 사랑에 대한 잘못된 인식으로 설정된 부모 자식간의 관계는 가루처럼 부서져야 합니다. 그때 비로소 자식도 부모도 성숙한 존재로 여물어갈 수 있습니다. 에리히 프롬은《사랑의 기술》이란 책에서 이런 말을 합니다.

성숙한 인간은 밖에 있는 어머니와 아버지로부터 해방되어 내면에 그 모습을 간직하는 것이다.

자, 사랑의 거짓상을 사정없이 깨뜨리는 시구를 좀 더 들여다보죠. "성스러운 빵으로 구워 신의 성스러운 향연에 내놓는다." 만일 여기 기독교인들이 계시면 당장 예수가 연상될 겁니다. 예수가 그랬잖아요? "나는 하늘에서 내려온 살아 있는 빵이다. 이 빵, 곧 나를 먹는 사람은 누구든지 영원히 살 것이다"라고요. 이런 삶의 태도가 곧 성숙의 징표입니다. 다시 말하면, '먹는 존재'에서 '먹히는 존재'가 되는 것. 어머니는 곧 먹히는 존재들이죠. 예수가 자신을 가리켜 "나는 빵이다"라고 표현한 것은 그가 이제 사람들을 살리기 위해 '먹히는 존재'가 되었다는 선언이었던 겁니다. 타자를 위해 먹히는 존재로 화할 때, 우리는 그런 삶의 태도를 '사랑'이라고 하는 거죠. 여러 해 전에 제가 이런 느낌을 시로 받아쓴 적이 있습니다.

밥 냄새는 구수하다.
뜸 드는 밥솥 곁에서 평생을 사신 어머니,
밥 냄새는 구수하다.
어머니의 눈물에
어머니의 살을 썩썩 베어 안치고
밥을 지으시던,
이제는 늙고 손이 떨려
밥 짓는 시늉만 하시는,
밥이 되신 어머니는 구수하다.
참 사랑은
먹는 자가 먹히는 자가 되는 거여
밥이 되는 거여, 라고
아직 밥이 되지 못하고
낱낱의 쌀알로 맴도는 아들에게
밥 되기를 가르치시는
나의 어머니, 나의 예수여!

— 고진하, 〈밥〉 전문

그러니까 '먹히는 존재'로 화한 어머니의 존재 양식에 감화를 받아 '먹는 존재'로 살던 우리가 '먹히는 존재'로 화한다면, 우리는 신의 성스러운 향연에 참석할 자격을 비로소 갖춘 겁니다. 아직도 이 시가 가슴에 확 닿아 오지 않는 분을 위해 다른 이야기를 하나 들려드리지요.

큰 사고로 아랫도리를 전혀 못 쓰는, 그래서 휠체어를 탈 수밖에 없는 부인과 함께 사는 사람이 있었답니다. 그런데 그는 새로 아파트를 구하면서 1층이 아니라 6층을 고집했습니다. 이웃 사람이 의아한 표정으로 물었어요.

"휠체어를 타는 아내와 함께 살려면 당연히 1층 집을 구해야지 왜 6층을 고집하는 겁니까? 당신은 당신의 부인이 다시 걸을 수 있을 거라고 믿는 것이오?"

그가 대답했습니다.

"설사 내 아내가 영원히 못 걷는다 해도 상관없어요. 난 기꺼이 평생 아내를 업고 계단을 오르내릴 준비가 되어 있습니다. 아내가 영원히 희망을 버리지 않는다면 그것만으로도 제겐 6층에 살아야 할 이유가 됩니다."

그런 대화를 나눈 지 2년이 지난 어느 날, 그 누구도 예상치 못한 기적이 일어났습니다. 아내가 정말 혼자 힘으로 일어선 것이죠. 기적의 그날, 아내는 목발을 짚고 한 걸음 한 걸음 계단을 올라갔습니다. 옆에서 누가 도우려 하자 이렇게 말했습니다.

"나 혼자 할 수 있어요. 남편을 위해서라도 난 꼭 해낼 거예요."

눈물겨운 감동을 자아내는 이 얘기는 무무라는 중국 작가가 쓴 《사랑을 배우다》란 책에 나옵니다. 저자는 이 얘기에 〈사랑의 72계단〉이란 제목을 붙였더군요. 72계단을 오르내릴 때마다 온통 땀으로 범벅이 되고 다리가 퉁퉁 부었을지도 모를, 그렇지만 그렇게 해서 자기 아내를 홀로 일어서게 한 이 남자의 사랑은 얼마나 아름답고 위대합니까. 나의 고통을 통해 너를 일으켜 세우는 사랑! 그렇습니다. 사랑은 상대가 자기 발로 우뚝 서서 살아갈 수 있도록 하는 것입니다. 사랑한답시고 상대가 끝없이 나에게 집착하도록 하는 건, 엄밀한 의미에서 사랑이 아닌 겁니다. 그건 결국 상대를 자신에게 묶어두는 소유욕에 불과하지요.

> 사랑은 저 저신 밖에 아무것도 주는 것이 없고,
> 저 자신밖에는 아무것도 받는 것이 없다.
> 사랑은 소유하지 않으며
> 누구의 소유가 되지도 않는다.
> 사랑은 사랑만으로 충분한 것.
> (…)
> 사랑은 바라는 게 없고
> 다만 사랑 자체를 채울 뿐.

지브란의 이런 시구가 사랑을 물질처럼 소유할 수 있다고 여기는 이들에게는 비웃음을 살 겁니다. 그런 이들은 백화점에 가서 물건을 사듯이 돈으로 사랑을 살 수 있다고 생각하겠죠. 세상에는 두 개의 세계가 있답니다. 값을 매길 수 있는 세계와 값을 매길 수 없는 세계. 사랑은 어떤 세계에 속하는 것일까요? 네, 값을 매길 수 없는 세계에 속하겠죠. 사랑은 보석이나 부동산처럼 물질이 아니기 때문에 당연히 값을 매길 수 없습니다. 또 값을 매길 수 없는 것들이 무엇이 있을까요? 신이라 부르는 궁극적 실재에도, 그리고 영혼에도 값을 매길 수 없겠죠. 왜? 물질이 아니니까. 사실 너무나 당연한 얘기지만, 우리는 이러한 당연지사를 잊고 살아갈 때가 많습니다.

지브란의 말인즉슨 사랑은 주고받음을 염두에 두는 계산이나 타산이 아니라는 겁니다. 여러분 중에는 그런 순수한 사랑이 현실적으로 가능한 거냐, 묻고 싶은 분들이 있을 겁니다.

함께 서 있되, 그러나 너무 가까이 서 있지는 말라

알랭 바디우라는 프랑스 철학자가 있는데, 그가 쓴 책 중에 《사랑 예찬》이란 책이 있습니다. 바디우 역시 진정한 사랑의 범주에서 벗어난 현실을 냉철한 시선으로 드러내줍니다. 그는 오늘날 '위협 받는 사랑'에 대해 이야기하면서 프랑스 파리의 '미틱'이라는 만남 알선 사이트에 떠다니는 광고 포스터를 소개합니다. 이를테면 이런 황당한 슬로건이 있답니다.

"위험 없는 사랑을 당신에게!"

"사랑에 빠지지 않고서도 우리는 사랑할 수 있다."

"고통 받지 않고서도 당신은 완벽하게 사랑에 빠질 수 있다."

어떻습니까? 이런 슬로건이 맘에 들지 않습니까. 위험이나 모험도 하고 싶지 않고, 고통도 받지 않으면서 여자나 남자를 곁에 두고 싶은 사람은 이런 만남 사이트에서 상대를 선택하고 싶을 겁니다. 결국 고객을 끌어들이기 위한 '사랑-보험' 같은 것인데, 이거야말로 사기인 거죠. '아, 이렇게 하면 그 어떤 위험부담도 없는 사랑이 가능하겠구나!' 이렇게 생각할 수 있겠죠.

그러나 바디우는 "위험이 부재하는 체제에서 존재에 부여하는 이런 '증여'는 사랑이 될 수 없다"고 일갈합니다. 그것은 마치, 언젠가 미군이 '전사자 제로' 전쟁을 홍보하기 위해 만들었다던 프로파간다와 닮은 것처럼 보인다는 말도 덧붙이면서요. 생각해보세요. '전사자 제로'인 전쟁이 어디 있겠어요.

요컨대 진정한 사랑에는 늘 위험과 모험이 따르고, 고통 또한 배제할 수 없습니다. "고통 받지 않고서도 당신은 완벽하게 사랑에 빠질 수 있다"는 슬로건은 정말로 비현실적인 '사랑 코칭'이 아닐 수 없습니다. 장사꾼들의 머릿속에서 나온 것이죠.

오늘 우리는 이런 세상에 살고 있습니다. 그럼에도 이처럼 황당한 슬로건의 사랑 코칭이 먹히는 것은 우리 인간 속에 사랑의 위험과 모험을 기피하고 싶은 욕구가 있기 때문이고, 고통 없는 사랑에 대한 갈망이 있기 때문입니다. 지브란 역시 인간의 이런 욕구와 갈망을 몰랐을까요? 그럴 리가 없지요. 인간의 깊은 내면을 꿰뚫어보는 통찰력을 지닌 시인이 왜 그것을 몰랐겠습니까.

> 만일 너희가 두려워하면서
> 사랑이 평온하고 즐겁기만을 바란다면,
> 차라리 껍질로 너희의 알몸을 가리고
> 사랑의 타작마당을 떠나는 것이 나을 것이다.

저는 최근에 무척 두꺼운 책 하나를 잡고 읽었습니다. 무려 700쪽이 넘는 책입니다. 오래 전에 읽어야겠다고 사둔 책인데, 미루고 미루다 이번에 읽었죠. 니코스 카잔차키스의 《성자 프란체스코》, 작가가 인생 말년에 쓴 책인데 아주 감명 깊게 읽었습니다.

오늘 우리가 사랑에 대해 얘기하고 있잖아요. 그래서 프란체스코의 책 얘기를 꺼낸 건데, 수도승이었던 프란체스코에게도 자기를 흠모하고 따라다니는 여자가 있었지요. 클라라! 보통 우리는 이 두 사람의 관계를 '영혼의 동반자'라고 부릅니다. 그렇다면 프란체스코는 클라라의 영혼만을 사랑했을까요? 소설에 보면, 프란체스코의 충실한 제자인 레오는 이렇게 썼습니다.

> 다른 모든 사람들은 자기 자신의 그림자가 두려운 나머지 당신
> 이 그녀의 영혼만을 사랑했을 것이라고 생각합니다. 그렇지만

책은 돛

당신이 애초부터 탐했던 것은 그녀의 육신이었습니다. 그것이 시작이었고 출발점이었습니다. 그러나 당신은 사탄의 올가미를 벗어던지는 혹독한 투쟁을 거쳐 하느님의 도움을 받아 그녀의 영혼에 도달할 수 있었습니다. 당신은 그녀의 육신을 결코 거부하지도 않고 또한 육신에 접촉하지도 않으면서 그녀의 영혼을 사랑한 것입니다.

카잔차키스는 결국 레오의 입을 통해 프란체스코의 사랑이 '고통'을 동반하고 있음을 말해주고 있습니다. 수도자인 프란체스코가 클라라를 육체를 넘어 영혼까지 통째로 사랑할 수 있었던 것은 자기 내부의 '혹독한 투쟁'을 거쳤기 때문이라고! 혹독한 투쟁을 거쳤다는 건, 엄청난 고통을 동반하는 자기 수행의 과정을 거쳤다는 말이지요. 클라라 역시 마찬가지 아니었을까요. 백작의 딸인 클라라가 수도자인 자기를 따라 그 고통스런 길을 걷고 싶다고 하자 프란체스코가 묻습니다.

"당신 같이 아름다운 아가씨가 추해져도 괜찮겠소?"
"괜찮습니다."
"당신은 못해요."
"할 수 있습니다. 시피 백작의 딸은 풍요의 혹독함을 견딜 수 있을 뿐 아니라, 가난과 헐벗음과 조롱도 견딜 수 있습니다."

우리는 이런 수도자들의 사랑을 뭐라고 불러야 할까요? 성스러운 사랑? 사실 이 수도자들의 사랑만 아니라 모든 사랑이 성스럽다고 해야겠지요. 적어도 소유욕을 여읜 사랑이라면요. 저는 성직에 몸담아 살다보니 부득이 결혼 주례를 자주 하게 되는데, 언젠가는 대학에서 강의하던 시절에 만난 제자의 주례를 하면서 이런 당부를 했습니다.

"대체로 결혼을 하면 일심동체로 살아야 한다고 생각한다. 그런데 내가 살아보니 말이 일심동체지 그게 쉬운 일이 아니다. 그리고 일심동체로 살라는 말이 부부가 되는 두 사람에게는 너무나 당연한 말이지만, 자칫 오해할 수 있는 말이기도 하다. 우리는 대체로 자기중심적인데, 일심동체란 말을 자기중심적으로 받아들여 나와 다른 인격체인 상대를 내 주관에 맞추는 경우가 많다. 그래서 나는 오늘 혼례를 올리는 두 사람에게 차라리 이심이체(二心二體)로 살라고 말하고 싶다."

여러분은 제 말에 대해 어떻게 생각하십니까? 이 자리에는 대부분 결혼생활을 경험한 분들이 많은 것 같은데, 어디 일심동체가 잘 되던가요? 아주 비현실적인 말이잖아요. 몸도 그렇고 마음도 그렇고, 결혼한다고 하나가 되던가요? 하나가 되기는커녕 삐걱거리는 날들이 더 많잖아요? 그래서 제가 '이심이체'를 얘기했던 겁니다. 대개 그런 얘기를 하고 나서 읽어주는 시가 지브란의 〈결혼에 대하여〉였지요.

함께 있되

너희 사이에 공간이 있도록 하라.

그래서 하늘 바람이

너희 사이에서 춤추도록 하라.

서로 사랑하되

사랑으로 구속하지는 말라.

그보다는 사랑이

너희 두 영혼의 기슭 사이에서 출렁이는

바다가 되게 하라.

(…)

서로 마음을 주되

그러나 서로의 마음속에 묶어 두지는 말라.

오직 큰 생명의 손길만이

너희의 마음을 간직할 수 있으니.

함께 서 있되, 그러나 너무 가까이 서 있지는 말라.

성전의 기둥들도 서로 떨어져 서 있고

참나무와 삼나무도

서로의 그늘 속에선 자랄 수 없으니.

저는 멋대가리 없게도 '이심이체'로 살라고 했지만, 지브란은 "하늘 바람이 너희 사이에서 춤추도록" 그대들 사이에 '공간'이 있게 하라고 아름다운 문장으로 노래하지요. 여기서 '공간'이 있게 하라는 말은 무슨 의미일까요? 지브란은 둘 사이에 공간을 만들어 '하늘 바람'이 드나들게 하라고 하지만, 이걸 좀 더 구체적으로 말하면, 둘 사이에 서로 말이 통하고 마음이 통하도록 '소통'의 공간을 마련하라는 말입니다. 소통이라고 할 때 '소(疎)' 자는 '막힌 것이 없이 트이다'란 뜻이 있고, '버리다', '비우다'란 뜻도 있습니다. 그러니까 소통은 먼저 내가 나를 '비울' 때 일어날 수 있는 겁니다. 서로 사랑하는 사이라면, 당연히 소통이 전제되어야 하는데, 나를 비울 생각을 하지 않고 상대더러만 비우라고 하면 소통이 되겠습니까. 빈 컵이라야 물을 담을 수 있듯이, 나를 비워야 너를 받아들일 수 있는 겁니다. 제가 '이심이체'를 얘기했지만, 이심이체가 사랑의 목표는 아니지요. 사랑은 당연히 '합일'을 목표로 하는 거지요. 그런데 '합일'을 앞세워 나는 비우지 않고 너부터 비우라는 건 사랑이 아니라는 말입니다.

어떤 시인이 그랬어요. "방법을 가진 사랑은 사랑이 아니다." 이게 뭔 말인가 하면, 자기식의 방법을 정해놓고 사랑을 하겠다는 건데, 이건 사랑이 아니지요. 예컨대, 어떤 남자가 자기 나름의 여성에 대한 미적 기준을 정해놓고 이런 기준에 부합해야 나는 사랑을 할 수 있다는 말 아닙니까. 이건 바디우의 말처럼 사랑을 물건처럼 거래하려 하는 장사꾼의 머릿속에서 나오는 것이지요. 구멍가게 주인처럼 주판알을 튕겨서 하는 사랑은 거래이지 사랑일 수 없는 겁니다.

사랑을 거래로 여기는 이들의 문제는, 무엇보다도 자기를 비우는 창조의 기쁨을 모른다는 겁니다. 건축을 하는 분들이 집을 지을 때, 공간을 창조하는 기쁨을 얘기하거든요. 우리의 삶을 건축에 비유한다면, 우리가 자기를 비워 존재의 여백을 마련하는 것도 위대한 창조지요. 왜냐고요? 그런 여백을 창조할 때 사랑의 구축을 가능하게 하니까요.

> 서로 마음을 주되,
> 그러나 서로의 마음속에 묶어 두지는 말라.

지브란이 아주 분명하게 지적하지요? 이 시구는 상대의 자유를 허용하라는 겁니다. 모처럼 여행을 함께 가도 서로가 좋아하는 풍경이 다를 수 있습니다. 우리 부부의 경우, 저는 산을 좋아하는데 아내는 강이나 바다를 좋아합니다. 젊을 때는 그래서 어디 여행을 가면 좀 다퉜죠. 서로 자기가 좋아하는 곳을 가겠다고. 물론 지금은 나이가 들면서 조금 지혜로워져서 그런 일로 다투지는 않습니다. 한 번은 내가 양보하고, 또 한 번은 아내가 양보해주지요. 양보할 수 있는 마음, 이건 함께 살아온 세월이 선물한 삶의 지혜이기도 하지만, 그렇게 서로가 좋아하는 공간을 확보하도록 돕는 일이 곧 서로의 인격이 성숙하도록 돕는 일이라는 자각이 생겼기 때문이지요.

앞서 말씀드린 바디우라는 철학자는 사랑을 "둘이 등장하는 무대"로 보는데, 이런 표현이 중요한 의미가 있는 건 사랑하는 상대의 자유를 억압하지 않는다는 겁니다. 자유를 옥죄면 성장할 수 없거든요. 식물을 키워본 분들은 알지요. 산이나 들에서 자라는 나무를 캐다가 화분에 심어놓으면 그 나무는 화분의 크기에 비례하여 자랄 수밖에 없습니다.

　제 얘기를 조금만 더 할 테니, 용서하세요. 제 아내는 제가 평생 혼자 머물 수 있는 서재를 가질 수 있도록 허용해주었습니다. 물론 밥은 함께 먹고 잠도 함께 자지만, 그 외의 시간은 서재에서 홀로 지낼 수 있도록 배려해주었지요. 늘 고맙게 생각하죠. 주변의 친구들을 보면, 사실 이러기가 쉽지 않더라고요. 평생 제 소유로 된 집 없이 살아온 제가 서재를 갖는 호사를 누릴 수 있었던 건 아내의 배려 덕분이지요. 아마도 그런 배려 덕분에 가난한 살림을 꾸려오면서도 큰 갈등이나 다툼 없이 살아온 게 아닌가 싶습니다. 사랑하는 이의 자유로운 공간을 허용해주는 것이 중요한 까닭이 바로 여기에 있습니다. 만일 제 아내가 항상 자기와 붙어 있기를 원하고 저만의 자유로운 공간을 확보하도록 도와주지 않았다면, 저는 시인의 삶을 누리지 못했을 것이고, 창조의 기쁨도 누릴 수 없었을 겁니다.

　　함께 서 있되, 그러나 너무 가까이 서 있지는 말라.
　　성전의 기둥들도 서로 떨어져 서 있고
　　참나무와 삼나무도
　　서로의 그늘 속에선 자랄 수 없으니.

　시인은 나무를 비유로 들고 있는데, 저는 실제로 "서로의 그늘" 속에서 자라지 못하는 부부를 보았습니다. 두 사람의 문학에 대한 강한 열망이 끈이 되어 결혼을 하게 되었는데, 남자는 아주 잘 나가는 시인이 되었고, 여자는 남편의 큰 그늘 아래서 뒷바라지만 하다가 자기가 원했던 문학 세계를 꽃피우지 못하고 시들어가는 걸 보았습니다. 한 나무가 드리우는 그늘이 크면 클수록 다른 나무가 자라지 못한다는 걸 실감했죠.

우리가 우연히 누군가를 만나 사랑하여 결혼까지 했다면, 그 사랑이 지속될 수 있도록 노력해야 할 겁니다. 매일 옷 바꿔 입듯 사랑의 대상을 가볍게 바꾸는 일이 흔한 시절이지만, 그건 사랑의 대상을 인격으로 대하는 게 아니라 물건으로 대하는 거지요. 유대 철학자 마르틴 부버의 표현을 빌면, 그건 상대를 '당신(thou)'이 아니라 '그것(it)'으로 취급하는 겁니다. 사실 상대를 '당신'이 아니라 '그것'으로 취급하는 순간, 자기 자신도 '그것'으로 변하고 말지요. 아마도 이런 사람에겐 더 이상 그리움이 없을 겁니다. 그리움이 없는 인생, 그건 곧 숨은 헐떡거리고 있다 하더라도 이미 송장이 아닐까요.

우리가 상처 받는 것이 두려워 사랑하기를 포기한다면, 아무런 모험이나 위험도 없는 사랑만 탐닉한다면, 그건 우리가 살아 있는 존재이기를 단념한 것이 아닐까요. 아무리 시대가 가볍고 경박스럽게 변했다 하더라도, 사랑은 유통기한이 지나면 부패하는 식료품과 같은 것이 아니라고 생각합니다. 사랑은 너와 나를 살리는 영혼의 묘약이니까요.

너무 사랑하여
그리움의 고통을 알게 되기를.

너희 스스로 사랑을 알게 됨으로써
상처 받게 되기를.
그리하여 기꺼이, 기쁜 마음으로
피 흘리게 되기를.
새벽엔 날개 달린 가슴으로 일어나,
또 하루 사랑할 수 있는 날이 주어졌음을 고마워하기를.

5강

———

궁
정

아이는 순진무구함이며 망각이고,
새로운 출발, 놀이, 스스로 도는 수레바퀴,
최초의 움직임이며,
성스러운 긍정이 아닌가.

▌5강에서 함께 읽을 책

《차라투스트라는 이렇게 말했다》 프리드리히 니체 지음, 장희창 옮김, 민음사, 2004.
《이 사람을 보라》 프리드리히 니체 지음, 김태현 옮김, 청하, 1982.
《키아바의 미소》 칼 노락 지음, 곽노경 옮김, 미래아이, 2001.

춤추는 별을 낳는,
거룩한 긍정의 철학

———

기억의 분실물 창고에 버려져 있던 오래된 기억이 어떤 계기로 인해 생생히 되살아나는 경우가 있습니다. 오늘 강의를 준비하면서 저는 문득 대학 시절에 보았던 화장실 낙서가 문득 떠올랐습니다. 그 낙서는 이런 것이었죠.

> 신은 죽었다 ─ 니체.
> 니체는 죽었다 ─ 신.
> 너희 둘 다 죽었다 ─ 청소하는 아줌마.

당시 저는 냄새 나는 화장실에 쭈그리고 앉아 그 낙서를 보고 웃었죠. 물론 기분이 썩 유쾌하지는 않았습니다. 왜냐고요? 저는 아주 신심이 돈독한(?) 갓 입학한 신학도였고, 그곳은 신학대학 화장실이었으니까요. 사실 저는 그 화장실에 덕지덕지 쓰인 낙서를 통해 니체라는 철학자의 이름을 처음 알았습니다. 그리고 '신의 죽음'을 운운하는 그 철학자를 아주 몹쓸 이단자로 여길 뿐이었죠. 당시 저는 근대 철학 속에서 니체라는 철학자가 차지하는 중요성을 전혀 알지 못했고, 그것을 조금 알게 된 건 시간이 흘러 대학 3학년이 되어서였는데, 그때서야 비로소 니체와 관련된 화장실 낙서가 얼마나 유머스러운지 알고 유쾌하게 웃을 수 있었죠. 특히 마지막 구절을 떠올리면 지금도 웃음보가 터지곤 합니다. '신'보다도 힘이 쎈 '아줌마'잖아요?

책은 망치다

니체와 관련하여 대학 시절에 경험한 이야기를 조금 더 하면, 기숙사에서 저와 함께 생활하던 룸메이트가 대학교 1학년 때 니체를 읽고 나서 죽으려고 했습니다. 신학대학에 올 때는 신에 대해 좀 더 깊이 알고 난 후 복음전도자가 되려고 했는데, 어느 날 선배의 소개로 《차라투스트라는 이렇게 말했다》라는 책을 사다가 읽고는, 만일 니체의 말대로 "신이 죽었다"면, 자기는 더 이상 살 이유가 없다고 그러는 거예요. 저 역시 아직 니체에 대해 문외한이었지만, 친구에게 물었죠. 니체가 유명한 철학자라고 하는데, 그가 쓴 책을 몇 권이나 읽었냐? 친구 대답이 아직 《차라투스트라는 이렇게 말했다》 한 권밖에 읽지 않았다, 한 권이면 충분하지 더 읽어볼 필요가 있느냐, 그러는 거예요. 그래서 제가 윽박질렀죠. 겨우 한 권 읽고서, 그 한 권마저 충분히 이해하지도 못했으면서 죽느니 마니 하는 건 너무 웃기는 코미디다. 그러니 몇 년이 걸리든 다 읽고 나서 죽든지 말든지 해라. 결국 그 친구는 제 충고를 받아들여 니체를 열심히 읽더니, 대학 졸업반쯤 돼서는 니체 전도사가 되었고, 지금은 대학생들을 가르치는 철학 교수가 되어 있습니다.

하여간 니체는 "신은 죽었다"는 말 때문에 기독교인들에게 몹시 위험한 인물로 낙인 찍혀 왔죠. 지금 이 자리에도 니체를 불편해 하실 기독교인들이 계실 텐데, 사실은 기독교인만 아니라 인습과 타성에 사로잡혀 살아온 이들에게는 니체가 무척 불편하고 위험하게 느껴질 겁니다. 니체 자신도 이미 이렇게 말했죠.

우리는 예외적인 사람들이며 위험인물들이다.

사실이 그렇죠. 니체의 철학은 우리의 낡은 인습과 타성을 송두리째 깨뜨려버리니까요. 이런 니체와 비교하면 대학 상아탑의 철학자들은 위험하지 않습니다. 왜? 그들의 사상은 평온하게 인습적인 것 속에서 만들어졌기 때문입니다. 그러니까 저 상아탑에서 철학강연을 하는 이들은 전혀 위험하지 않다는 겁니다. 그들은 남의 철학개념들을 가져다 풀이하는 데 그치니까 말입니다.

니체는 상아탑의 철학 교수들처럼 '빌려온 지식'을 가지고 말하지 않습니다. 자기 삶의 체험에서 나온 것을 토해냅니다. 그렇기 때문에 그는 자기 책에 대해 이렇게 자신 있게 말하는 걸 겁니다. "이 책은 읽어서는 안 된다. 함께 체험해야 한다." 무슨 말일까요? 우리가 니체의 책을 읽을 때 자기 자신도 함께 읽어야 한다는 말이 아닐까요. 니체의 철학 개념을 이해하는 것으로는 충분하지 않다는 겁니다. 그의 책을 읽으면서 고정관념과 타성에 젖은 우리 자신을 두드려 깨고, 내가 누구인지, 어떻게 살아야 하는지, 무엇을 할 것인지 깊이 생각하며 읽어야 한다는 거죠. '두드려 깬다'고 말씀드렸는데, 니체 자신이 《우상의 황혼》에서 그렇게 말하죠. 자신의 철학은 '망치'의 철학이라고! 모두 마음에 준비가 되셨나요? 니체의 '망치'에 얻어맞을 준비가?

카프카는 책을 '도끼'와 같다고 했는데, 니체는 '망치'라고 했죠. 그렇습니다. 좋은 책은 돌처럼 경직된 우리의 사유 방식을 쪼개는 도끼이며, 고정관념에 사로잡힌 우리의 머리를 부수는 망치입니다. 그렇다고 너무 겁먹지 마세요. 니체의 책은 단지 때려 부수기만 하는 망치가 아니니까요. 그렇게 파괴한 뒤에 새로운 가치의 탑을 쌓게 해주니까요. 요즘 제가 살고 있는 낡은 한옥을 수리하면서 지내는데, 그렇게 수리해서 될 집이 있고, 너무 낡아서 부숴버리고 새로 지어야 할 집이 있는 법이죠. 니체는 수리해서 안 될 낡은 집을 부수고 새로 짓자는 겁니다.

차라투스트라가 쏟아내는 지혜의 꿀맛

오늘 서론이 너무 길었죠? 지금부터 《차라투스트라는 이렇게 말했다》로 들어가겠습니다. 좀 읽고 오셨나요? 워낙 방대하고 시처럼 수없이 많은 상징과 은유로 되어 있어서 읽기가 쉽지 않으셨을 겁니다. 저도 이 책을 여러 번 읽었지만, 아직도 이해되지 않는 부분이 있습니다. 그런데 제가 말씀드리고 싶은 건, 이 책은 두뇌로 이해하는 것보다 가슴으로 느끼는 것이 중요하다고 생각합니다. 시가 그렇잖아요? 시는 논리의 잣대를 가지고 다 이해할 수 없습니다. 사실 그렇게 해서 이해가 되는 시는 좋은 시가 아닐 겁니다. 따라서 시적 잠언으로 이루어진 니체의 책들은 우리가 시를 읽듯이 가슴으로 느끼는 것이 중요하다는 말입니다.

니체의 책에는 '시적 감흥'이 살아 있습니다. 바로 이런 점 때문에 저는 니체를 좋아하죠. 그를 좋아하는 또 다른 이유는 그가 자신이 쓴 책을 스스로 사랑한다는 점입니다. 지나칠 정도로! 《이 사람을 보라》를 보면 니체 자신이 쓴 책에 대한 리뷰가 나오는데, 한번 읽어볼까요.

> 나는 왜 이렇게 좋은 책을 쓰는가? 누군가 내 책 중 하나를 손으로 받쳐 들고 있다면 그것은 인간이 할 수 있는 가장 드문 존경의 하나다.

헉! 자화자찬이 무척 심하죠? 그는 《차라투스트라는 이렇게 말했다》에 대해서도 자기 자랑을 늘어놓습니다.

> 이 책은 나에게 있어 특별한 의미가 있다. 그것으로 나는 인류에게 가장 위대한 선물을 안겨주었다. 앞으로 수백 년 동안 퍼져나갈 목소리를 가진 이 책은 현존하는 최고의 책이다. 그것은 바로 저 높은 산의 공기이며 (…) 그것은 가장 심오하고 진리의 가장 깊숙한 보고(寶庫)에서 탄생하였고, 아무리 퍼내도 마르지 않는 샘이며, 그 샘에 두레박을 내리면 황금과 선(善)이 가득 담겨져 올라오지 않을 수 없을 것이다.

어쩌면 여러분 중엔 자화자찬을 늘어놓는 니체를 과대망상증 환자 같다고 생각하실 분도 있을지 모르겠습니다. 실제로 그런 병적 증세가 있었다고 하죠. 하지만 저는 이런 자부심을 가진 니체가 좋습니다. 그의 철학은 자기 당대에 인정받지 못했죠. 그럼에도 니체는 절망하지 않고 자기 말을 들어줄 '귀'를 몇 백 년은 기다릴 수 있다고 했습니다. 실제로 그는 어떤 학자로부터 단 한 마디도 이해할 수 없다는 불평을 들었을 때, "그것은 지극히 당연하다. 《차라투스트라》의 여섯 문장을 이해했다는 것은 현대인이 도달할 수 있는 최고의 수준에 올라갔다는 것을 의미한다"고 대꾸했죠. 정말 대단한 자긍심이 아닙니까. 보통 학자들은 자기 책을 가리켜 '졸저'라고 겸손해하는 표현을 쓰는데, 니체는 그런 학자들의 겸손에 대해 위선을 떠는 거라고 힐난합니다.

자, 그럼 이제 니체가 "인류 역사상 가장 위대한 선물"이라고도 얘기하고, "제5의 복음서"라고도 얘기했던 이 책의 본문 속으로 들어가 볼까요? 잠깐, 저기 한 분이 손을 드셨군요? 무슨 질문이 있나요?

— 니체가 자기 책을 "제5의 복음서"라고까지 부른 게 사실인가요?

네, 그렇습니다. 니체가 자기 책을 "복음서"라고 한 말이 마음에 걸리십니까? 그 점에 대해서는 니체 스스로가 친절하게 설명하고 있는데요, 자기 책이 '인류의 구원'에 대해서 말하고 있기 때문이라고 합니다. 그러니까 니체는 차라투스트라의 가르침이 신이나 진리, 도덕이라는 깊은 잠으로부터 인간을 구원해줄 것이기 때문이라고 말하고 있죠. 그가 말하는 구원의 내용이 무엇인가는 강의 중에 차츰 밝혀질 겁니다.

그럼, 서론은 이쯤만 하고 본문을 한번 읽어보겠습니다. 제가 지난 시간에 오늘 강의를 예고하면서 이 책을 다 읽진 못하더라도 〈머리말〉 부분이라도 꼭 읽고 오시라 말씀드렸는데요. 우선 머리말의 첫 쪽을 읽어보겠습니다.

차라투스트라는 서른이 되었을 때 고향과 고향의 호수를 떠나 산으로 들어갔다. 여기서 그는 십 년의 세월을 지치지도 않고 정신과 고독을 즐기며 살았다. 하지만 마침내 심경의 변화가 일어났다. 어느 날 아침 동이 트자 그는 자리에서 일어나 태양 앞으로 걸어 나갔다. 그리고 태양을 향해 이렇게 말했다.

〈머리말〉의 이 몇 문장은 이 책 전체를 이해하려 할 때 매우 중요합니다. 여러분이 아시겠지만, 차라투스트라는 저 페르시아 땅의 예언자로서 조로아스터교(拜火敎)의 창시자입니다. 그럼 왜 니체는 이 책의 주인공으로 페르시아의 예언자를 선택했을까요? 인도의 철학자 오쇼 라즈니쉬는 니체가 차라투스트라에 매혹된 이유는, 그가 삶에 맞서지 않고 삶을 긍정한 거의 유일한 사람이기 때문이라고 말합니다. 과거 전체를 통틀어서 차라투스트라만이 삶과 사랑과 웃음에 반대하지 않은 유일한 사람이란 걸 알았기 때문이라고요.

흥미로운 것은 차라투스트라가 서른이라는 나이에 고향을 떠나 산으로 들어갔다는 대목입니다. 여기엔 분명 저자의 의도가 느껴지지요. 생각해보세요. 고타마 붓다는 스물여덟 살 때 왕궁을 떠나 수행의 길로 나섰고, 예수는 고향을 떠나 서른 살부터 가르침을 펼치기 시작했죠. 차라투스트라가 서른의 나이에 산으로 들어갔다고 한 것은 자기 존재의 성숙을 위해 더 높은 차원을 향해 나아갔다는 것을 주지시키기 위함이겠죠.

왜 하필 차라투스트라는 산으로 들어갔을까요. 오늘날도 수도자들이 찾는 암자라고 부르는 곳을 보면 높고 깊은 산 속 오지에 있습니다. 제 어릴 적 경험인데, 아마도 초등학교 4학년쯤 되었을 겁니다. 어느 날 저는 평소에 사이좋게 지내시던 부모님이 티격태격 싸우는 것을 처음 보았어요. 두 분이 막말을 하며 싸우는 게 싫고 무척 실망이 되어, 집을 나와 제가 사는 마을에서 가장 높은 산으로 헐떡거리며 올라갔습니다. 산봉우리에 올라가 앉아서 제가 살던 마을을 내려다보는데, 마을 전체가 성냥갑만 하게 보이는 거예요. 부모님이 서로 싸우고 계신 우리 집이나 마을 사람들은 아예 보이지도 않고요. 그래서 그 어린 나이에도 생각한 것이 우리가 장소를 달리하면 삶을 바라보는 눈이 달라지겠구나, 하는 거였어요. 수도자들이 높은 암자 같은 곳을 찾는 이유는 단지 사람들에게 방해받지 않고 소란과 혼잡스러움을 피하기 위해서만은 아닙니다. 높은 암자 같은 데서 세상을 내려다보면, 그 세상 속에서 숱한 문제를 가지고 지지고 볶고 살아가는 삶이 하찮아 보이지 않겠어요.

얘기가 오늘도 옆길로 샜습니다. 산을 다니면서 옆길로 새어본 분 계신가요? 옆길로 새어봐야 '보물'을 건질 수 있답니다. 무슨 산삼 같은 건 아니더라도 향기로운 더덕 한 뿌리라도 캐려면 옆길로 새야 캘 수 있어요.

차라투스트라는 그렇게 산으로 들어가 '10년 세월을 지치지도 않고 정신과 고독을 즐기며 살았다'고 합니다. 동양식으로 말하면, 그는 10년간 '홀로 있음'을 흠뻑 누리며 도(道)를 닦은 거죠. 그리고 심경의 변화를 일으켜 드디어 하산을 하기로 결심합니다. 그런데 그 하산 이유가 흥미롭습니다.

보라! 나는 너무도 많은 꿀을 모은 벌처럼 나의 지혜에 지쳤다. 그러므로 이제는 나를 향해 내미는 손들이 있었으면 한다.

나는 베풀어주고 나누어주려 한다. 인간들 가운데서 현명한 자들이 다시 그들의 어리석음을 기뻐하고, 가난한 자들이 다시 그들의 넉넉함을 기뻐할 때까지.

10년 세월 동안 산 속에서 진리를 탐구한 차라투스트라가 하산을 하는 까닭은 자기가 깨달은 삶의 지혜를 세상 사람들과 나누기 위해서라고 합니다. 자기 안에 고인 지혜가 "너무 많은 꿀"과도 같아서 그걸 나누지 않으면 흘러넘칠 지경이었다는 거죠. 친구 시인 가운데 양봉을 하는 이가 있는데, 지난해에 '폭밀'이라고 하길래 깊은 산골짜기에 있는 그의 양봉장을 찾아가 채밀하는 걸 곁에서 지켜본 적이 있습니다. '폭밀'이라는 건 꿀 농사가 잘 되어 풍년이 들었다는 겁니다. 친구가 꿀을 뜨려고 꿀벌판을 벌통에서 들어 올리는데, 정말 꿀이 막 흘러내리더군요. 폭밀이었죠. 그걸 보며 차라투스트라가 지닌 지혜의 꿀이 흘러넘쳤다는 말이 이해가 되더라고요.

그럼 이제 차라투스트라가 쏟아내는 지혜의 꿀맛을 볼까요. 그런데 꿀맛이라고 해서 그가 쏟아내는 지혜가 꿀처럼 달콤할 거라고만 생각하면 오산입니다. 달콤하기는커녕 매우 쓰고 고통스럽기까지 합니다. 왜냐하면 차라투스트라가 토해내는 지혜는 우리 안에 있는 낡은 생각과 가치관을 깨부수는 망치와도 같고, 그 모든 것들을 날려버리는 태풍과도 같기 때문입니다. 니체는 그것을 '가치의 전환'이라고도 부르죠.

책은 돛

너는 너 자신을 멸망시킬 태풍을 네 안에 가지고 있는가?
'모든 가치의 전환', 이것이 인류에게 있어 최고의 자기 성찰을
위한 정식이고, 나의 삶이고, 나의 천재성이다.

니체가 "너 자신을 멸망시킬 태풍을 네 안에 가지고 있는가?"라
고 과격한 언사로 물을 때, 또는 "모든 가치의 전환"을 요구할 때, 그
것은 새로운 세계를 창조하기 위함입니다. 그것은 곧 낡은 세계에 대
한 부정인데, 이렇게 부정을 행하는 그의 정신은 단지 부정을 위한
부정이 아니라 긍정을 위한 부정으로 보아야 합니다.

그러면 니체는 '낡은 세계에 대한 부정'을 어떻게 표현합니까?
그것을 니체는 한마디로 "신은 죽었다"고 말합니다. 이것이 진리를
깨닫고 하산한 차라투스트라가 사람들에게 전한 첫 선물이죠. 그는
자기를 알아보는 늙은 성자와 만났다가 헤어지며 마음속으로 이렇
게 중얼거립니다.

이럴 수 있단 말인가! 저 늙은 성자는 숲 속에 있어서 "신은 죽
었다"는 소식조차 듣지 못했구나!

이런 말투에서 "신은 죽었다"는 말이 풍문처럼 느껴지기도 하지
만, 사실 이 말 속에는 낡은 세계의 붕괴를 선언하고자 하는 니체의
의도가 담겨 있어요. 그 다음 단락에서 차라투스트라는 시장에 모
여 있는 군중들에게 "나는 그대들에게 초인을 가르치려 하노라" 하

고 선언하는데, 사실 이 두 선언은 한 쌍으로 보면 됩니다. 무슨 말이냐 하면, '신의 죽음'으로 비로소 '초인의 탄생'이 가능해지니까 말입니다.

니체 연구가인 고병권은 '신의 죽음'을 이렇게 정리합니다.

> 신의 죽음이란 어떤 것인가? 그것은 신앙의 죽음이고, 신앙으로 존재하는 자인 인간의 죽음일 수밖에 없다. 신앙이 살아 있고, 신앙으로 존재하는 자인 인간이 살아 있는 한, 신의 죽음 소식은 이해될 수 없는 것이다. 신앙이 남아 있다면 신은 수백 가지 버전으로 출현할 수 있다. 국가나 민족을 섬기는 것으로 나타날 수도 있고, 화폐를 숭배하는 것으로 나타날 수도 있으며, 시장을 우상화하는 것으로 나타날 수도 있다… 차라투스트라가 신의 죽음을 전하는 곳에서 위버멘쉬(초인)를 가르치는 것은 이 때문이다. 신의 죽음이란 곧바로 인간의 죽음이며, 위버멘쉬의 탄생이기 때문이다.
>
> — 고병권,《니체의 위험한 책, 차라투스트라는 이렇게 말했다》중에서

여러분 중에는 고병권의 친절한 설명을 듣고서도, 여전히 '신의 죽음', '초인의 탄생' 같은 말들이 무슨 강아지 풀 뜯어먹는 소리인가 생각하시는 분들도 있을 겁니다. 저 역시 대학 시절에 니체 철학 강의를 들으며 그렇게 생각했으니까요. 더욱이 신의 존재를 절대시하는 종교인들은 '신의 죽음'이란 말 자체가 무척 불경스럽게 들릴 겁니

다. 그런 분들을 위해서 니체가 '신이 죽었다'고 말하는 의도가 무엇인가에 대해 간단히 설명하고 넘어가려 합니다.

니체가 그런 선언을 한 까닭은, 교황과 신학적 교리가 지배하던 암흑의 중세 시대가 끝나고 새로운 시대가 열렸음을 일컫기 위해서입니다. 이렇게 열린 새로운 시대를 우리는 근대(modern age)라 부르지요. 우리가 지금도 모던이란 말을 많이 쓰는데, 이 '모던(modern)'이란 말은 라틴어 '모데르누스(modernus)'에서 비롯된 말이죠. '모데르누스'는 '새로운 것', '지금의 것'이란 뜻인데, 쉽게 말해 전통적인 것, 과거의 낡은 것과의 결별을 뜻합니다. 새로운 시대의 사람인 근대인들은 더 이상 신의 명령이나 종교적인 율법에 따라 세계를 이해하지 않게 된 거죠. 그들은 신이나 전통을 무조건 따르려 하지 않고 모든 것을 스스로 생각하고 결정할 수 있다고 믿었죠. 니체는 이런 시대 상황 속에서 "신은 죽었다"고 말한 겁니다.

살아 있는 삶을 떠난 관념으로서의 신은 죽었다는 것, 사람들이 만든 신, 인간이 자기의 욕망을 투사해 만든 신은 죽었다는 것, 동서를 막론하고 지금도 수많은 종교인들이 소위 복을 구하기 위해 사원을 찾아가곤 하는데, 그렇게 인간이 만든 신, 즉 우상은 죽었다는 거죠. 공포와 탐욕, 삶에 대한 절망감에서 비롯된 발명품으로서의 신은 죽었다는 겁니다.

니체의 이런 선언은 기독교가 지배하는 서구 세계에 살아온 사람들에게는 폭탄과도 같은 선언이었을 겁니다. 하지만 전통적인 기독교 사상에 오랜 세월 세뇌된 사람들은 눈도 꿈쩍 않았지요. 물론 니체가 전달하고자 했던 '신의 죽음', '초인'이라는 새로운 복음을 이해하지도 못합니다. 그런 군중들에게 절망한 차라투스트라는 탄식을 토해냅니다. "나의 입은 그들의 귀에 맞지 않는구나." 탄식이라고 말씀드렸지만, 그 표현이 매우 유머스럽죠? 하여간 대지에 대한 사랑으로 대지 위에 "드높은 희망의 싹"을 심고 싶어 했던 차라투스트라는 인간에 대한 경멸을 토해냅니다. "대지 위에선 만물을 왜소하게 만드는 말종 인간들이 깡충거리며 뛰어다닌다"고. 말종 인간이라! 니체의 표현이 정말 과격하죠? 니체가 경멸하는 어투로 말한 이 말종 인간은 밤낮으로 쾌락을 추구하며 오래 살려고 몸부림칩니다. 건강을 알뜰하게 챙기며 혼돈을 싫어합니다. 어때요? 오늘 우리의 모습을 얘기하는 것 같지 않나요?

> 춤추는 별을 낳으려면 인간은 자신 속에 혼돈을 간직하고 있어야 한다.

이 구절을 읽고 나서 저는 밑줄을 두 번씩이나 쳤습니다. 그런데 혼돈이 뭡니까. 국어사전을 보니까 혼돈이란 '천지개벽 이전에 원기(元氣)가 아직 나누어지지 않은 상태'라고 되어 있습니다. 그러나 소위 말종 인간들은 혼돈을 견디지 못하고 그 보잘 것 없는 지식으로 온전한 생명을 쪼개고 나누고 분별하는 일을 합니다. 근대 과학과 철학은 인간을 정신과 육체로 쪼개고, 인간과 자연을 쪼개는 어리석음을 저질렀습니다. 그래서 인간을 기계에 종속된 존재로, 자유를 상실한 존재로 만들어버렸죠.

그래서 니체는 춤추는 별, '초인'을 낳으려면 인간은 혼돈을 간직하고 있어야 한다고 합니다. 초인의 탄생을 위해서는 인간은 자궁이 되어야 한다고. 무슨 말일까요? 자궁은 원기가 나누어지지 않은 생명의 씨앗을 받아들여 키우는 신성한 공간이죠. 거기에는 논리나 분별이 없습니다. 오직 사랑이 있을 뿐이죠. 어머니들이 그렇지 않습니까. 그래서 마이스터 엑카르트라는 중세의 수도승은 처녀보다 부인을 높이 평가합니다. 부인은 생명을 잉태하는 존재이기 때문이죠. 자기 자궁을 열어 신성한 생명을 받아내는 존재라는 말입니다.

그러나 오늘날 젊은이들은 이러한 생명의 순리를 거부합니다. 불임의 세상이 오고 있는 것이죠. 요즘 젊은 부부들은 아기를 낳으려 하지 않습니다. 이건 육체의 불임을 초래하는데, 정신의 불임은 더 큰 문제죠. 낳는다는 게 뭡니까. 산고(産苦)를 치른다는 것이죠. 산고를 거부하는 시대에는 창조도 일어날 수 없습니다. 구스타브 융도 말했죠. "신의 선물인 창조의 불꽃을 얻기 위해서는 누구나 값비싼 대가를 치러야 한다"고. 진실로 창조적인 사람은 피 흘리는 고통을 기꺼이 수용할 줄 아는 사람입니다. 그러니까 우리가 니체가 말하는 춤추는 별, 초인을 낳으려면 피 흘리는 산고를 받아들일 수 있어야 합니다.

낙타의 정신, 사자의 정신, 어린아이의 정신

그러면 이쯤에서 '초인'이란 개념을 정리하고 넘어가죠. 니체 철학에서 '초인'이란 개념은 매우 중요한데, 이 초인이란 개념을 이해하기 위해서는 차라투스트라의 가르침의 순서를 따르는 게 중요합니다. 차라투스트라는 '초인'에 대해 직접적으로 가르치지 않고, 먼저 우리가 배워야 할 것들에 대해 이야기합니다. 이것은 차라투스트라의 공식적인 첫 수업의 내용이기도 한데, '변신' 이야기가 곧 그것이죠. 우리가 보는 책에는 〈세 가지 변화에 대하여〉라고 되어 있습니다. 변신이든 변화든 큰 차이는 없습니다. 그 첫 단락을 누가 읽어주실까요.

> 나는 그대들에게 정신의 세 가지 변화에 대해 말하고자 한다. 어떻게 하여 정신이 낙타가 되고, 낙타는 사자가 되며, 사자는 마침내 아이가 되는가를.

네, 잘 읽어주셨습니다. 차라투스트라는 본격적인 첫 수업에서 정신의 변화에 대해 이야기하고 있는데, 사실은 이 책에서 매우 중요한 의미를 담고 있는 내용입니다. 그런데 그 내용이 좀 이상하죠? 낙타가 사자로 되고, 사자가 다시 어린아이로 된다니! 여러분도 이미 눈치를 채셨겠지만, 여기서 낙타, 사자, 어린아이는 각각 상징으로 보아야 합니다. 그러면 그 각각의 상징이 드러내고자 하는 의미는 무엇일까요. 다시 말하면 낙타의 정신, 사자의 정신, 어린아이의 정신은 어떻게 다른 것일까요?

　　니체는 그것을 아주 친절하게 잘 설명하고 있습니다. 그럼 먼저 '낙타의 정신'부터 살펴볼까요. 차라투스트라는 그것을 한마디로 "인내심 많은 정신"이라고 말합니다. 이 말은 우리가 사막을 걷는 낙타를 생각해보면 금방 알 수 있죠. 낙타는 무거운 짐을 지고 뜨거운 사막을 걷는데, 오아시스가 나타나지 않더라도 끄떡없이 걷지요. 다른 동물들은 엄두도 낼 수 없을 정도의 엄청난 힘과 인내심을 가지고 있습니다. 그리고 낙타는 주인의 뜻을 거스를 줄 모르는 동물입니다. 낙타의 무릎을 보신 적이 있나요? 주인이 명령하면 기꺼이 무릎을 꿇는 동물이 낙타인데, 그래서 낙타의 무릎은 굳은살이 크게 박혀 있죠. 그러면 차라투스트라가 낙타의 정신을 통해 하고자 하는 말은 무엇일까요. 인간 속에 뿌리 깊이 박힌 노예근성을 말하는 것이 아닐까요. 오로지 복종을 미덕으로 하는!

　　제 후배 가운데 젊었을 때 깡패 동아리에 들어가 어울리며 살았던 친구가 있습니다. 어느 날 이 친구가 술이 잔뜩 취하자, 갑자기 제 앞에 무릎을 꿇고는 "형님, 저 복종하고 싶어요!" 하고 눈물을 뚝뚝 흘리는 거예요. 그래서 깜짝 놀란 제가 이게 뭐하는 짓이냐고 강제로 일으켜 세운 적이 있는데, 그때 생각한 것은, '아 이 친구의 무의식 속에는 아직도 깡패 시절의 상명하복(上命下服)의 정신이 남아 있구나' 하는 거였죠. 바로 낙타의 정신인 거죠. 이런 정신을 지닌 자는 스스로의 자존심에 큰 상처를 주었을 겁니다. 자존감이 결여된 거죠. 우리 사회에서는 이런 낙타의 정신을 지닌 사람을 착하다, 착하다고 말하지요. 모든 권력자, 독재자, 사이비 교주, 폭력적인 사람은 바로 이런 낙타 같은 존재를 좋아합니다. 그는 결코 '노(No)'라고 말할 줄 모르니까요.

가장 낮은 단계의 의식을 상징하는 낙타의 정신에 묶여 있는 사람은 늘 많은 짐을 질 준비가 되어 있고, 낑낑대며 무거운 짐을 지는 것을 즐깁니다. 물론 우리가 인생을 살면서 어떤 종류의 짐이든 짐을 지지 않고는 살 수 없지요. 하지만 우리가 누구의 명령에 의해 짐을 지는 것과 자발적으로 짐을 지는 것은 다릅니다. 타인의 명령을 따라 짐을 지면 그 짐은 무겁고 힘듭니다. 그러나 즐거운 마음으로 지면 그 짐이 가볍습니다.

조지프 캠벨이라는 신화학자는 이런 말을 했습니다. "당신의 희열을 따르라." 다시 말하면 당신의 마음이 진정 갈망하는 삶을 살라는 말입니다. 이런 삶을 살아가는 이를, 니체는 '사자의 정신'을 가졌다고 말합니다. 본문을 읽어볼까요.

> 고독하기 그지없는 사막에서 두 번째 변화가 일어난다. 여기에서 정신은 사자가 된다. 정신은 자유를 쟁취하려 하고 사막의 주인이 되고자 한다.

여기서 집안 얘기 좀 하는 걸 용서하세요. 제 아내가 나이가 사십쯤 되었을 무렵부터 저에게 막 반항을 하더라고요. 유교적 가계 질서가 꽉 잡힌 집안에서 자랐기에, 저에게 시집 와서도 늘 순종적이던 여인이 갑자기 반항적인 태도로 나오자 깜짝 놀랐죠. 어쩌면 제 아내는 뒤늦게 자의식이 생겼던 것 같아요. 그래서 어떡했는지 궁금하죠? 어떡하긴요, 그냥 받아들일 수밖에 없었죠. 아내 속에 감춰져 있던 자유의 혼, 즉 사자가 나타나 포효하며 덤비는데, 어쩝니까. 손이 발이 되도록 빌며 살았죠.

사자는 낙타와는 전적으로 다른 동물입니다. 결코 고분고분하지 않죠. 남의 말 안 듣는 동물이 곧 사자입니다. 만일 이 동물에게 명령을 내리려는 사람은 그 자신도 목숨을 걸어야 할 겁니다. 이 동물에겐 자유를 향한 강한 열망이 있기 때문입니다.

그런데 자기가 주인이 되는 이 자유가 거저 주어지는 건 아닙니다. 자유를 얻기 위해서는 싸워야 합니다. 차라투스트라는 이 싸움을 "거대한 용과의 일전"이라고 표현합니다. 그럼 여기서 용이 상징하는 건 무엇일까요? 제가 영문판을 가져왔는데 한번 읽어볼게요.

"Thou shalt" is the name of the great dragon. But the spirit of the lion says, "I will."

("너는 해야 한다", 이것이 그 거대한 용의 이름이다. 그러나 사자의 정신은 이에 대항하여 "나는 원한다"라고 말한다.)

여기서 '드래곤', 즉 용이 상징하는 건 "너는 해야 한다!"는 의무나 당위의 목소리랍니다. 이를테면 도덕, 법, 관습이나 제도의 목소리 같은 거죠. 그러니까 용은 낙타에서 사자로 변신하려는 정신에게는 큰 위협이 아닐 수 없습니다. 거대한 용의 황금빛으로 빛나는 비늘들마다 "너는 해야 한다"는 명령이 쓰여져 있답니다. 이런 힘센 용의 명령을 거부하려면, 사자의 강인한 정신이 아니면 안 될 겁니다. 그야말로 "새로운 가치"를 창조하겠다는 뜨거운 열망이 있어야 겠지요.

이런 이야기가 전해져옵니다. 옛날에 어떤 목동이 산에 갔다가 버려진 사자 새끼 한 마리를 발견했어요. 측은한 마음에 목동은 그 사자 새끼를 데려와서 양 우리에 넣어 양들 틈에 키웠죠. 사자 새끼는 자라면서도 자기가 양인 줄만 알고 풀을 뜯어먹고 살았답니다. 그런 어느 날 큰 숫사자 한 마리가 그 옆을 지나다가 보니, 아니 글쎄 사자란 놈이 양들 틈에 끼여 풀을 뜯어먹고 있는 게 아니겠습니까. 숫사자는 너무도 기가 막혀 양 우리로 다가가서 사자 새끼를 불러냈죠. 가까운 냇물로 끌고 갔습니다. 그리고 사자 새끼의 목덜미를 덥석 물고 잔잔한 물속을 들여다보게 했어요. 새끼 사자는 물속 거울에 비친 자기 모습을 처음으로 보고는 이윽고 자기가 사자인 줄 알게 되었죠. 새끼 사자는 곧 물가로 나와 "어흥!" 하고 산천이 울리도록 포효했답니다. 그런데 이 새끼 사자에게 자기가 누구인지를 알도록 일깨워준 숫사자가 누구냐? 그는 다름 아닌 예수였다는 겁니다.

누군가 지어낸 이야기겠지만, 참 그럴듯하지 않습니까? 예수나 붓다와 같은 뛰어난 종교적 스승은 자기 존재의 실상을 모르는 이들의 목덜미를 잡아끌고 물가로 가서 잔잔한 물거울에 비친 자신의 모습을 보도록 하겠지요. 그리고 마침내 자기 실상을 알아채고 '어흥!'

하는 사자가 되게 하는 거고요.

그렇습니다. 참된 종교라면 이런 역할을 해야 하는 게 맞는데, 예나 이제나 제도 종교는 대체로 이런 종교의 본분〔宗旨〕을 잃어버리고 오히려 사람들을 고분고분 복종하는 낙타의 정신에 머물게 합니다. 아니, 사자조차 다시 낙타로 만들려 합니다. 왜? 낙타로 만들어야 부리기 쉬우니까. 바로 이때 종교는 거대한 용인 겁니다.

하지만 이제 낙타에서 변신한 사자의 정신은 이런 거대한 용과 맞서 으르렁거립니다. "나는 하고 싶다"고 소리치며! 이제 사자는 그 누구의 명령도 듣지 않습니다. 차라투스트라의 말을 다시 들어볼까요.

자유를 쟁취하고 의무 앞에서도 신성하게 아니요, 라고 말할 수 있기 위해서는, 형제들이여, 사자가 되어야 한다.

그러나 아무리 용맹한 사자라도 용을 완전히 물리칠 수는 없습니다. 사자는 용에게 "나는 싫다, 나는 원하는 게 따로 있어!"라고 말하지만, 그러고 나서 무엇을 할 수 있는지는 말하지 못합니다. 용과의 싸움을 통해 자유를 얻긴 얻었는데, 그렇게 쟁취한 자유를 어떻게 쓸 수 있는지는 모른다는 겁니다. 사자는 "새로운 창조"를 가능하게 하고, "새로운 가치"를 발견해낼 수 있는 기회를 제공할 수는 있지만, 그 이상은 할 수 없다는 것이죠. 그럼 어떻게 해야 할까요?

차라투스트라는 사자에서 '아이'로의 변신이 필요하다고 말합니다. 아니, 그 연약한 어린아이가 어떻게? 차라투스트라 역시 우리에게 물음을 던집니다.

> 형제들이여, 사자도 하지 못한 일을 어떻게 아이가 할 수 있단 말인가? 강탈하는 사자가 이제는 왜 아이가 되어야만 하는가?

앞에서 말씀드렸지만, 낙타도 상징, 사자도 상징, 그리고 여기에 나오는 아이도 상징인 겁니다. 상징이 뭡니까. 추상적인 사실이나 생각, 느낌 따위를 대표성을 띤 기호나 구체적인 사물로 나타내는 게 상징이죠. 여기서 말하는 어린아이는 삶에 있어서 미숙한 어린아이를 말하는 게 아닙니다. 니체는 친절하게도 '아이'라는 상징이 나타내고자 하는 바를 아주 명료하게 표현하고 있죠.

> 아이는 순진무구함이며 망각이고, 새로운 출발, 놀이, 스스로 도는 수레바퀴, 최초의 움직임이며, 성스러운 긍정이 아닌가.

어떻습니까? 정말 동심(童心)의 세계를 잘 표현했죠? 이 자리에는 아직 어린아이를 키우는 어머니들이 많으신 것 같은데, 아이들이 야말로 자기 욕망에 충실합니다. 배고프면 울고, 졸리면 자고, 그렇게 배부르고 푹 자고 나면 아이들은 천진난만한 표정으로 웃을 뿐이죠. 그런 아이들을 어른들이 지배받는 도덕이나 법률, 제도로 재단하거나 심판할 수 없습니다. 앞서 언급한 고병권은 아이들은 비도

덕적 존재라고 말합니다. 아이들이 악한 존재라는 의미에서가 아니라 도덕을 필요로 하지 않고 도덕을 갖고 있지 않다는 의미에서 그렇다는 거죠. 물론 영악한 아이들도 있습니다. 그런 아이들의 모습은 영악한 어른들의 삶이 투영된 거고요.

자, 여기서 차라투스트라가 말하는 아이가 어떤 존재인가를 분명히 하기 위해 그 둘을 비교해보면 좋을 것 같군요. 사자와 어린아이의 차이는 무엇일까요? 사자는 으르렁대지만, 아이는 으르렁대지 않고 그냥 웃을 뿐이죠. 심지어 용을 보고도 웃습니다. 아이가 어떻게 무서운 용을 보고 웃을 수 있을까요. 아이는 순진무구하기 때문입니다. 어린아이의 해맑은 눈을 들여다보세요. 그야말로 순진무구하죠. 그러면 아이들은 그처럼 순진무구할 수 있는 걸까요. 망각할 수 있기 때문입니다. 아이들이 모여 놀 때 보면 그렇잖아요. 금방 치고 받고 싸우면서 울고불고 하다가도 잠시 후면 깔깔대고 웃으며 장난치고 놀죠.

그러면 아이가 세계를 바라볼 때와 낙타나 사자가 세계를 바라볼 때는 어떻게 다를까요. 낙타와 사자의 눈은 순진무구하지 않은데, 그것은 망각이 없기 때문입니다. 굴종적인 낙타는 신이 부여한 관점의 지배를 받고, 반항적인 사자는 신에 반하는 관점만 가지고 있습니다. 낙타와 사자에게 세계를 바라볼 수 있는 눈은 단 하나뿐이죠. 그러니까 하나의 눈으로 바라본 세계는 하나의 의미로만 해석되고 그 의미 안에 한정되고 맙니다. 말하자면 낙타와 사자는 하나의 눈, 하나의 관점을 망각하지 못합니다. 이와 반면에 아이는 망각을 통해서 세계를 바라보는 여러 관점을 가질 수 있죠. 따라서 아이들이 바라보는 사물과 사건이 순간마다 새로울 수 있는 건 아이의 시선이 고정되어 있지 않고 때마다 다르기 때문입니다. 그러니까 어린아이는 순간마다 관점을 바꾸어 세계를 바라볼 수 있는데, 이런 놀이의 정신 때문에 아이들에게 세계는 언제나 신나는 놀이터가 될 수 있는 것이죠.

그렇기 때문에 사자의 적수였던 용은 아이의 적수가 되지 못합니다. 용이 나타났다 하더라도 아이에게는 장난감이 되고 맙니다. 그러니까 용을 죽일 수 있는 건 사자가 아니라 아이입니다. 이때 아이의 무기는 사자처럼 으르렁거림이 아니라 웃음이죠.

여러분, 혹시 칼 노락이 지은 《키아바의 미소》라는 그림책을 읽어보셨나요. 아, 네. 역시 아이들을 키우는 젊은 어머니들은 읽어보신 것 같군요. 제가 아주 좋아하는 동화입니다. 읽지 못한 분들도 있는 것 같아서 제가 그 동화의 줄거리를 잠깐 말씀드려보지요.

키아바라는 꼬마가 낚싯대를 들고 물고기를 잡으러 갑니다. 이 꼬마가 얼음 구멍 속으로 낚싯줄을 집어넣었는데, 자기 손가락 스무 개를 합한 것만큼 커다란 물고기를 잡습니다. 그런데 걱정거리가 생겼어요. 방금 잡은 물고기가 키아바를 보고 미소를 짓고 있는 거예요. 그래서 이 꼬마 낚시꾼은 참을 수 없어 다시 얼음 구멍 속에 물고기를 던지며 소리칩니다.

"나는 미소 짓는 물고기는 절대 먹을 수가 없어!"

아빠하고 집으로 돌아가는 길에 굉장히 큰 곰 한마리가 나타나서 길을 막아섭니다. 키아바의 아빠는 총을 가지고 있지 않아서 겁을 주어 곰을 쫓으려고 합니다. 아빠가 무섭게 소리를 지르지만 그럴수록 곰도 더 사나워집니다. 이때 키아바가 꾀를 내어 곰 앞에 나섭니다. 그리고 곰에게 다가가 미소를 짓습니다. 곰은 놀랍니다. 화가 나 있는 곰에게 미소를 짓다니! 곰은 어떻게 해야 할지 몰라서 머리만 긁다가 어디론가 사라져버립니다. 아빠는 마을 사람들에게 이렇게 말합니다.

"우리 아들은 뛰어난 낚시꾼은 아니지만 훌륭한 마법사가 될 거예요! 키아바가 마법으로 곰을 쫓았답니다."

다음 날, 어마어마하게 큰 폭풍이 그 마을로 다가옵니다. 어른들은 얼음집을 두껍게 쌓기 시작하죠. 그러나 키아바는 다른 생각을 합니다. 그리고는 마을을 떠나 폭풍을 만나러 가서 폭풍에게 미소를 짓습니다. 폭풍은 소리칩니다.

"너 같은 어린애의 미소가 나를 멈추게 할 수 있다고 생각하느냐?"

"안 된다는 것은 나도 잘 알아요. 하지만 노력을 해볼 수는 있잖아요?"

너무나 대담한 그 말에 폭풍은 어이가 없어서 웃기 시작하죠. 키아바는 마을로 뛰어갑니다. '폭풍이 웃고 있는 동안은 바람을 불게 하는 걸 잊어버릴 거야.' 그리고 키아바는 바람소리를 들으며 편안하게 잠 속으로 빠져 듭니다.

이게 이 동화의 줄거리입니다. 사실 이 동화는 어른들이 꼭 읽어야 할 동화 같아요. 여러분 가운데는 어른이 무슨 동화야! 할 분들이 있을지 모르지만, 저는 아이들보다 어른들이 동화를 읽어야 한다고 생각하죠. 왜? 우리가 새로운 가치를 창조하려면 동심의 회복이 필요하기 때문입니다. 중국의 이지라는 이가 쓴 《분서》라는 책이 있는데, 거기 보면 이런 말이 나옵니다.

> 무릇 동심이란 거짓을 끊어버린 순진함으로 사람이 태어나서 가장 처음 갖게 되는 본심을 말한다. 동심을 잃게 되면 진심이 없어지게 되고, 진심이 없어지면 진실한 인간성도 잃어버리게 된다. 사람이 진실하지 않으면 최초의 본 마음을 다시는 회복할 수 없다.

이런 동심의 힘, 《키아바의 미소》에서처럼 아이의 미소의 힘이 용을 제압할 수 있다는 겁니다. 차라투스트라는 이 '용'의 다른 표현으로 "중력의 영"이란 말을 사용하지요. 중력이 뭔지 아시죠. 지표 부근에 있는 물체를 지구의 중심 방향으로 끌어당기는 힘입니다. 우리가 이 중력의 힘에 사로잡히면, 연자매를 목에 매고 돌리던 삼손처럼 무겁고 힘들게 살 수밖에 없죠. 우리 삶을 매사에 심각하고 진지하게 만드는 이 중력의 영을 극복할 수 있는 것은, 바로 '웃음'이라고 차라투스트라는 말합니다.

우리는 분노함으로써 죽이는 것이 아니라 웃음으로써 죽인다.

자, 이제 중력의 영을 죽이자!

삶을 기꺼이 맞아들이는 내게도 나비와 비눗방울, 그리고 인간들 가운데서 나비와 비눗방울 같은 자들이 행복에 대해 가장 많이 알고 있는 것으로 보인다.

니체는 한없이 연약해 보이는 웃음, 나비, 비눗방울 같은 것들이 우리 삶의 무거움을 가볍게 해준다는 겁니다. 이런 점에서 니체는 신의 죽음을 말하고 있긴 하지만, 여전히 종교적입니다. 왜냐고요? 진정한 종교는 삶의 무거움을 가벼움으로 바꾸는 예술이기 때문입니다.

이제 오늘도 예정된 강의 시간이 다 되어, 우리 삶의 무거움을 가벼움으로 바꾸는 예술의 주인공인 이 '아이'를 어떻게 낳을지 생각해보아야겠네요. 이 어린아이는 바로 우리 내면의 아이인데, 우리 삶을 창조적으로 만들어주는 아이죠. 되풀이하면 웃음으로 우리의 삶을 무겁게 만드는 중력의 영을 죽여버리는 아이, 그래서 우리 삶을 비눗방울처럼 가볍게 만들어주는 아이 말입니다. 예컨대, 예수는 니고데모라는 사람에게 이 '창조의 아이의 탄생'을 '거듭남'이라고 표현하죠. 거듭남이란 어머니의 모태로부터 태어나는 탄생에 이은 두 번째 탄생인데, 그것을 다른 말로 의식의 태어남이라고 할 수 있겠죠. 니체는 이렇게 해서 새롭게 태어난 인간을 '초인'이라고 부릅니다.

그런데 사람들은 이 초인이란 말을 오해하기도 합니다. 초능력을 행하는 사람이거나 영화 속의 슈퍼맨처럼 괴력에 가까운 엄청난 힘을 행사하는 자로! 그래서 요즘 학자들은 '초인'이라 번역하지 않고, 독일어 그대로 '위버멘쉬(Übermensch)'로 표기하죠. 어떻게 부르든 간에 초인이란 말에는 초월하고 극복하는 인간이란 의미가 깃들여 있답니다. 그렇다면 초인은 무엇을 초월하고 극복한 인간일까요? 앞서 차라투스트라가 경멸의 어투로 말한 '말종 인간', 즉 한없이 나약해지고 왜소해진 인간을 초월한 인간입니다. 그러니까 초인은 한없이 비루하고 왜소해진 자신의 모습을 극복해가는 인간을 말하는 겁니다.

니체의 초인 사상은 인간의 가능성을 한껏 드높인 사상이라고 할 수 있죠. 낙타의 정신을 지니고 노예처럼 살던 사람도 자기 안에 감춰진 사자의 정신으로 깨어나 '용감한 부정'을 하며 자기의 존엄을 드높일 수 있고, 한 걸음 더 나아가 자기 안에 있는 아이의 정신으로 깨어나 '용감한 긍정'을 하는 사람으로 변모할 수 있는 가능성이 있다는 겁니다. 우리가 이런 사람으로 변모할 수 있을 때, 우리는 삶의 존엄을 지닌 주체적인 인간으로 우뚝 설 수 있는 겁니다.

오늘 저는 여러분에게 이 책의 핵심적인 부분을 대략 말씀드렸는데, 이제는 여러분 자신의 눈으로, 가슴으로 직접 《차라투스트라는 이렇게 말했다》를 읽어보시라고 말씀드리고 싶습니다. 마지막으로 의미 있는 한 문장만 읽어드리고 오늘 강의를 마치겠습니다. 이 문장은 의존적인 삶의 태도를 버리고 주체적인 인간으로 우뚝 서서 살라는 것을 은유적으로 표현한 것이죠. 인생의 배움을 구하는 어떤

자들이 높은 산 동굴에 있는 차라투스트라를 찾아왔는데, 그들은 자기 발로 걸어 올라오지 않고 나귀를 타고 왔어요. 그러자 차라투스트라는 나귀 등에서 내리는 그들에게 버럭 화를 내며 소리칩니다.

높이 오르고 싶으면
그대들 자신의 발을 사용하라.
결코 실려 오르는 일이 있어선 안 된다.

6강

——

예
술

"가난하다구요?
아니에요. 전 절대로 가난하지 않아요.
저는 위대한 예술가니까요.
위대한 예술가는 결코 가난하지 않아요.
마님, 예술가들에게는 다른 사람들이 모르는 것이 있어요."

▌ 6강에서 함께 읽을 책

《바베트의 만찬》 이자크 디네센 지음, 추미옥 옮김, 문학동네, 2012.
《소용없는 하느님》 샤를 델레 지음, 김정옥 옮김, 가톨릭출판사, 1995.

거룩한
낭비

———

오늘 강의는 영화 이야기로 시작할까 합니다. 혹시 여러분, 시드니 폴락 감독의 〈아웃 오브 아프리카〉란 영화 보셨나요? 네, 보신 분들이 많은 것 같군요. 그러면 이 영화의 원작자를 아시나요? 아무 대답이 없는 거 보니, 아시는 분이 없는 것 같네요. 사실 이 영화의 원작자는 오늘 우리가 함께 공부할 소설 《바베트의 만찬》을 쓴 이자크 디네센이죠. 영화가 세상에 널리 알려진 데 비해 원작자나 그의 소설은 별로 알려져 있지 않습니다.

사실 이자크 디네센은 노벨상 후보로 두 차례나 올랐을 정도로 유명한 작가입니다. 그가 후보에 올랐을 때 그를 밀쳐내고 노벨상을 거머쥔 인물이 헤밍웨이와 알베르 카뮈였으니 그의 소설의 격을 짐작할 수 있겠죠? 영화 속에 나오는 것이지만, 이자크 디네센은 소설가가 되기 이전의 인생 경력이 화려합니다. 아프리카 케냐의 커피

농장주였고, 지체 높은 브로 브릭슨 남작의 부인이었으며, 나중에 비행기 사고로 죽은 데니스 핀치 해튼과의 깊은 사랑도 경험했죠. 이처럼 작가가 체험한 강렬한 인생 경험이 뛰어난 소설을 낳는 바탕이 되었으리라는 생각을 합니다. 영화 속에서도 주인공이 자기 연인인 데니스에게 상큼한 이야기를 만들어 들려주는 장면이 나오는데 실제로 이자크 디네센은 뛰어난 이야기꾼이었다고 하죠. 그의 소설들이 그것을 증명하고 있습니다.

오늘 영화 이야기를 할 시간은 없으니 곧바로 《바베트의 만찬》으로 들어가겠습니다. 이 소설도 영화화되었는데, 서구 세계에서는 상당한 호평을 받았다고 하죠. 저는 이 영화도 감동적으로 보았습니다. 혹 이 소설의 제목만 보고 이 소설이 요리에 관한 이야기가 아닐까, 생각하셨을지도 모르겠네요. 물론 작품 속에 훌륭한 요리와 요리사 이야기가 나오지만, 이 작품은 그 이상이죠. 적어도 이 작품 속에서는 요리가 '예술'의 차원으로까지 승화되고 있으니까요.

변화 없는 삶, 어떻게 바꿀 수 있을까?

얘기를 풀어가기 위해 소설의 줄거리를 잠깐 더듬어볼까요. 소설은 노르웨이 피오르 지역의 조그만 산골 마을에 사는 마르티네와 필리파 자매에 대한 소개로 시작됩니다. 자매의 아버지는 노르웨이 전역에서 인정을 받은, 독실한 기독교 교파를 일군 목사이자 마을 사람들의 정신적 지도자였죠. 하지만 마을에서 종교적으로 큰 영향을 끼친 이 목사가 죽은 후, 신도 수는 줄고 그나마 남은 늙은 신도들마저 서로 다투는 일이 잦아집니다. 그럼에도 자매는 아버지를 대신해 늙은 신도들을 돌보며 조용하고 금욕적인 삶을 살아가지요.

　　종교마저 세속화된 오늘 우리의 입장에서 보면, 이런 자매의 모습은 청교도적인 신앙의 모습을 보이고 있어 좀 곰팡스럽게 보이고 숨이 턱 막힐 지경이죠. 목사인 아버지가 살아 있던 젊은 시절, 언니 마르티네는 잘생긴 청년 장교 로벤히엘름의 사랑을 받았으며, 아름다운 목청을 타고 난 동생 필리파는 유명한 가수 아실 파팽에 대한 사랑의 추억을 지니고 있었습니다. 하지만 결혼도 하지 않고 교회 공동체의 가난한 노인들을 섬기며 살았고 그런 자매에게 어느 날 갑자기 바베트라는 낯선 프랑스 여인이 아실 파팽의 편지를 들고 찾아오죠. 자매는 프랑스 혁명의 와중에 오갈 데 없는 신세가 된 바베트를 받아들이고, 바베트는 자매의 집안일을 도우며 함께 살아가게 됩니다. 바베트는 자신의 과거를 입에 올리는 일이 거의 없지만, 알뜰한 살림 솜씨로 자매와 마을 사람들에게 점차 신뢰를 얻고 그들의 삶에 없어서는 안 될 동반자가 되어가죠.

　　그들과 함께 생활한 지 12년이 지난 어느 날, 바베트가 복권에 당첨되어 10,000프랑을 얻게 되는 놀라운 사건이 벌어집니다. 그 무렵 죽은 목사의 100번째 생일이 다가왔는데, 바베트는 생일을 기리는 만찬을 자기가 가진 돈으로, 완벽한 프랑스식으로 차리게 해달라고 자매에게 청합니다. 자매들은 사치스럽고 이국적인 프랑스식 만찬에 대한 두려움을 갖고 있었지만, 바베트의 간청을 거절하지 못하고 받아들이죠. 아버지의 생일날 손님들에게 어떤 음식을 내놓게 될지 알 수 없어 두려워하는 자매를 위해 신도들은 만찬에 아무리 이상한 요리가 나와도 침묵을 지키기로 맹세합니다. 한편 젊은 시절 마르티네를 짝사랑했던 로벤히엘름이 이제는 장군이 되어 그 지역에 우연히 들렀다가 만찬에 초대되지요. 만찬 날 저녁, 초대된 사람들이 모두 촛불 밝힌 테이블에 둘러앉고, 그들 앞에는 한때 프랑스의 천재 요리사로 활약했던 바베트가 혼신을 기울인 만찬이 놓입니다. 궁정 생활에 익숙한 로벤히엘름 장군은 노르웨이의 산골 마을에서 그런 진귀한 요리가 나오는 것에 깜짝 놀라 주위를 둘러보지만, 늙은 신도들은 자신들의 맹세를 되새기며 묵묵히 수저만 기울입니다. 그러나 먹고 마실수록 사람들 사이에는 사랑과 온기가 퍼져나가고, 그들은 놀라운 축복을 경험하죠. 작가는 그 장면을 매우 아름다운 문장으로 이렇게 묘사합니다.

그 후에 일어난 일은 정확하게 알 수 없다. 손님들도 정확하게 기억하지 못한다. 마치 수많은 작은 후광들이 하나로 합쳐져 거룩한 광채를 내기라도 한 듯 천상의 빛이 집 안을 가득 메웠다는 것 외에는. 말수가 적은 노인들은 말문이 틔었고, 수년간 거의 듣지 못했던 귀가 열렸다. 시간은 영원 속으로 녹아들었다. 자정이 훨씬 지난 시각, 창문이 황금처럼 빛났고 아름다운 노래가 바깥의 겨울 공기 속으로 흘러나갔다.

저는 지금 읽어드린 글에서 "시간이 영원 속으로 녹아들었다"는 아름다운 문장에 밑줄을 쳤습니다. 어떻습니까. 여러분의 삶에도 이런 놀라운 체험이 있는지요? 사막 같은 불모의 삶에 파릇파릇 영혼의 새순이 돋는 그런 순간이. 사실 꽤 오랫동안 마르티네와 필리파 자매가 신심이 깊은 아버지에 대한 사랑과 기억 때문에 처녀로 늙어가며 작은 공동체를 위해 헌신했음에도 불구하고 공동체에는 아무런 변화도 일어나지 않았습니다. 변화 없는 불모의 시간은 인간의 삶을 권태롭게 하죠.

　　무릇 종교의 본령은 "시간이 영원 속으로 녹아드는" 경지를 맛보며 사는 거 아니겠습니까? 그런데 사람들이 세속의 리듬을 좇아서 살다 보면 종교의 본령이 가리키는 지점을 보지 못하죠. 물론 자매는 경건과 금욕의 실천이 종교의 본령이라고 오해했겠죠. 경건과 금욕은 종교인이 지켜야 할 미덕임에 틀림없지만, 경건과 금욕의 삶이 경직되면 그런 이들이 모인 공동체는 생명의 활력이 없는 감옥처럼 변하고 맙니다. 식물을 하우스 같은 데 가둬서 키워보세요. 겉모양은 그럴듯하지만 야생에서 자란 식물들에게서 나는 풋풋한 향기가 나지 않습니다. 딱딱하게 경직된 신앙도 그렇다는 거죠.

　　자매가 섬기는 교회 공동체가 죽은 아버지로부터 물려받은 유산은 바로 청교도 정신이었죠. 청교도 정신으로 무장하여 가난한 삶과 절제를 최대의 종교적 미덕으로 여기며 살아온 신도들은 바베트가 준비한 풍성한 만찬을 즐겁게 받아들일 수 없었습니다. 그래서 어떤 노인이 이렇게 말합니다.

우리 스승님의 생신날, 우리 혀에서 모든 맛을 씻어내고 모든 쾌
감과 불쾌감을 없앱시다. 오로지 고결한 찬양과 감사만 하도록
혀를 지킵시다.

이런 얘기의 배경에는 영육이원론이 똬리를 틀고 있습니다. 그
들이 견지했던 영육이원론은 결국 육체의 탐닉을 멀리하여 오로지
영혼의 구원을 추구하는 삶을 지향하는 거였죠. 그런데 이 영육이원
론에 사로잡힌 이들의 문제는 현세의 삶이 궁핍하고 메마르다는 겁
니다. 싱그러움과 촉촉함이 묻어나지 않는 메마른 삶은 곧 지옥이나
마찬가지죠.

이미 예수 시대에도 영육이원론이 문제가 되었습니다. 어느 날
세례 요한의 제자들이 예수를 찾아와 왜 당신은 세례 요한처럼 금식
하지 않느냐고 따져 묻습니다. 이때 예수는 거침없이 "삶은 금식이 아
니라 잔치"라고 말하죠. 예수는 인간의 육체적 기쁨도 소중히 여겼던
겁니다. 그런 의미에서 예수는 우리의 삶이 곧 낙원의 잔치라는 걸
일러준 위대한 예술가라고 할 수 있죠. 어쩌면 이자크 디네센이란 작
가는 이런 예수의 정신을 드러내고자 이 소설을 쓴 건 아닐까요?

연인을 위해 꽃을 사는 일을 주저하지 말라

소설의 주인공 바베트가 베푼 파격적인 만찬이 그것을 잘 드러내줍

니다. 경건과 금욕, 절제라는 청도교 정신으로 무장한 그 불모의 공동체 속에 생기가 감돌고 융융한 삶의 기쁨이 샘솟게 된 건, 요리사 바베트의 '낭비' 때문이었죠. 제가 '낭비'라고 했는데, 정말 엄청난 낭비였죠. 바베트가 차린 잔칫상은 복권 당첨금 10,000프랑이나 되는 거금으로 차린 호화스런 만찬이었으니까요. 하여간 바베트는 그 많은 돈을 시골의 가난한 노인들을 위해 몽땅 써버린 겁니다. 바베트가 만든 요리 이름이 있는데, "카유 엉 사르코파주." 번역자는 각주에 "메추라기를 페이스트리로 써서 여섯 가지 이상의 소스를 끼얹어 먹는 요리"라고 풀이해놓았습니다.

그런데 작품 속에 나오는 로벤히엘름 장군에 의해 이 요리의 가치가 밝혀지죠. 그는 그 요리가 얼마나 대단한 요리인가를 일러주기 위해, 갈리페라는 대령에게 들었던 얘기를 전해줍니다.

그 여인은 카페 앙글레에서 저녁을 일종의 사랑으로 탈바꿈시키고 있다네. 육체적인 욕구와 정신적 희열 사이의 경계를 느낄 수 없는 고귀하고 낭만적 사랑이지! 나는 이전에 아름다운 여자를 위해 결투한 적이 있지만, 이보게, 파리의 어떤 여자에게도 이보다 더 기꺼이 내 피를 바칠 순 없을 거야.

저는 이 문장을 읽으며, 얼마나 그 요리사가 대단했으면 자기의 목숨을 바치겠다고 했을까 하는 생각이 들더군요. 프랑스 상류층 인사들의 미각을 사로잡았던 천재 요리사 바베트의 음식은 노르웨이 시골 노인들의 미각도 한 순간에 매혹시킵니다. 제가 앞서 바베트가 차린 만찬을 '낭비'라고 했는데, 그 낭비에 '거룩한'이란 수식어를 붙여야 할 것 같군요. 거룩한 낭비!

이 대목에서 저는 《성경》〈요한복음〉 12장에 나오는 예수에게 값비싼 향유를 쏟아 부은 마리아의 행위가 떠오릅니다. 꽤 유명한 얘기인데, 마리아는 무려 1년 치 노동자의 품값에 해당하는 값진 향유를 예수의 머리와 발에 쏟아 붓고 자기 머리털로 닦죠. 예수에 대한 사랑이 얼마나 지극했는가를 알 수 있습니다. 이런 마리아의 행위를 곁에서 지켜보던 가룟 유다는 "왜 그 비싼 향유를 낭비하느냐?"고 마리아를 꾸짖죠. 하지만 예수는 가룟 유다에게 가난한 사람들은 네가 돌보라며 마리아의 갸륵한 행위를 두둔합니다. 왜 예수는 그 비싼 향유를 낭비하는 마리아의 행위를 두둔했을까요?

마리아의 뜨거운 가슴에서 우러나온 그런 행위를 세속의 계산기를 두드려 헤아려선 안 된다는 겁니다. 그러니까 사랑, 희열, 나눔 같은 절대적 가치는 합리적 이성으로 판단할 수 없다는 거죠. 우리나라에 외환위기가 있던 시절, 오랜만에 친구 집을 가면서 꽃 한 다발을 사가지고 갔습니다. 꽃을 친구 부인에게 건네는데, 친구가 저에게 구박을 주는 거예요. "이 어려운 시절에 웬 꽃을?" 저는 잠시 머쓱했지만, 친구 부인에게 꽃을 건네니, 그녀는 아주 환한 얼굴로 받으며 말했죠. "이 이는 삶의 멋을 몰라요. 얼마만에 꽃 선물을 받아보는데!"

친구 말대로 우리가 주고받는 꽃 같은 선물은 어쩌면 낭비인게 맞아요. 꽃 같은 게 없어도 우리가 살아가는 데는 지장이 없잖아요? 꽃을 낭비라고 여기는 사람은 '차라리 돈으로 주지!' 이럴 거예요. 그러니까 이 자본주의 시대에, 즉 돈〔資〕이 전부〔本〕인 사람들에게 바베트의 행위는 미친 짓인 거지요. 그러나 우리 삶이 이렇게 흘러가면, 삶의 멋, 삶의 향기는 사라져버리고 마는 겁니다. 페르시아의 어떤 시인이 한 말이 떠오르는군요.

> 은전 두 닢이 생긴다면 그 중 한 닢으론 빵을 사고,
> 나머지 한 닢으론 영혼을 위해 히아신스를 사리라.

자본을 신주처럼 떠받드는 산문의 세계에 사는 이에게는, 가난한 시인이 은전 두 닢으로 빵을 다 사지 않고 꽃을 사는 일 또한 헛된 낭비로 보일 테죠. 그러나 이것은 낭비임이 분명하지만 '거룩한 낭비'입니다. 거룩한 낭비라는 말이 잘 이해되지 않거나, 목구멍에 걸린 가시처럼 불편하게 느껴지는 이들이 있겠지요. 그렇다면, 그런 이는 아직 자기 가슴이 원하는 그런 삶을 살아보지 못한 사람이 아닐까요. 무엇을 내주어도 아깝지 않은, 가슴에서 우러나는 사랑을 해본 이는 연인을 위해 주머니를 털어 꽃을 사는 일을 주저주저하지 않을 겁니다. 향기 짙은 사랑의 꽃은 '나'와 '내 것'을 비운 존재의 빈 칸에만 피어나니까요.

우리는 모두 예술가가 될 수 있다!

샤를 델레라는 프랑스 신부가 쓴 《소용없는 하느님》이라는 책이 있습니다. 이 책에서 그는 '무상성(無償性)의 기쁨'에 대해 이야기하죠. '무상성의 기쁨'이란 남에게 자기의 무엇을 내주고도 보상을 바라지 않는 기쁨을 말하는 겁니다. 그런 기쁨은 세월이 흘러도 시들지 않죠. 생각해보세요. 어머니들이 자식에게 무언가를 줄 때 보상을 바라고 줍니까? 아니죠, 그냥 주죠. 어머니들이 그렇게 주는 것은 곧 무상의 기쁨 때문입니다. 샤를 델레는 그것의 한 예로 노트르담 대성당 같은 건축물들을 예시하죠. 그렇게 수백 년에 걸쳐 건축물들을 지은 인간들의 노력을 보면, 그것들에는 하느님에 대한 그들의 사랑의 광기와 무상의 의미가 새겨져 있다고 말합니다. 우리는 이런 걸 출한 예술 작품들을 세계 도처에 있는 사원들에서 볼 수 있죠. 이런 것들을 보면, 인간의 '이 땅에서 자기 영혼을 상실할지도 모를 유용하고 타산적인 것에 치우쳐 그것의 포로가 되지 않겠다'는 숭고한 종교적 의지를 읽을 수 있습니다.

샤를 델레는 예수가 이해한 하느님이 바로 그런 낭비를 즐기시는 분이라고 말합니다. 예수가 살던 당시, 바리새인들은 율법 규정에 따라 죄인들을 정죄하곤 했습니다. 그들이 믿던 하느님은 선한 자에게는 상을 주시고 악한 자에게는 벌을 내리시는 엄한 재판관과 같은 하느님이었죠. 예수는 이런 기존의 틀을 깨부숩니다. 하느님은 죄인들을 위해 자기를 낭비하는 분이라고. 양 한 마리가 사라졌을 때 그

한 마리 양을 찾기 위해 아흔아홉 마리 양을 두고 찾아 헤매는, 시간을 낭비하시는 분이라는 겁니다.

그러니까 예수에게 하느님 나라는 인간의 죄를 저울질하는 곳이 아니고, 되돌아온 탕자를 반겨 잔치를 베풀어주는 곳이라는 거죠. 요컨대 샤를 델레가 이해한 하느님은 무량무량 사랑의 낭비를 즐기시는 분이라는 말이죠. 작품 속에 나오는 통 큰 여자인 바베트처럼!

바베트를 통해 이처럼 '낭비'하는 하느님의 사랑을 맛본 교회 공동체의 노인들은 결코 이전에 맛보지 못했던 낙원의 순전한 환희를 경험합니다. 엄청난 변화죠. 제가 목사로 살아봐서 잘 아는데, 대체로 기독교인들의 삶의 모습을 보면 가볍지 않고 무거워 보여요. 매사에 너무 경건하고 심각하고 엄숙하고 공격적인 모습을 보이죠. 소설 속에 나오는 신자들의 모습도 별반 다르지 않았는데, 그들이 변모합니다. 그 변모를 작가는 이렇게 묘사하죠.

그들은 순결한 새 옷을 입은 어린양처럼 장난치며 뛰었다. 어린 아이가 된 듯한 기분은 모든 이들에게 축복과 같았다. 언제나 심각했던 나이 든 형제자매들이 행복했던 유년 시절로 되돌아간 것을 바라보는 것은 즐거운 축복이었다. 노인들이 넘어졌다가 다시 일어나고, 걷다가 다시 그 자리에 넘어졌다. 사람들은 하늘에 내리는 축복 속에서 하나로 어우러져 춤을 추는 것 같았다. "복 받으세요. 복 받으세요." 그들이 건네는 소리들이 화음을 이루는 합창처럼 사방에서 울려 퍼졌다.

"삶은 금식이 아니라 잔치"라고 말했던 예수의 입장에서 보면, 이런 모습이야말로 정상적인 것이라고 할 수 있죠. 제가 자주 하는 얘기인데, 종교의 진정한 핵심은 우리 삶의 무거움을 가벼움으로 바꾸는 거예요. 기독교든 불교든 종교가 우리 존재를 무겁게 짓누른다면, 그건 사이비일 가능성이 농후합니다. 이 소설 속에는 이런 중요한 메시지가 담겨 있죠.

앞서 말했지만 바베트는 정말 통 큰 여자입니다. 보통 우리가 자기 것을 내어 누구를 돕는 일을 해도 따로 비상금은 남겨두잖아요. 그런데 바베트는 비상금 한 푼 남겨두지 않고 10,000프랑을 생일잔치를 준비하는 데 몽땅 털어 넣었죠. 자매는 미처 그것을 몰랐어요. 잔치가 끝나면 많은 돈이 생긴 바베트가 프랑스로 돌아갈 줄 알았어요. 생일잔치가 다 끝난 후 바베트가 말하죠. 자기는 10,000프랑을 생일잔치를 위해 다 써버려 돌아갈 곳이 없다고. 바베트의 얘기를 듣고 난 필리파가 놀란 눈을 휘둥그레 뜨며 말합니다.

"우리를 위해 가진 돈을 모두 쓰다니!"
바베트가 자매에게 대꾸합니다.
"마님들을 위해서라구요? 아니에요. 저를 위해서였어요."
그리고 계속해서 그가 말을 이어갑니다.
"저는 위대한 예술가예요. 마님들."

잠시 깊은 침묵이 흐른 뒤 마르티네가 묻습니다.

"그러면 이제 평생 가난하게 살려고?"

바베트가 벙긋 미소를 지으며 말하죠.

"가난하다구요? 아니에요. 전 절대로 가난하지 않아요. 저는 위대한 예술가니까요. 위대한 예술가는 결코 가난하지 않아요. 마님, 예술가들에게는 다른 사람들이 모르는 것이 있어요."

저는 이 대목을 읽으며 가슴이 정말 뭉클해지더군요. 바베트는 그냥 끼니를 챙기기 위해 일하는 요리사가 아닌 거예요. 그는 요리를 예술로 승화시킨 사람입니다. 아니 그의 삶 자체가 바로 예술이었던 거죠. 예술이라고 하면 우리는 시인, 작곡가, 화가, 건축가 같은 전문 예술인을 떠올립니다. 그런데 이렇게 가면 예술의 범위가 축소되고, 우리의 삶은 아주 메말라져요. 일본의 소설가 미야자와 겐지는 소위 '전문 예술가'라는 관념을 버려야 한다고 말하면서 예술의 보편성을 주장합니다.

저마다 예술가처럼 느껴야 한다. 저마다 자유로이 자기 내면의 정신을 자신에게 말할 수 있어야 한다. 이렇게 할 때 저마다 예술가이다.

제가 식구들과 자주 가는 칼국숫집이 있는데, 거기 가서 먹을 때마다 식구들과 얘기해요. "와, 칼국수가 예술이네." 무려 2년간이

나 그 집을 드나들었는데, 맛이 변함이 없어요. 중년 남자인 주방장이 칼국수를 삶을 때 뒤에서 물끄러미 지켜보면 정말 공을 들여요. 공(功)을 들인다는 말은 그 요리가 주방장의 내면에서 나온다는 거죠. 단지 돈 벌 생각만 하며 요리를 한다면, 그런 맛을 창조해낼 수는 없을 겁니다. 자기를 찾아오는 손님들에게 맛의 기쁨을 주겠다는 내적 목적이 있기에 그런 창조가 가능한 겁니다. 바베트도 자기가 어떻게 요리사로서 예술의 차원을 창조할 수 있었는지에 대해 말합니다.

저는 마님들이 상상하기도 어려운 돈을 써가며 제가 얼마나 훌륭한 예술가인가를 몸소 배우고 훈련 받았어요. 제겐 저를 찾아오는 고객들을 기쁘게 할 수 있는 힘이 있었죠. 제가 최선을 다할 땐 그들에게 완벽한 기쁨을 줄 수 있었죠.

그렇습니다. 진정한 예술은 사람들에게 형언할 수 없는 기쁨을 선사합니다. 바베트는 과거 요리사로 일하며 만난 상류층 인사들뿐만 아니라 가난한 시골 교회의 노인들에게도 그런 기쁨을 듬뿍 안겨주었지요. 바베트의 내면에는 이런 예술 정신이 살아 꿈틀대고 있었고, 그는 그것을 아낌없이 쏟아 부었던 겁니다. 자기 안의 넘치는 부요(富饒)를 토해낸 거죠. 자기 속에 없는 것을 남에게 줄 수는 없습니다. 아무리 물질이 넉넉해도 그 마음이 가난하고 인색하면 남에게 아무것도 내어주지 못하지요.

저는 바베트의 이런 내적 부요를 '자비의 정신'이라 말하고 싶습니다. 신학자 매튜 폭스는 "삶의 예술 가운데 가장 충만한 예술은 자비가 넘치는 삶을 창출하는 예술인 것이다."라고 말했습니다. 돌아가신 자매의 아버지가 "우리가 이 땅에서 가져갈 수 있는 것은 남에게 주었던 것뿐"이라고 했던 것처럼, 바베트는 자기에게 찾아온 복을 자기를 위해서만 사용하지 않고 흔쾌히 낭비함으로서, 예술가는 가난하지 않음을 보여준 멋진 예술가입니다.

저는 제 블로그 대문에 이런 글귀를 써놓았습니다.

시와 꽃과 예술과 하느님 낭비하기를 좋아하고,
작고 소소한 일상 속에서 영혼의 젊음을 누리기를 즐긴다.

우리가 사는 지구의 생태 환경이 위태로워지는 이 시절에 물질은 아끼며 살아야겠지만, 우리 마음의 생태 환경은 '시와 꽃과 예술과 하느님'을 낭비할 때 더 풍요로워지지 않을까요? 이제 제 시 한 편 읽고 마치겠습니다.

이 휘황한 물질적 낙원에서
하느님
당신은 도무지
소용없고
소용없고

소용없는
분이시니

내 어찌
흔해빠진
공기를 낭비하듯
꽃향기를 낭비하듯
당신을
낭비하지
않을 수
있으리오!

　　　　　　　　　　　　　　　　— 고진하, 〈거룩한 낭비〉 전문

책은 돛

7강

—

고
독

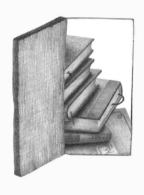

나로 하여금
세상의 모든 책을 덮게 한
최후의 지혜여,
인간은 고독하다!

▌7강에서 함께 읽을 책

《절대고독》 김현승 지음, 자유문학사, 1988.
《고독을 잃어버린 시간》 지그문트 바우만 지음, 조은평·강지은 옮김, 동녘, 2012.
《영원한 지금》 폴 틸리히 지음, 김광남 옮김, 뉴라이프스타일, 2008.

세상의 모든 책을 덮게 한
최후의 지혜

———

며칠 전 늦도록 잠이 오지 않아 평소 제가 베갯머리에 가까이 두고 읽는 책을 아무 데나 펼쳤는데, 가슴에 와 닿는 문장이 있더군요. 오늘은 먼저 그 문장을 읽어드리지요.

> 독서를 잘 하는 사람은 어디를 가도 책 아닌 것이 없다.
> 산수도 책이며, 바둑과 술, 꽃과 달 또한 책이다.
> 산수에 잘 노니는 사람은 어디를 가도 산수 아닌 것이 없다.
> 책도 산수이고, 시와 술도 산수이며, 꽃과 달 또한 산수가 된다.
>
> — 장조,《유몽영》중에서

어떻습니까? 우리는 활자로 쓰여진 책만 책이라 여기고, 운치 있는 풍경만 산수라 여기는데, 우리의 그런 고정관념을 깨주는 아름다운 문장이지요? 이 문장을 읽고 정신이 퍼뜩 들어 마당으로 나갔더니, 휘영청 밝은 달이 하늘에 떠 있고, 한 식구처럼 지내는 삽사리가 봉당에 웅크리고 앉아 말똥말똥 저를 쳐다보더군요. 문득 낮에 써둔 시가 생각나 그걸 들고 나와 흠흠! 목청을 가다듬고 달과 개를 향해 낭송했습니다.

왜 웃으시죠? 달과 개에게 시를 낭송했다고? 사람만 시의 청중이어야 할 까닭이 있나요? 시를 읽어주어도 못 알아듣는 사람들이 얼마나 많은데요. 그래서 저는 제 시의 청중을 단지 사람에 국한하지 않기로 했죠. 모름지기 시인은 천지만물과 교감하고 소통을 나누는 존재가 아닙니까. 시인인 제가 달과 개를 보며 시적 영감을 얻곤 하는데, 제가 쓴 시를 달과 개와 같은 존재에게도 당연히 돌려주어야 하지 않나 하는 생각을 했던 거죠.

제가 이런 말씀을 드리는 까닭은 여러분도 시와 자주 연애하라는 말씀을 드리기 위해서입니다. 앞서 말씀드린 장조라는 이도 이런 의미심장한 문장을 남겼더군요.

사람은 모름지기 시에 들일만한 사람을 구해야 하고
물건은 모름지기 그림으로 그릴 만한 것을 구해야 한다.

장조의 이 문장을 번역한 정민 교수는 이렇게 풀이해놓았습니다. "시로 노래하고 싶은 사람, 그림으로 그리고 싶은 사람, 언제 봐도 싫증나지 않고, 보면 볼수록 정다운 사람, 변함없이 내 주위를 따뜻하게 감싸주고, 늘 곁에 두고 싶은 것들, 내 삶에 활력이 되고 힘이 되는 것들." 저는 이 문장을 읽고 나서 아, 그래 나도 누군가의 "시에 들일만한 사람"이 되어야지, 또 내 "시에 들일만한 사람"을 사귀어야겠다는 결심을 했습니다.

외로울 틈조차 없는 시대

오늘은 지난 시간에 예고해드린 대로 다형 김현승 시인의 《절대 고독》이란 시집을 읽고 그 느낌을 함께 나누기로 했는데, 다들 읽고 오셨겠죠? 여러분 중에는 왜 김소월이나 서정주나 김수영처럼 많은 독자를 거느린 시인의 시를 선택하지 않았나, 의아해 하시는 분도 계실 것 같군요. 제가 다형의 시집을 선택한 것은 우리가 늘 직면하고 또 직면하지 않으면 안 될 '고독'이라는 주제를 함께 생각해보기 위해서입니다.

다형 김현승! 이 시인은 워낙 차를 좋아해서 '다형(茶兄)'이란 아호를 썼다고 합니다. 아마도 술은 잘 못 마셨던 것 같고요, 차를 마시며 홀로 있는 순간을 즐겼던 것 같습니다. 하여간 다형하면 '고독의 시인'으로 불리는데, 그가 남긴 시집 중 두 권의 제목에 고독이란 단어가 들어가 있기 때문이기도 하죠. 《견고한 고독》과 《절대 고독》. 이 두 시집 가운데 고독 시편이 많이 실린 것은 《절대 고독》이란 시집입니다.

그러면 오늘 왜 고독이란 주제를 선택했는가 하는 얘기를 먼저 하는 게 좋을 듯싶군요. 일단 다형의 '고독'과 관련된 시를 한번 읽어 보죠.

나로 하여금
세상의 모든 책을 덮게 한
최후의 지혜여,
인간은 고독하다!

— 김현승, 〈인간은 고독하다〉 부분

이 시는 다형의 두 번째 시집 《옹호자의 노래》에 나옵니다. "세상의 모든 책을 덮게 한 / 최후의 지혜"로 시인은 '고독'을 꼽습니다. 그러니까 인간에게는 고독을 아는 것이 최후의 지혜일만큼 중요하다는 겁니다. 원 세상에! 그걸 누가 몰라! 이렇게 말씀하실 분도 있겠죠. 그렇습니다. 사람은 누구나 혼자죠. 우리가 살아 있다는 건 모든 다른 육체들과 분리된 하나의 육체 안에 존재한다는 걸 의미하니까요. 즉 홀로 있음(aloneness)과 그것을 의식하는 것은 우리 인간의 운명이지요.

폴 틸리히라는 신학자는 신조차 인간의 이런 운명을 제거해줄 수 없다고 말합니다. 결혼을 하면 '홀로 있음'의 운명을 벗어날 수 있을까요? 제 경험으로는 결혼조차 '홀로 있음'의 운명을 벗어나게 해주지는 않습니다. 결혼을 하여 남녀가 서로 몸과 마음을 밀착하여 사랑을 나누는 순간에는 사랑의 황홀경 속에서 두 사람의 분리가 극복된 듯이 여겨지기도 하지만, 그것은 아주 짧은 순간일 뿐입니다.

제가 아는 어떤 시인은 일찍이 남편을 여의고 혼자 살다가 예순이 넘은 나이에 재혼을 했지요. 그런데 얼마 지나지 않아 다시 이혼을 하고 말더군요. 홀로 있는 것이 힘겨워 재혼을 하여 알콩달콩 살아보고 싶어 했으나, 인간은 누구와 함께 있어도 외롭다는 걸 깨달았다고 고백하더군요. 다형이 말한 "최후의 지혜"를 뒤늦게 깨달은 거지요. 그리고 재혼을 하고 나서 무엇보다 힘들었던 것은 자기 자신과 자기가 좋아하는 일에 집중할 수 없었던 것이었대요. 다형은 〈군중 속의 고독〉이라는 시에서 그것을 이렇게 표현합니다.

즐거우면 즐거울수록
나를 잊는 — 그리하여 내가 남이 되는,

흐르면 흐를수록
거대해지는 — 마침내 거대하게 마시고 따라서 웃는,

군중 속의 고독이 있다.

남이 입은 옷으로 내 몸에 옷을 입고
남이 세운 어깨에 열심히 팔을 걸친
빌딩 위의 반달이여

타인들의 불빛에 조심스레 담배를 붙여 물고

기껏 돌아서는,

희뿌연 빌딩 틈에 반달이 있다.

— 김현승, 〈군중 속의 고독〉 부분

때로 우리는 혼자 있는 게 외롭거나 두려워서 무리 속에 섞여
보지만, 그렇게 낯선 무리 속에 섞일수록 외로움의 고통은 더 짙어지
고, 자기를 상실한 느낌만 강렬해진다는 겁니다. 시인은 그것을 "남
이 입은 옷으로 내 몸에 옷을 입고 / 남이 세운 어깨에 열심히 팔을
걸친 / 빌딩 위의 반달" 같다고 표현합니다. 군중 속에서 느끼는 고
독은 '나'라는 존재가 '빌딩 위의 반달'처럼 희미해지고 낯설어지는
경험일 겁니다. 자의식이 뚜렷한 사람은 이런 경험이 무척 고통스러
울 수밖에 없죠. 왜냐하면 그것은 자아의 분리 혹은 분열의 경험이
니까요. 여기서 우리는 다형이 "인간은 고독하다"는 운명을 지닌 것
이 "최후의 지혜"라고 말한 까닭을 이해할 수 있습니다.

잠깐, 여러분은 이 대목이 충분히 이해가 되셨나요? 왜 다형이
인간의 고독을 "세상의 모든 책을 덮게 한 / 최후의 지혜"라고 했
는지?

— 인간이 고독하다는 건 책을 통해서는 배울 수 없다는 거 아
닐까요?

네, 그렇습니다. 다른 삶의 지혜는 책을 통해서 배울 수도 있지
만, 고독만은 우리가 살면서 몸소 겪어야 알 수 있는 지혜니까요.

하여간 인간이 '홀로 있음'의 존재라는 것을 자각하는 것은 정말 소중한 일입니다. 폴 틸리히라는 신학자는 《영원한 지금》이라는 책에서 인간의 이 '홀로 있음'에도 두 측면이 있다고 말합니다. "인간은 홀로 있음의 고통을 표현하기 위해 '외로움(loneliness)'이라는 단어를 만들었고, 홀로 있음의 영광을 표현하기 위해 '고독(solitude)'이라는 말을 만들어내었다"고. 참 멋진 구분이죠? 물론 대체로 일상생활에서는 외로움과 고독을 구분해서 사용하지는 않지요. 하지만 이것을 지속적으로 구분해서 사용하면 살면서 겪는 인간의 곤경(困境)을 보다 깊이 이해할 수 있는 힘이 생긴다고 합니다.

그러면 "홀로 있음의 고통"으로 설명한 외로움은 어떤 상태를 말하는 걸까요? 지그문트 바우만이라는 사회학자는 그것을 "고독을 잃어버린 시간"이라고 표현합니다. 같은 제목의 에세이에서 바우만은 한 달에 무려 3000여 건의 문자메시지를 보낸 20대 소녀에 관한 이야기부터 끄집어냅니다. 이렇게 많은 문자메시지를 보냈다는 건, 그 소녀가 하루 평균 100여건의 메시지를 보냈거나 깨어 있는 동안 거의 10분마다 한 번꼴로 메시지를 보냈다는 걸 의미하죠. 저자의 설명을 조금 더 들어볼까요.

결국 그 소녀는 10분 이상은 계속 누군가와 이야기한 셈이고, 이는 그 소녀가 혼자서만 지내본 적이 거의 없다는 것을 말한다. 자신의 생각과 꿈, 걱정, 희망 같은 것들을 고민하면서 홀로 있어본 적이 거의 없었던 것이다. 아마도 소녀는 이제 다른 친구들이 없을 때, 과연 사람들이 자기 혼자 어떤 식으로 살아야 하는지, 혼자 어떤 생각을 하고 무엇을 하며 웃거나 울어야 하는지 거의 잊어버렸을 지도 모른다.

바우만은 이런 얘기 끝에 오늘 우리의 상황은 "혼자 지낼 수 있는 기술을 배워볼 만한 기회를 가져보지 못하게 하는" 결과를 가져올 수 있다고 안타까움을 표시합니다. 스마트폰이 널리 보급되면서 트위터나 페이스북, 카카오톡 등으로 우리는 끊임없이 누군가와 접속을 시도합니다. 그것이 가상 세계일망정 항상 타인들과 접속하면서 삶을 꾸려가지요. 그렇게 무차별적으로 접속이 이루어지는 동안 우리는 외로울 틈조차 없게 됩니다. 외로울 틈조차 없다는 건 뭐예요? 홀로 있음이 인간의 운명인데, 그 운명을 거스르는 거 아닌가요?

고독은 자유다

여러분 중엔 트위터를 하는 분들이 많을 텐데, 트위터의 뜻을 아시나요? 고개를 갸웃하시는 거 보니, 모르는 분들이 많은 것 같군요. '트위터(Twitter)'라는 말은 새들이 재잘재잘 지저귀는 것을 뜻한답니다. 바우만의 책에 자세히 나와 있습니다. 그러니까 사람들은 140자 이내의 가벼운 메시지를 주고받으며 누군가와의 접속을 유지하고 있는 것이죠. 손에 든 스마트폰을 가볍게 두드리며 마치 새들이 지저귀

듯 누군가와 끊임없이 재잘거리는 겁니다. 그렇게 '새들의 지저귐' 속으로 자신을 밀어 넣는 동안, 우리는 어쩌면 고독을 누릴 수 있는 기회들을 놓치고 마는 것은 아닐까요?

여러분, 워크맨(Walkman)을 사용해보셨죠? 언제 어디서든 원하는 음악을 들을 수 있게 한 음악 재생기죠. 워크맨을 발명한 회사의 광고 문안이 아주 매혹적이더군요. "당신은 결코 다시는 혼자 있지 않아도 될 것입니다." 이런 광고 문구야말로 워크맨을 팔기에 참으로 적절한 문구로 여겨지는데, 그 발명자와 판매자는 억만장자가 되었다더군요. 장사꾼의 머리를 굴려 거리에 외로움을 느끼는 사람들이 수없이 많다는 걸 잘 꿰뚫어보았던 거죠. 어쨌거나 이제 사람들은 혼자 있어도 외로움을 느낄 필요가 없어졌습니다. 언제 어디서나 스마트폰의 버튼만 하나 누르면 마술처럼 친구를 불러낼 수 있고, 외로움을 달래주는 음악을 들을 수 있으니까요.

이렇게 최첨단 기기를 통해 접속하고 소통하면 과연 우리의 근원적 외로움(홀로 있음의 고통)이 사라질까요? 가상 세계의 그 누구와 접속하며 새처럼 쉴 새 없이 재재거리는 동안 우리가 놓쳐버린 것은 없을까요? 바우만이 하는 말을 들어보죠.

결국 외로움으로부터 멀리 도망쳐나가는 바로 그 길 위에서 당신은 고독을 누릴 수 있는 기회를 놓쳐버린다. 놓친 그 고독은 바로 사람들로 하여금 "생각을 집중하게 해서" 신중하게 하고 반성하게 하며 창조할 수 있게 하고 더 나아가 최종적으로는 인간끼리의 의사소통에 의미와 기반을 마련할 수 있는 숭고한 조건이기도 하다.

다형은 고독을 "책을 덮게 한 최후의 지혜"라고 했는데, 바우만은 고독을 "인간의 깊은 자기성찰과 창조적 삶, 인간과 인간 사이의 소통에 의미와 기반을 마련해주는 숭고한 조건"이라고 말합니다.

그렇다면 우리는 자주 그 고독의 내실로 들어가야겠지요. 고독의 내실로 들어가면 외로움의 상태는 극복되고, 나를 둘러싼 것들이 나와 하나라는 것을 또렷이 느낄 수 있습니다. 휘묻이한 나뭇가지가 땅에 새 뿌리를 내리는 것처럼 사람과 사람 사이의 단절된 관계도 싱그럽게 복원될 수 있겠지요. 그래서 폴 틸리히는 고독을 "홀로 있음의 영광"이라고 멋지게 표현한 걸 겁니다.

고독은 자유다.
고독은 군중 속에 갇히지 않고,
고독은 군중의 술을 마시지도 않는다.

— 김현승, 〈고독한 이유〉 부분

여러분, "고독은 자유"라는 말이 이해가 되시나요? 생각해보십시오. 혼자 있는 게 두려워 가상 세계로 들어가는 건 사실상 자기를 실재하지도 않는 감옥 속에 가두는 겁니다. 게임에 중독된다든지, 스마트폰 화면을 마주 대하지 않으면 불안하여 전전긍긍하는 건 생동하는 삶의 자유를 스스로 팽개쳐버리는 거죠. 그런 상태가 심화되면 우울증에 걸릴 수도 있고, 끝내 자기를 상실할 수도 있습니다.

다형 시인이 "고독은 자유다"라고 할 때, 그건 말이죠, 자기 존재가 넓어지고 깊어진다는 걸 의미하는 겁니다. 컨트 너번이라는 작가는 《단순하게 사는 법》이라는 책에서 "외로움은 자기 주변으로 좁혀 들어오고, 고독은 무한을 향해 뻗어나간다"고 말하더군요. 무슨 말일까요? 외로움에 끄달리면 자기 존재가 점점 왜소해지는 겁니다. 그러나 고독 속으로 기꺼이 들어갈 수 있으면 자기 존재가 점점 확장된다는 거지요.

저 역시 때로는 외로움이 사무칠 때가 있습니다. 얼마 전에도 그런 감정이 울컥 올라오길래, 사는 곳에서 멀지 않은 곳에 있는 은행나무를 만나러 갔죠. 탈탈거리는 스쿠터를 타고 말이죠. 수령이 무려 800살이나 되는 나무인데, 그 큰 나무 그늘 밑에 작은 옹이처럼 몸을 낮춰 앉아 있으니, 문득 '거대한 고독' 앞에 앉아 있다는 생각이 들더군요. 그렇게 거대한 고독과 마주하고 돌아오니 잠시 사무쳤던 외로운 감정은 수그러들고 다시 고독의 내실로 들어갈 수 있게 되더군요.

고독의 내실로 들어갔다는 게 무슨 뜻이냐고요? 제가 평상심을 되찾았다는 거죠. 우리는 외로울 때 다른 선택을 할 수도 있어요. 괜히 친구를 불러내 술을 먹고 수다를 떨며 푸념을 늘어놓는다든지, 이런저런 실속 없는 일을 만들어 하염없이 싸돌아다닌다든지! 그렇지만 그동안의 제 인생 경험으로는 그런 선택을 하면 아무것도 남는 게 없어요. 무슨 일을 만들고 숱한 사람을 만나 수다를 떨어도 공허감만 더해질 뿐이죠. 그러니까 잠시 동안의 외로움을 견디지 못해 그런 선택을 하고 살면 연둣빛 새싹 같은 신생의 시간은 맞이할 수 없는 겁니다.

제가 방금 선택이란 말을 했는데, 사실 우리의 삶은 순간순간의 선택에 의해 이루어지잖아요. 홀로 있다는 것은 운명이지만, 우리는 스스로 "홀로 있음의 고통" 선택할 수도 있고, "홀로 있음의 영광"을 선택할 수도 있는 겁니다. 다시 말하면, 우리는 노예의 삶을 선택할 수도 있고, 자유인의 삶을 선택할 수도 있다는 겁니다. 바로 이때 우리는 "존재에의 용기"를 발휘해야겠지요. 존재에의 용기! 이 말은 폴 틸리히가 한 말인데요, 예컨대 우리가 일주일에 하루쯤은 스마트폰을 아예 꺼놓고 가까운 숲길을 걸으며 자기 자신과 대면하자는 겁니다. 그것도 존재에의 용기라 할 수 있거든요.

종교의 역할이 다른 게 아니에요. 자기 자신과 대면하도록 하는 거지요. 화이트헤드란 철학자는 이걸 아주 멋있는 말로 표현했더군요. "종교는 인간이 그의 고독과 함께 행하는 것"이라고. 이 말은 수도자들을 떠올리면 금방 이해가 될 겁니다. 실제로 많은 수도자들은 고독 속에서 신의 내밀한 숨결에 닿기를 소망했고, 고독이 만들어내는 내밀한 공간에 머물며 세상에서 다친 몸과 마음의 상처를 치유 받지요. 어떤 이는 이것을 '영적인 환경보호'라고 부르더군요. 영적인 환경보호라는 말을 들으니, 높고 깊은 산 속에 있는 암자나 수도원이 떠오르죠. 물론 그런 공간도 필요하긴 하겠지만, 꼭 그런 공간만 말하는 건 아니에요. 그건 엄밀히 말해 우리의 고독한 내면을 말하는 거죠. 영혼의 촛불이 꺼지지 않도록 방패막이가 되어줄 '고독'이라는 보호구역이랄까요.

다형은 분명히 이런 보호구역을 발견한 것으로 보입니다. 많은 한국인들이 사랑하는 〈가을의 기도〉란 시를 함께 읽어보죠.

가을에는
기도하게 하소서
낙엽들이 지는 때를 기다려 내게 주신
겸허한 모국어로 나를 채우소서

가을에는
사랑하게 하소서
오직 한 사람을 택하게 하소서
가장 아름다운 열매를 위하여 이 비옥(肥沃)한
시간을 가꾸게 하소서

가을에는
호올로 있게 하소서
나의 영혼,
굽이치는 바다와
백합(百合)의 골짜기를 지나,

마른 나뭇가지 위에 다다른 까마귀같이

이 시를 읽으면 우리를 고독의 내실로 초대하는 시인의 마음이
느껴집니다. 그러면 왜 다형은 우리를 고독으로 부르는 걸까요? 그
이유는 고독이 외로움으로 고통 받는 우리를 치유해줄 뿐 아니라 우
리에게 창조성을 선물하기도 하기 때문입니다. 위대한 시인이나 예술
가, 수도자들은 모두 고독 속에서 뛰어난 삶의 걸작(傑作)들을 꽃피
울 수 있었지요. 반면에 우리는 정보의 홍수 속에 삽니다. 정보의 홍
수 속에서 제대로 된 정보를 찾기 위해 허우적대는 것, 그것이 현대
인들의 일상이죠. 베르나르 베르베르의 말처럼 "예전에는 정보를 대
중으로부터 차단함으로써 검열"을 했지만, 지금은 반대로 "차단하지
않고 범람시킴으로써 검열"을 합니다. "정보의 과잉은 창조도 익살"
시켜버리죠. 그러므로 우리가 홀로 있는 것이 두려워 온라인을 통해
정보의 바다 속을 떠다니다 보면, 우리의 창조성도 죽어버립니다.
　〈천지창조〉의 화가 미켈란젤로는 평생 독신으로 살며 불멸의
걸작을 남겼는데, 그는 그야말로 고독을 사랑했어요. 미켈란젤로가
한 말을 들어보세요.

　나는 혼자이다. 아무와도 이야기하지 않는다 (…) 페스트가 유
　행할 때처럼 제일 먼저 사람들로부터 달아나라. 조용하게 살면
　서 적을 만들지 말고, 하느님 외에는 아무에게도 마음을 터놓지
　말라.

〈천지창조〉 같은 대작이 그냥 나온 게 아닙니다. 고독 속에서 치열하게 자기 자신과 대면했기 때문이죠. 미켈란젤로는 그 치열한 대면을 "신에게만 마음을 터놓는 것"이라고 말하는데, 우리가 창조적 젊음을 누리려면 이런 선택과 결단이 필요합니다. 폴 틸리히도 같은 맥락의 이야기를 하고 있죠.

> 의식적인 고독 속에서 한 시간을 지내는 것이 여러 시간 동안 창조적인 사람이 되기 위한 교육과정을 밟으며 애쓰는 것보다 훨씬 더 우리의 창조성을 키워줄 것이다.

고독을 두려워하지 않는 법

저는 대학이나 도서관에서 시 창작 수업을 꽤 여러 해 동안 했는데, 제 창작 수업을 듣는 학생들에게 늘 당부하는 말이 있어요. 좋은 시를 쓰고 싶으면 제발 이 강좌 저 강좌 들으러 싸돌아다니지 말고, 혼자 있는 시간을 많이 가지도록 하라고! 제가 왜 이런 얘기를 하는가 하면 대부분의 학생들이 시 창작 수업을 많이 들으면 시를 잘 쓸 수 있다고 생각하기 때문입니다. 오산이죠. 자기 내면으로 깊이 들어가 창조의 샘물이 고일 때를 기다려야 하는데, 그렇게 바깥으로만 나돌면 무슨 샘물이 고이겠습니까. 그래서 저는 학생들에게 중국의 유협이란 사람이 쓴 《문심조룡》이란 책에 나오는 얘기를 꼭 들려주곤 하죠. 유협이 뭐라 그랬나 하면 "문학을 잉태하는 건 허심(虛心)과 고요다"라고 했거든요. 그러니까 우리 내면의 여백이야말로 포란(抱卵)의 산실이라는 겁니다. 이런 점에서 고독은 창조적인 삶의 충분조건은 아니지만 필요조건이죠.

　　그리고 고독이 베푸는 유익은 또 무엇이 있을까요? 역설적으로 느끼실지 모르지만, 사랑 또한 고독의 토양에서 피어나는 꽃이라 할 수 있습니다. 서로 사랑하는 사람들의 마음도 종종 서로 떨어져 있어야 건강해집니다. 고독 속에 머물면서 메마른 마음에 촉촉한 사랑의 물기가 고여야 비로소 너그러운 마음으로 상대를 깊이 포용할 수 있는 겁니다. 때로는 여러 시간의 대화보다 한 시간의 고독이 사랑하는 이들을 훨씬 더 친밀하게 만들어줍니다. 고독이 베푸는 놀라운 선물이죠. 이 놀라운 선물을 맛본 사람은 고독을 두려워하지 않습니다.

　　입만 벙긋하면 사랑을 말했던 예수 역시 대담하게 고독한 삶을 추구했죠. 그는 고독한 순간들을 통해 자신의 영혼을 지켜나갔습니다. 《성경》에 보면 예수가 빵 다섯 덩이와 물고기 두 마리로 기적을 베풀어 수천 명을 먹이자, 흥분한 군중들이 몰려들어 예수를 임금으로 세우려 했습니다. 그것을 눈치 챈 예수는 곧 흥분한 무리를 빠져나와, 따로 기도하려고 산으로 올라갔다고 합니다. 그렇게 고독 속에서 자기 존재의 중심을 잡고 생명의 주재와 하나 되는 융융한 희열을 맛보고 난 후, 삶의 생기를 얻어 다시 거친 세상으로 나아가 구원의 도리를 선포했을 것입니다. 이처럼 예수가 걸어간 이 성스러운 고독에 저는 김현승 시인의 〈절대 고독〉을 포개어봅니다.

나는 이제야 내가 생각하던
영원의 먼 끝을 만지게 되었다.

그 끝에서 나는 눈을 비비고
비로소 나의 오랜 잠을 깬다.

내가 만지는 손끝에서
아름다운 별들은 흩어져 빛을 잃지만,
내가 만지는 손끝에서
나는 내게로 오히려 더 가까이 다가오는
따스한 체온을 새로이 느낀다.
이 체온으로 나는 내게서 끝나는
나의 영원을 외로이 내 가슴에 품어준다.

그리고 꿈으로 고이 안을 받친
내 언어의 날개들을
내 손끝에서 이제는 티끌처럼 날려 보내고 만다.

나는 내게서 끝나는
아름다운 영원을

내 주름 잡힌 손으로 어루만지며 어루만지며
더 나아갈 수도 없는 나의 손끝에서
드디어 입을 다문다 — 나의 시와 함께.

이 시는 언어는 어렵지 않지만 그 내용을 헤아리기는 쉽지 않습니다. 그가 깨닫게 된 "영원의 먼 끝"이 무얼 뜻하는지, "나는 내게서 끝나는 / 아름다운 영원을 / 내 주름 잡힌 손으로 어루만진다"는 말은 또 무슨 뜻인지, 일상에 매몰된 우리의 의식으로는 헤아리기가 어렵지요. 저는 다만 시인이 고독을 통해 자기 안에 있던 영원한 생명과 조우한 것이 아닐까 짐작해볼 뿐이죠.

영원한 생명? 어쩌면 여러분 가운데 종교를 갖지 않은 분들은 바로 이 대목이 이해하기 어려울 겁니다. 굳이 설명을 하자면, 기독교에서는 인간 속에 '신의 영'이 거한다고 얘기하고, 불교에서는 인간 안에 '불성'이 살아 있다고 하죠. 다형이 고백한 영원한 생명도 이런 차원을 말하는 게 아닐까 짐작해 봅니다. 사실상 이런 차원은 유한한 인간의 언어로는 표현할 수 없는 것이며 직접적인 체험을 통해서만 알 수 있는 것이죠.

저는 이 시에서 다형이 자기에게로 "더 가까이 다가오는 / 따뜻한 체온을 새로이 느낀다"는 표현에서 가슴이 뭉클해집니다. 한마디로 단정할 수는 없지만, 그가 경험한 고독은 홀로 있을지라도 외롭지 않은 경험을 말하는 게 아닐까 생각하죠. 그리고 고독의 심연으로 내려갈 때 자신의 삶이 더 풍요로워졌다는 걸 전해주고 싶었던 게 아닐까요.

　오늘은 폴 틸리히가 들려주는 한 문장을 읽어드리고 강의를 끝
내려고 합니다.

　　고독의 빈곤 안에
　　모든 풍요로운 것들이 존재합니다.
　　담대하게 고독을 추구합시다.

책은 돛

8강

———

자족

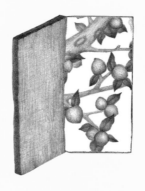

나는 공동체와 땅과의 긴밀한 관계가
물질적인 부나 고급 기술과는 비교도 할 수 없이
인간의 삶을 풍부하게 만들 수 있음을 보았다.
나는 삶의 다른 길이
가능하다는 것을 알게 되었다.

■ 8강에서 함께 읽을 책

《오래된 미래―라다크로부터 배운다》 헬레나 노르베리 호지 지음, 김종철 옮김, 녹색평론사, 1996.
《그대가 있어 내가 있다》 사티쉬 쿠마르 지음, 정도윤 옮김, 달팽이, 2004

내려놓음을
배우는 시간

————

저는 작년 8월 초에 한 열흘간 인도 여행을 다녀왔습니다. 여러분도 잘 아시는 책, 헬레나 노르베리 호지의 《오래된 미래》의 공간인 라다크를 보고 싶어 떠난 여행이었죠. 해발 3500미터가 넘는 히말라야의 고원인 라다크에 도착하여, 고산증 때문에 조금 고생을 했고, 또 거기서 버스를 타고 내려오다가 까마득한 높이에서 설산이 녹아내리며 산사태가 나 죽음의 공포를 맛보기도 했죠. 하여간 저는 이번에 여행을 통해 그 밀도 높은 시간 속에서 '내려놓음'을 배웠습니다.

무엇보다도 대자연이 지닌 거대한 힘 앞에서 '그래, 인간은 참 작은 존재구나!' 하는 생각이 어느 때보다도 가슴에 사무쳤습니다. 본래 인간은 대자연의 일부로 작은 존재였는데, 지식과 기술과 문명의 혜택을 누리면서, 마치 대자연을 지배할 수 있는 양 거들먹거리며 살아왔죠. 저는 이번에 히말라야 고원을 여행하면서 그런 오만이 송두리째 부서지는 경험을 했습니다.

　오늘《오래된 미래》에 대해 이야기하기 위해서는 먼저 라다크라는 지리적 공간에 대한 설명을 좀 해야 할 것 같네요. 지구의 가장 높은 지붕에 해당하는 거대한 히말라야 산맥의 그늘 속에 자리 잡은 라다크는 커다란 산맥들이 이리저리 얽혀 있는 고지대의 황무지입니다. 최초의 이곳 주민은 북부 인도의 몬족과 길기트의 '다-드'라는 두 아리안족이었다고 합니다. 이들은 기원전 500년경에 티베트에서 온 더 큰 집단인 몽고 유목민과 합류하였는데, 현재의 라다크인은 이 세 종족의 후예들인 셈이죠.

　막상 이번에 가보니, 라다크는 문화적으로 티베트와 무척 닮아 있었어요. 라다크를 '작은 티베트'라고 부른다는 말이 이해가 되더군요. 라다크의 언어, 예술, 건축, 의학, 음악 등이 모두 이러한 유산을 반영하고, 티베트의 대승불교가 그들의 주된 종교입니다. 도처에 '곰빠(사원이란 뜻)'라 불리는 티베트 불교사원들이 흩어져 있었는데, 사원을 찾아가는 거리마다 달라이 라마의 대형사진들이 걸려 있었습니다. 달라이 라마는 오늘날의 라다크인들에게도 절대적 영향을 미치는 영적 카리스마를 지닌 지도자인 거죠.

진보는 없어도 마음의 평화가 있다

라다크는 1975년 인도 정부가 개방정책으로 여행자들에게 개방하기 전까지는 외부인의 시선이 닿지 않는 지구의 오지였다고 합니다.《오래된 미래》의 저자인 헬레나는 라다크가 개방되던 바로 그 해에 그곳으로 들어갔습니다. 물론 헬레나는 언어를 연구하는 학자로서 라다크어를 공부하기 위해 찾아 갔던 것이죠. 하지만 그는 라다크의 주민들과 어울리면서 그들의 삶에 깊이 매혹됩니다. 헬레나보다 앞서 1928년에《신비로운 라다크》라는 책을 쓴 곰페르츠라는 인물이 그곳 사람들의 삶에 반해 "간디가 라다크에 갔더라면, 그의 마음이 갈망한 거의 모든 것을 거기서 발견했을 것이다"라고 말했다는데, 헬레나 역시 인류가 꿈꾸는 '샹그릴라(이상적인 공동체)'를 그곳에서 발견했던 것으로 보입니다. 그 후 헬레나는 단지 그들의 언어만 연구한 것이 아니라 그들과 더불어 무려 16년을 같이 살면서 라다크를 깊이 탐구하여 그 결과물을 세상에 내놓았는데, 그것이 곧 오늘 우리가 읽고 있는《오래된 미래》입니다.

그러면 라다크인들의 삶의 진면목이 무엇이길래 헬레나가 그 오래된 과거로부터 인류가 살아야 할 미래를 보았다고 하는 걸까요? 라다크의 자연환경은 예나 지금이나 척박하기 그지없습니다. 저는 인도의 수도 뉴델리에서 비행기를 타고 그곳으로 날아갔는데, 공항에 내리니 공기가 희박한 데서 오는 증세로 숨쉬기가 힘들었고 한동안 머리가 몹시 아팠죠. 물론 하루가 지나고 나니 몸이 좀 적응이 되어 지내기는 괜찮았지만, 사실상 그런 고원에서는 식물도 자생하기 어렵고, 강우량이 적고 물이 부족하여 농사도 1년에 겨우 4개월 정도밖에 지을 수 없다고 하더군요. 저는 그런 곳에서 어떻게 라다크인들이 낙원 같은 삶을 일구었을까, 도대체 그 낙원의 실체는 무엇일까, 하는 게 몹시 궁금했죠.

물론 편리와 속도와 효율을 근간으로 하는 오늘의 문명사회에 길든 이들에게는 라다크인의 삶이 결단코 이상적인 것일 수는 없을 겁니다. 아직도 그곳에서 전통적인 삶의 방식을 고수하는 이들은 흙벽돌을 손수 찍어 창고 같은 허름한 집을 지어 살아가고, 짐승의 똥을 말려 땔감으로 사용하며, 손으로 짠 옷감을 지어 몸을 감싸고 살아가더군요. 문명인의 입장에서 보면, 엄청난 불편을 감수해야 하는 삶이죠. 저와 함께 여행한 이들은 대부분 '오래된 미래'로 불리는 라다크에 대한 호기심과 궁금증을 안고 찾아갔으면서도, 함께 간 어떤 시인이 그러더군요. 자기는 이런 척박하고 불편한 환경에서는 억만금을 쥐어준대도 살 수 없을 것 같다고. 매우 솔직한 거죠.

이런 점에서 스웨덴 출신의 저자 헬레나는 자연과 조화를 이루지 못하는 첨단의 문명사회에 큰 염증을 느끼고 있지 않았나 하는 생각이 듭니다. 그는 라다크에 온 지 얼마 되지 않아 그들의 삶의 방식에 매혹되었다고 고백하고 있으니까 말입니다. 그는 라다크의 존경받는 한 불교철학자가 그를 만나 들려준 노래를 번역하여 책에다 옮겨놓았습니다.

당신이 태어난 위대한 유럽에는
많은 자유국가가 번성하고 있다.
막대한 물질적 번영과

산업과 기술을 가지고 있다.

그곳에는 지상의 기쁨도 더 크고
바쁜 생활도 더하다.
과학도 문학도 더 많고
사물의 변화도 더하다.

이곳의 우리에게 진보는 없어도
복된 마음의 평화가 있다.
기술을 갖고 있지 못해도
더 깊은 법의 길을 가지고 있다.

저는 이 노랫말 속에서 "진보는 없어도 / 복된 마음의 평화가 있다"는 구절이 가슴에 와 닿았습니다. 여기서 '진보'라는 말이 자본주의화된 서구 세계처럼 물질의 진보를 뜻하는 것이라면, 그것은 라다크라는 공간에는 전혀 어울리지 않는 말입니다. 이번에 가서 보니, 라다크 땅에서 자라는 곡식이 주로 보리와 밀인데, 곧 추수철이 다가오는데도 겨우 한 뼘밖에 자라지 못했더군요. 높고 험준한 산자락으로 양떼를 몰고 다니는 유목민도 보았지만, 그들이 양떼를 풀어놓은 초지도 아주 빈약하기 짝이 없었고요. 그런 환경에서 살아가는 이들이 어떻게 물질의 진보나 번영을 바랄 수 있겠습니까. 그야말로 입에 풀칠이나 할 수 있으면 다행인 거죠. 그럼에도 헬레나는 라다크 사람들이 '세상을 보는 방식'에 매료되었다고 말합니다. 저는 그들의 살아가는 모습을 보며 문득 제임스 R. 맨첨의 〈마음의 평화〉라는 시가 떠오르더군요.

세상에서 가장 부자인 사람은 누구일까.

나는 그를 남태평양의 작은 섬에서 만났다.

그는 커다란 야자나무 아래서

20억 불짜리 미소를 지으며 앉아 있었다.

그가 앉아 있는 해변 너머의 세계를 그는 본 적이 없고

따라서 말세에 대해 고민한 적도 없다.

음식과 물은 풍부하지 않았다.

가족을 먹이기 위해 날마다 그는 물고기를 잡아야 했고,

섬 건너편에 있는 우물에서 물을 길어 와야 했다.

(…)

파도의 중얼거림

새들의 노랫소리와 멀리서 이따금 들려오는 천둥소리

그것이 그에게는 음악이었다.

그에게는 유명한 화가의 그림도 없었다.

최고의 화가가 그의 섬 주위에 매순간 만들어놓은 걸작품 외에는.

날마다 보는 일출과 일몰이 최고의 그림이었으며

저녁에는 텔레비전을 보는 대신

그는 하늘의 별과 달을 관조했다.
그것을 통해 그는 자신의 주인인 신과 대화했으며
자신이 살아 있는 것에 감사드렸다.
그는 다만 마음의 평화를 지닌
행복하고 만족할 줄 아는 사람이었다.

오늘날 전 세계의 은행에는 수백만의 인구가 있다.
하지만 그들의 얼굴에는 미소가 없다.
왜냐하면 어떤 국제적인 기업이나 경매 회사에서도
마음의 평화를 돈 받고 팔지는 않으니까.

이 시의 저자처럼 저도 라다크 시골길을 걷다가 그런 20억 불짜리 미소를 보았습니다. 20억 불? 아니, 그건 지상의 돈 따위로 환산할 수 없는 미소였죠. 보리가 누렇게 익어가는 시골길 옆으로 흙집들이 드문드문 보였는데, 집안이 궁금해 돌담 너머로 기웃거렸더니, 늙수그레한 아낙이 나와 환한 미소를 지으며 대문을 활짝 열고 안으로 들어오라고 손짓했습니다. 너무도 고마워 염치 불구하고 따라들어 갔더니, 얼굴 모습도 다르고 언어도 통하지 않는 낯선 나그네들을 전혀 경계하지 않고 집안으로 불러들여 정성껏 차를 끓여 대접해 주더군요. 고원의 따가운 볕에 그을어 얼굴은 검고 거미줄 같은 이마의 주름살은 짜글짜글했지만, 얼굴 가득 머금은 해맑은 미소는 그들이 방안에 모시는 부처님의 미소를 닮아 있었죠. '환대'란 말이 있는데, 그래, 환대란 이런 것이구나, 하는 걸 실감했죠. 라다크를 찾아간 헬레나도 사람들의 그런 표정을 보며 "왜 그들은 항상 미소를 띠고 있는가? 그리고 어떻게 그들은 그토록 험악한 환경에서 상당한 수준의 안락을 누리며 살 수 있는가?" 하고 묻습니다.

헬레나는 자신의 이런 의문을 16년 동안 라다크 주민들과 함께 살며 풀어냅니다. 그들이 누리는 '안락(安樂)'의 비밀은 뭘까요? 그것은 물질의 풍요로움에 있지 않았습니다. 오히려 '검약'하는 삶에 있었죠. 헬레나는 라다크에 간지 얼마 되지 않았을 때, 개울에서 옷을 빨았던 경험을 이야기합니다. 그가 더러운 옷을 막 물에 담그려고 했을 때 일곱 살도 채 안 된 어린 소녀가 물길의 위쪽에서 달려오며 소리치더랍니다.

"그 물에 옷을 넣으면 안 돼요."

헬레나가 놀라서 쳐다보자 소녀가 수줍은 표정으로 말했어요.

"저 아래쪽 사람들이 그 물을 마셔야 해요"

그 소녀는 적어도 1마일 정도 떨어져 있는 아래쪽 마을을 가리키며 그렇게 말하더란 겁니다.

"대신 저쪽 도랑으로 흐르는 물을 쓰면 돼요, 저 물은 그냥 밭으로 가는 거거든요."

헬레나는 이런 경험을 통해 라다크 사람들이 어려운 환경에서 어떻게 생존해 가는지를 알기 시작했고, 검약이라는 단어의 의미를 배울 수 있었다고 합니다. 그러니까 라다크 사람들은 척박한 환경으로 인해 제한될 수밖에 없는 자원을 조심스럽게 사용했던 겁니다.

사실 이런 삶의 방식은 라다크만이 아니라 우리 부모님 세대에도 있었어요. 제 어머니는 부엌에서 쌀을 씻으면서 거기서 나오는 쌀뜨물을 그냥 흘려보내지 않았지요. 따로 모았다가 소여물이나 돼지 먹이로 사용했죠. 변소에 쌓이는 인분은 재와 섞어 삭혀서 거름으로 밭에 내고요. 저는 이런 것을 보고 자란 세대라, 내가 먹은 밥이 똥이 되고, 또 똥이 밥이 되는 자연스런 순환 구조를 익히 알고 있죠. 이런 순환 구조를 모르는 젊은이들 중에는 우리가 먹는 밥이 어디 공장에서 찍혀 나오는 줄 아는 이들도 없지 않을 겁니다. 우리 인간의 목숨은 입에서 항문까지 채워졌다 비워지는 밥과 똥으로 유지되는 것인데, 우리의 삶이 농업과 유리되면서 많은 사람들은 그 사실을 망각하고 살죠. 밥과 빵이 어디에서 오는지도 모르는 사람들이 많아지는 것 같아 참 안타까워요. 이런 이들은 밥이나 빵은 돈만 있으면 슈퍼에서 얼마든지 구할 수 있다고 생각할 겁니다.

저는 그런 이들에게 저 척박한 라다크 땅으로 가서, 보리나 밀이 어떻게 자라는지 두 눈 부릅뜨고 좀 보라고 말하고 싶습니다. 날씨가 추워 식물이 성장할 수 있는 기간이 겨우 4개월 정도밖에 안되니, 보리나 밀이 채 한 뼘밖에 자라지 못하고 열매를 맺는 거예요. 그러니 그 귀한 낟알 한 톨도 함부로 버릴 수가 없는 것이고, 그곳에서 생산되는 어떤 물자든지 낭비할 수가 없는 것이죠. 똥! 라다크에서는 똥도 말할 수 없이 귀한 자원입니다. 사람의 똥은 밭의 거름으로 사용하고, 짐승의 말린 똥은 밥을 짓고 차를 끓이고 혹한의 겨울을 나는 연료로 사용하고 있으니까요.

'견딤'이 아닌 '누림'의 삶

어느 날 라다크 시골로 스며들어 한 농가를 찾아갔는데, 집집마다 짐승 똥을 말린 것을 지붕에 쌓아 둔 걸 보고 감동이 와 이런 시작 메모를 해놓았지요.

이곳 건축의 묘미는
지붕마다 똥탑을 쌓는다는 것
소똥 말똥 야크똥을 쌓아놓은
똥탑이 산처럼 솟구쳐 있다는 것

숱한 티벳 사원을 순례했지만
진심으로 경배를 바친 것은
(내 불경을 용서하시라!)
똥탑 아래 섰을 때뿐이었지

그렇게 똥탑을 우러르고 우러른 건
혹한에서 생명을 구할
연료!
라는 생각 때문이었네
이 땅에 부처님의 사리가 있다면
똥탑에나 있을 것이네

책은 돛

내 말이 믿어지지 않는다면
똥탑을 허물어 거기 불을 지펴보게나
영롱한 사리가 나오리니

하여간 짐승의 배설물조차 소중하게 아끼며 살 수밖에 없는 라다크 농부들이 완전한 자립을 이루며 살아가고 있다는 것에 헬레나는 놀라움을 표시합니다. 그들이 바깥 세계에 의존하는 것은 고작 소금, 차, 그리고 요리 기구나 연장을 만들기 위한 금속류 한두 가지뿐이었죠. 헬레나가 놀라움을 표현하는 것은 그것만은 아닙니다.

혹심한 기후와 자원의 빈약함에도 불구하고 라다크 사람들은 단지 생존 이상으로 즐기며 산다.

아마도 관광을 위해 들어와 잠시 둘러보고 가는 이들은 척박한 환경 속에서 사는 그들의 삶이 무척 비참하게 보일지도 모릅니다. 그러나 헬레나는 그들에게서 '생존 이상의 즐김'을 봅니다. 그들의 삶은 마지못해 살아가는 '견딤'이 아닌 '누림'의 삶이란 겁니다. 오늘날 이 천민자본주의에 포로가 되어 살아가는 많은 현대인들은 '누림'이 아닌 '견딤'의 삶을 살고 있죠. 그러면 누림의 삶과 견딤의 삶을 구분하는 기준은 뭘까요? 그건 아주 간단히 구분할 수 있어요. 누림은 느림의 삶이고 견딤은 쫓기는 삶이죠. 주변을 둘러보세요. 오늘날 문명의 혜택을 누리며 사는 풍족한 사람들이 더 쫓기며 삽니다. 더 많은 부를 쌓기 위해, 혹은 그 부를 지키기 위해! 이런 역설적 현상을 풍요로운 유럽에서 경험한 헬레나는 라다크 사람들의 그 '느림' 속에 깃든 존재의 부요를 부러워합니다.

> 단순한 연장들밖에 없으므로 라다크 사람들은 일을 하는 데 오랜 시간을 보낸다. (…) 그런데도 라다크 사람들은 시간을 넉넉히 가지고 있다. 그들은 부드러운 속도로 일을 하고, 놀라울 만큼 많은 여가를 누린다.
> 시간은 느슨하게 측정된다. 분을 셀 필요는 절대로 없다. 그들은 "내일 한낮에 만나러 올게, 저녁 전에"라는 식으로 몇 시간이나 여유를 두고 말한다. 라다크 사람들에게는 시간을 나타내는 많은 아름다운 말들이 있다. "어두워진 다음 잘 때까지"라는 뜻의 '공그로트', "해가 산꼭대기에"라는 뜻의 '니체', 해 뜨기 전 새들이 노래하는 아침시간을 나타내는 '치페-치리트(새 노래)' 등 모두 너그러운 말들이다.

헬레나가 예민하게 관찰한 것처럼 라다크 사람들의 시간관에서는 정말로 여유가 느껴지죠? 예나 지금이나 유유자적하며 살아가는 한가로움의 삶은 세상 사람 모두가 바라는 것입니다. 오죽하면 옛 사람이 '한가로움은 하늘이 아끼는 사람에게 주는 것이기에 아무나 누릴 수 없다'고 했을까요. 그런데 라다크 사람들은 대부분 한가로움을 만끽하며 살았다니 얼마나 놀라운 일입니까. 인도 정부에 의해 개방이 되기 전 라다크 사람들이 실제로 일을 하며 산 날은 1년에 겨우 4개월뿐이었다고 합니다. 그럼 나머지 날들은 뭘 하고 지냈을까요? 나머지 8개월 동안은 요리를 하거나 짐승들을 돌보고, 긴 겨울 대부분의 시간을 잔치와 파티로 보냈다고 하죠. 이야기를 즐기는 그들에게 기나긴 겨울은 '이야기의 계절'이기도 했답니다. 얼마나 이야기하기를 즐겼으면, 라다크에는 '땅이 푸르른 동안은 이야기를 즐겨선 안 된다'는 말까지 있다고 합니다. 봄여름가을겨울 없이 날마다 일중독자로 살아가는 오늘 우리에게는 라다크 사람들의 삶이야말로 참으로 부러운, 낙원의 그것이 아닐 수 없죠.

또 하나 그들이 '안락'을 누리는 비밀은 '공생 의식'과 '협동'에 있습니다. 간단히 말하면, '우리는 함께 살아야 한다'는 의식입니다.

라다크 사람들은 운 좋게도 개인의 이익이 전체 공동체의 이익과 상충하지 않는 사회를 물려받았다. 한 사람의 이익이 다른 사람의 손해가 되지 않는다. 가족과 이웃에서부터 다른 마을 사람들과 낯선 사람에 이르기까지 라다크 사람들은 남을 돕는 것이 자기들에게 이익이 되는 일이라는 것을 안다. 한 농부가 풍성한 수확을 거두는 것이 다른 농부에게 흉작을 초래하지 않는다. 경쟁이 아니라 상호부조가 이곳의 경제를 이루고 있다. 다시 말해서, 이곳은 공생의 사회인 것이다.

여러분, 지금 제가 읽어드린 내용 가운데서 '상호부조', '공생' 같은 말들이 낯설지 않습니까. 실제로 오늘 우리 삶의 경험 속에서는 찾아보기 어렵고, 사전에나 있을 법한 말들이니까요. 여전히 선진국을 지향하는 사회 속에서 우리가 허구한 날 듣는 말이 '경쟁' 아닙니까. 경쟁이란 말도 성에 안 차 '무한경쟁'이라고 하죠? 세상에 막 눈뜰 나이인 유치원에서부터 아이들이 동무들과의 경쟁 속에 살아가니, 지옥살이에 입문하는 거부터 배우는 거죠. 이처럼 어릴 적부터 경쟁을 배우며 살아야 하는 아이들은 "남을 돕는 것이 자기들에게 이익이 되는 일"이라는 것을 애당초 배우려야 배울 수가 없는 겁니다.

라다크 사람들은 어떻게 "남을 돕는 것이 자기들에게 이익이 되는 일"이란 것을 알았을까요? 여행 기간 동안 제가 가장 많이 다닌 곳이 그들의 사원, 곰빠였죠? 사원을 보러 다니며 그런 궁금증이 조금 풀렸습니다. 헬레나도 "라다크의 모든 것은 그 종교적 유산을 반영한다"고 말하고 있거든요. 라다크인들이 신봉하는 종교는 앞에서 이미 언급한 것처럼 티베트의 대승불교입니다. 기원전 200년경에 인도에 널리 전파된 이래로 불교는 라다크인 대다수의 종교가 되었죠. 제가 숙소를 잡고 머물던 라다크의 가장 큰 도시인 레(Leh)에도 높은 산 중턱에 아주 오래된 흰 벽의 불교 사원들이 솟아 있고, 사원 주위에는 숱한 초르텐(탑)들이 우뚝우뚝 서 있으며, 사원 주위에는 사람들의 소원을 담은 울긋불긋한 숱한 깃발들이 펄럭이고 있었죠. 심지어 강을 지나는 다리 난간에도 어김없이 그런 깃발들이 매달려 펄럭였습니다. 그런 풍경을 보며 '라다크 사람들에게는 종교가 그들의 삶과 떼려야 뗄 수 없는 것이겠구나' 하는 생각이 들었죠. 어쩜 생존을 위협하는 혹심한 자연환경도 그들의 신심을 더욱 강하게 북돋았을 거구요.

불교가 그들에게 미친 정신적 영향은 무엇이었을까요? 헬레나는 '공의 철학'을 꼽습니다. 공(sunyata, 空)은 대승불교의 핵심사상이기도 하죠. 불교를 잘 모르는 이들은 '공'을 이야기 하면, 불교를 허무주의 혹은 염세주의로 치부합니다. '빌' 공(空) 자를 쓰니까 불교는 당연히 '존재'를 부정하는 종교라 여기는 겁니다. 아니죠. 만일 불교가 말하는 '공' 사상이 삶을 부정하고 염세주의를 조장하는 것이었다면, 불교는 벌써 지상에서 사라지고 말았을 겁니다. 다시 말하면 불교가 우리에게 가르치는 것은 염세의 눈길로 세상의 '존재'를 부정하라는 것이 아니라 그것에 대한 인식을 바꾸라는 것이죠. 헬레나는 '공의 철학'을 설명하기 위해 나무를 예로 들어 쉽게 풀이해 주던 어떤 스님의 애기를 조근조근 들려줍니다.

나무는 독립적인 존재를 가지고 있지 않습니다. 관계의 그물 속으로 녹아들어가 버립니다. 잎사귀에 떨어지는 비와 나무를 흔드는 바람과 그것을 받쳐주는 땅이 모두 나무의 한 부분을 이룹니다. 생각을 해보면, 궁극적으로는 우주 속의 모든 것이 나무를 나무로 만들도록 돕고 있습니다. 그것은 고립될 수 없습니다. 그것의 본성은 순간순간 변합니다. 그건 한순간도 똑같지 않습니다. 이것이 공(空)의 의미입니다. 사물이 독립된 존재를 가지고 있는 것이 아니라는 말입니다.

여러분, '공'에 대한 이런 설명이 이해가 됩니까? 고개를 갸웃하는 분이 있는 걸 보니, 아직도 이해가 안 되는 분도 있는 것 같군요. 제가 다시 한 번 쉽게 풀어보죠. 지금 여러분 앞에 서 있는 고 아무개라는 존재가 저 혼자 고 아무개가 될 수 있었겠습니까? 아니죠. 그 역시 부모가 있어 몸을 받았고, 세상의 숱한 식물과 동물이 있어 먹거리를 얻어 생존할 수 있었고, 지금 이 순간도 햇빛을 내려주는 태양과 공기와 바람과 물과 나무와 꽃이 있어 몸의 온기를 보존하고 숨을 쉴 수 있으며, 또 강의를 듣는 여러분이 있어 그가 강의를 할 수 있으니, 어찌 고 아무개가 독립적인 존재이겠습니까. 고 아무개가 글을 써서 생계를 꾸려가고 살지만, 그것 역시 그가 독립적으로 하는 게 아니죠. 글을 청탁해주는 출판사가 있고, 글을 써주면 그걸 책으로 만들어주는 편집자와 디자이너와 인쇄업자와 종이와 잉크, 더욱이 책을 사서 읽어주는 수많은 독자가 있어 그가 살아갈 수 있는 게 아니겠습니까. 제가 갑자기 '그'라고 하니 어리둥절해 하는 분이 있는 것 같군요. 우리는 때로 이런 식으로라도 자기를 객관화할 필요가 있습니다. 하여간 아무리 잘난 베스트셀러 작가라도 저 혼자는 아무것도 하지 못합니다. 그러니 우리가 저 잘났다고 거들먹거릴 수 없는 거죠. 바로 이게 '공 철학'이 말하고자 하는 겁니다. 자, 이렇게 말하니 쉽게 이해가 되죠?

설명이 좀 길어졌는데, 라다크 사람들은 그들이 불경조차 읽을 수 없는 무지렁이들이었다 하더라도, 이런 불교사상의 핵심을 몸으로 터득하며 살지 않았을까 하는 생각이 들었습니다. 왜냐고요? 그

척박한 삶 속에서 상부상조하고 살아가는 그들의 모습 속에서 '지혜'와 '자비'가 느껴졌기 때문입니다. 여기서 '지혜'라는 건 '나는 독립적인 존재가 아니다'란 자각을 말하는 것이죠. 쉽게 말하면 아무리 잘난 인간도 저 혼자 살 수 있는 게 아닌 거죠. 진정으로 이것을 알고 난 사람은 따로 '타인'이라 칭할 만한 사람이 없으니, '자비로운 사람'이 될 수밖에 없는 겁니다. 만물과 내가 한 몸인데, 어찌 만물을 사랑하지 않을 수 있겠습니까. 그런 의미에서 '공' 사상은 곧 자비의 기초인 겁니다. 이런 자비심이 몸에 밴 사람에게 상부상조, 협동하는 삶은 당연한 거고요.

제가 오늘 헬레나의 《오래된 미래》와 함께 읽기를 권해드린 사티쉬 쿠마르의 《그대가 있어 내가 있다》라는 책도 같은 얘기를 하고 있습니다. 사티쉬 쿠마르는 자이나교(Jainism)를 믿는 인도 사람인데, 그 책 제목이 암시하는 건 곧 대승불교의 '공 사상'과 다르지 않습니다. '내가 있어 그대가 있다'가 아니라 '그대가 있어 비로소 내가 존재할 수 있다'는 거니까요. 여기서 말하는 '그대'의 범위는 내 곁에 있는 가족 혹은 연인만 아니라 우주 만물을 아우르는 존재를 가리키지요. 잘랄루딘 루미라는 시인은 "그대의 눈을 보아라, 정말 작지 않느냐? 그래도 저 거대한 우주를 본다"고 노래하는데, 이런 겸허를 품게 만드는 것이 "그대가 있어 내가 있다"는 문장의 깊이입니다.

사티쉬 쿠마르가 이런 삶의 깊이를 얻게 된 것은 그가 속한 종교인 자이나교와 무관하지 않습니다. 아마도 여러분에게 자이나교는 낯설 겁니다. 자이나교는 약 2500년 전 인도에서 생긴 자생적인 종교입니다. 힌두교나 불교가 지닌 사상과 많은 공통분모를 지니고 있는데, 자이나교가 가진 독특성은 모든 살아 있는 존재를 해치지 않는다는 아힘사(ahimsa)의 원칙에 굉장히 철저하다는 것이죠. 아힘사? '비폭력'이란 뜻의 산스크리트어입니다. 우리는 비폭력이라고 하면 간디를 떠올리지만, 간디가 자기 온몸으로 살아냈던 비폭력 사상도 자이나교에서 배운 게 아닌가 여겨집니다. 자이나교 신자들은 철저한 비폭력주의자입니다. 또한 그들은 채식주의자들이기도 한데, 채식주의의 원조는 아마도 자이나교도들일 겁니다. 하여간 이 비폭력 사상을 다른 말로 하면 '불살생(不殺生)'의 사상을 말하는 것인데, 세상의 어떤 생명이든 해치면 안 된다는 겁니다.

오늘 우리가 살아가는 관습에서 보면, 참 지독한 사람들이라는 생각이 절로 들죠. 어린 나이에 자이나교 승려가 된 사티쉬 쿠마르도 불살생의 원칙을 지키기 위해 자기 입을 여덟 겹의 천으로 가리고 다녔다고 합니다. 왜 그랬냐 하면, 공기 중에 떠도는 생물을 해치지 않기 위해서라죠. 입을 벌리고 있으면 날벌레 같은 것들이 날아들어 자기도 몰래 살생을 할 수도 있으니까요. 하여간 사티쉬 쿠마르는 입에 동여맨 그 천을 오직 음식을 먹을 때만 풀었다고 합니다. 헉! 소리가 절로 날 지경이죠?

나중에 사티쉬 쿠마르는 자이나교 승려의 길을 포기하고 세계 평화운동에 헌신하게 되지만, 어릴 적 그가 자이나교로부터 배운 철저한 비폭력 사상은 평생 동안 그의 삶을 지배합니다. 우리가 보통 비폭력이라고 하면, 총이나 칼로 남의 생명을 해치는 것만 떠올리는

데, 비폭력 사상은 보다 넓고 깊게 이해할 필요가 있죠. 동물의 세계에는 그런 일이 없지만, 인간은 스스로 자기 생명을 해치기도 하니까요. 우리가 자기 자신을 학대하고 자기 자신과 평화롭게 지내지 못하는 것도 폭력이라는 겁니다. 산스크리트어에 '샨티(Shanti)'란 말이 있습니다. '평화'란 뜻이죠. 그런데 인도 사람들은 이 말을 꼭 '샨티 샨티 산티!' 이렇게 세 번 붙여서 말합니다. 그 까닭이 뭔지 아세요? 첫 번째는 자기 자신과의 평화를 빌고, 두 번째는 이웃과 세상 사람과의 평화를 빌며, 세 번째는 신과의 평화를 기원하는 것이랍니다. 그러니까 자기 안에 평화가 없는데 다른 사람이나 세상과 평화를 이룰 수는 없다는 거죠. 또 세상과 평화를 이루지 못하는 사람이 신과 평화를 이룰 수도 없고요. 쿠마르가 말하는 비폭력이나 평화 사상은 이런 깊이를 담보하고 있습니다.

인간의 줄무늬는 안에 있다

종교는 다르지만, 헬레나가 예찬하는 전통적인 라다크 공동체에도 이런 정신이 고스란히 보존되어 있었던 것 같습니다. 헬레나는 특히 책의 한 장을 할애하여 라다크의 결혼 풍습인 '일처다부제(一妻多夫制)'를 언급하고 있는데, 저는 그 일처다부제가 여성성의 문제를 얘기하는 게 아닌가 하는 것으로 받아들였죠. 일처다부제라고 하니까 여기 앉아 계신 여성들의 얼굴에 문득 화색이 도는 것 같은데, 사실 일처다부제는 인류의 원시공동체 속에 나타나는 특징이기도 하죠. 제가 일처다부제를 여성성의 문제를 뜻하는 것으로 말씀드리는 이유는, 적어도 원시공동체 속에 나타나는 여성성은 인간 사회를 평화롭게 만드는 미덕을 지니고 있기 때문입니다. 남성성이 전쟁, 폭력, 증오, 분노 같은 것을 상징하는 것이라면, 여성성은 화해, 배려, 부드러움, 평화, 자비심을 상징하는 것으로 볼 수 있으니까요. 제가 오래 전에 번역한 책이기도 한데, 인도의 살아 있는 구루인 스와미 웨다의 《1분의 명상여행》이란 책에 보면 이런 의미심장한 문장이 나옵니다.

> 그대가 남성이라면 여성이 되기를 배우라.
> 그대가 여성이라면 그냥 여성으로 머물라.

물론 여기서 '남성', '여성'은 '성(性)' 그 자체로서의 남성, 여성을 말하는 게 아님을 여러분은 아실 겁니다. 사티쉬 쿠마르식으로 얘기하면, 당신이 폭력과 살생을 일삼는 남성성으로 살았다면, 삶의 방식을 바꾸어 비폭력과 자비를 실천하는 여성성을 소중히 하는 존재로 살라는 것이죠. 자기 자신과의 관계에서도, 타인들과의 관계에서도, 우주 만물과의 관계에서도 그렇게 살라는 겁니다. 라다크 사람들과 깊이 사귀며 살았던 헬레나는 한 젊은 여성과 나눈 이야기를 통해 그들이 얼마나 아름다운 여성성을 지니고 있는지를 들려줍니다.

나는 오빠와 결혼한 지 얼마되지 않는 한 젊은 여자와 이야기한

책은 돚

것을 기억한다.

"중매 결혼이었나요?" 내가 물었다.

"그래요. 오빠가 그걸 원했어요. 두 집안의 가족들이 관여하는 것이 아주 중요합니다. 그처럼 중요한 결정에 식구들이 많은 경험과 지식을 동원할 수 있거든요."

"아내를 선택할 때 사람들이 찾는 특별한 자질이 있습니까?"

"글쎄요, 무엇보다도 사람들과 잘 지내고 공정하고 관대해야지요."

"다른 것은 무엇이 중요합니까?"

"솜씨가 좋으면 좋지요. 게으르지 말아야 하고요."

"예쁜지 그렇지 않은지는 문제가 되지 않나요?"

"별로 그렇지 않아요. 문제가 되는 것은 내면이 어떤가예요. 여성의 성품이 더 중요해요. 여기 라다크에는 이런 말이 있어요. '호랑이의 줄무늬는 밖에 있고 인간의 줄무늬는 안에 있다.'"

참 멋진 속담이죠? 특히 "호랑이의 줄무늬는 밖에 있고, 인간의 줄무늬는 안에 있다"는 문장은 우리가 깊이 곱씹어보아야 할 겁니다. 겉으로 드러난 모습보다 그 내면이 더 중요하다는 거죠. 우리는 대체로 배우자를 선택할 때 재력, 학력, 외모 같은 겉모습을 더 중요시하잖아요. 그런데 우리가 결혼을 해서 살아보면, 인간의 겉으로 드러난 면보다 내면이 더 소중하다는 걸 알게 됩니다. 티베트어에서 '불자(佛者)'란 말에는 '자신의 내부 사정을 잘 아는 자'란 뜻이 담겨 있다고 합니다. 대단히 의미심장하죠? 우리는 보통 절에 다니는 사람을 '불자'라고 부르곤 하는데, 그게 아닌 거죠. 아무리 바깥 사정에 능통하여 세상살이를 훤히 꿰뚫고 있다 하더라도, 자기 내부 사정에 까막눈인 사람은 부처님의 사람이라고 할 수 없다는 거죠. 하여간 우리 인간의 삶이 관계로 이루어진 것임을 부정할 수 없을진대, 인간이 꿈꾸는 낙원은 겉만 번지르르한 외면에 있지 않고 내면의 아름다움을 가꾸는 데 있다는 게 아닐까요?

그런데 1975년 라다크가 외부세계에 개방된 이후, 그곳 사람들의 삶에도 변화가 찾아옵니다. 소위 서구적인 개발 바람이 불어온 거죠. 개발은 관광 사업뿐만 아니라 서구와 인도의 영화, 텔레비전을 들여오는데, 결국 그런 문명의 이기(利器)들은 라다크 사람들에게 사치와 물질적인 힘의 이미지를 압도적으로 제공합니다. 특히 라다크 젊은이들에게 영화나 텔레비전이 보여주는 영상은 견딜 수 없을 정도의 매력을 주었죠. 이런 서구의 모습을 접한 젊은이들은 자신들이 살아온 삶이 원시적이고 바보 같고 비효율적이라 느끼게 된 겁니다.

개방은 또한 라다크를 서구식의 자본주의 경제에 노출시키는 결과를 가져오죠. 그들이 척박한 땅에서나마 보리를 재배하고, 야크나 짐승들을 키워 살아갈 때는 스스로 삶의 주인이었으나, 오로지 돈 중심으로 돌아가는 자본주의 경제에 접속되면서는 이제 국제경제를 관리하는 조직, 즉 다국적 기업의 통제 속에 살아가게 된 겁니다. 쉽게 말하면 돈의 노예로 살아가게 된 거죠. 과거 2000년 동안은 보리 1킬로그램이 그냥 보리 1킬로그램이었는데, 이제는 그 값이 매겨지고 더욱이 앞으로 그 값이 얼마나 될지 모르는 지경에 이른 것이죠. 현금 경제가 지배하는 어느 나라에서나 나타나는 현상이지만, 라다크에 밀려온 새로운 경제 시스템은 부자와 가난한 자 사이의 간격을 현격히 증대시키는 결과를 가져오게 됩니다.

사실 라다크의 이런 변화가 남의 이야기만은 아닙니다. 1960년대 이후에 우리도 이미 경험한 것이니까요. 그래도 저는 한때 이상향이라 불렸고, 헬레나가 '오래된 미래'라고 명명했던 라다크에 공생과 상부상조의 미덕이 지금도 살아 있지 않을까 하는 생각으로 눈을 부릅뜨고 이곳저곳을 두리번거리며 다녔죠. 하지만 짧은 여행 기간 동안에 그런 모습을 찾는 것은 쉽지 않았습니다. 다만 밀보리밭을 일구고 짐승 똥을 산더미처럼 쌓아 말려 연료로 삼는 시골의 늙은 농부들의 삶에서, 빈약한 초지에서 풀을 뜯어먹으며 생존을 영위하는 양이나 야크 같은 짐승들 속에서 그런 미덕의 자취를 조금은 엿볼 수 있었죠.

어느 날 10세기경의 유명한 수행자였던 나로빠가 머물며 살았다는 한 티베트 사원을 찾아가는 길에, 함께 여행을 했던 소설가 박범신 선생이 문득 이런 얘기를 들려주었어요. 해발 4000미터 이상의 고원에서 풀을 뜯으며 살아가는 야크라는 동물 이야기입니다. 양들은 풀의 뿌리까지 모조리 뜯어먹어 대지를 더욱 헐벗게 하는데 반해, 야크란 동물은 덩치가 양보다 훨씬 더 크지만 어린 풀들도 송두리째 뜯어먹지 않는다는 겁니다. 때문에 야크는 다른 생명들에게 해를 입히는 일이 없다는 거죠. 야크 역시 열심히 고원의 땅을 핥지만,

자세히 보면 야크는 풀잎과 땅에 묻은 아침 이슬과 이슬에 묻은 미생물이나 기타 영양소들을 핥아서 살아간다는 겁니다.

저는 참으로 못 생긴 동물 야크 얘기를 들으며 절로 외경심이 일어났죠. 야크는 척박한 고원지대에서 살아남기 위해 그런 공생의 유전자를 몸속에 새겼겠지만, 오늘 지구의 철부지 인간들은 어떻습니까. 공생의 관습을 망각한 채 온갖 지구 생명들과의 불화를 관습으로 스스로 멸망을 부르고 있잖아요.

이제 강의를 마칠 시간이 다 된 것 같아 오늘 이야기를 정리해야 할 것 같군요. 이번에 라다크를 다녀오면서 계속 제 가슴을 맴돈 단어는 '지속가능한 미래'였습니다. 과연 우리 인류에겐 지속가능한 미래가 존재할까? 오늘날 우리가 직면한 상황이 캄캄하고 절망적이지만 '지속가능한 미래'를 꿈꾸는 건 아직 살아 있는 우리의 책무가 아닐까 하는 생각 때문이었습니다. 지금 이 자리에 앉아계신 어린 자녀들을 키우는 어머니들도 저와 같은 마음일 겁니다.

문명의 발달로 지구촌화 된 세계 속에서 이제 우리는 공생이냐 공멸이냐 하는 갈림길에 놓여 있죠. 이런 갈림길에 놓인 우리에게 박범신 선생이 들려준 야크와 양의 이야기는 굉장히 큰 의미로 다가옵니다. 그러니까 나에게 이익이 되면 모조리 뜯어먹는 양과 같은 삶의 방식 속에는 지속가능한 미래는 없습니다. 양의 삶의 방식은 오늘 우리 삶을 지배하는 자본주의적 삶의 방식이지요. 결국 우리가 공존하기 위해서는 야크적인 삶의 방식이 필요한 거죠. 며칠 전에 신문에 난 보도를 보니까, 일본에서 방사능으로 오염된 수십만 톤의

철근을 수입해 왔다고 하는데, 그런 물건을 수출한 일본 기업이나 그걸 수입한 우리 기업이나, 지속가능한 미래 따위는 도무지 염두에 없는 거죠. 오로지 자기에게 이익이 되는 일이면 남의 나라 사람들이야 죽든 말든, 자라나는 자식들의 미래 따위야 어떻게 되든 아예 생각지도 않는 거죠. 이런 자기중심적 사고방식을 가진 이들에게 공생이나 자비심 같은 미덕은 도무지 기대할 수 없는 겁니다.

이제 우리는 갈림길에 서 있다. 지난 과거처럼 계속 같은 길을 따라갈 수도 있을 것이다. 계속해서 끊임없는 경제성장이라는 환상 속에 살 수 있다. 끝없이 기술을 탐닉할 수 있다. 유전학과 로봇공학, 나노기술과 핵 기술을 추구할 수 있다. 우리는 파괴의 길을 따라갈 수 있다. 그러나 가치와 윤리와 아름다움의 길이며, 자연을 사랑하고 공경하는 길, 그리고 지구를 정복한 주인으로 행세하게 하는 지식을 버릴 수 있다. 그 옛날 화약을 발견하고도 불꽃놀이에만 사용하기로 했던 중국인들처럼 현명하고 충분히 때를 아는 사람이 될 수 있다.

사티쉬 쿠마르의 책의 결론입니다. 마지막 문장에 "현명하고 충분히 때를 아는 사람"이란 말이 나오는데, 이 '때'에 대한 예민한 감수성이 살아 있어야 합니다. 여기 앉아계신 분들은 모두 인문학에 대한 목마름을 품고 계신 것 같은데, 인문학이 뭔지 아십니까. 오늘 우리가 살아가는 삶에 대한 예민한 감수성이 무량무량 살아 있어야 한다는 게 아닐까요. 많은 지식이 우리를 구원하는 게 아니라, 지식이 좀 모자라더라도 우리가 살아가는 '때'에 대한 싱싱한 감수성을 지닌 지혜를 터득해 사는 것, 그것이 진정한 인문적 지성의 모습일 겁니다.

그런데 그런 지혜는 곧 우리가 겸허한 존재가 될 때 비로소 터득할 수 있습니다. 우리가 지구 위에서 생존하고 건강한 삶을 사는 데 가장 필요한 마음가짐이 뭘까, 생각해보았는데, 그것은 곧 겸허입니다. 다시 말하면 우리는 자연의 작은 일부일 뿐이며 자연보다 높거나 분리되어 있는 존재가 아니라는 생각으로 살아야 하는 겁니다. 사티쉬 쿠마르는 말합니다. "자연은 모든 생명체의 근원이다."

근대화 이후 인간이 우주의 주인인 양 아무리 거들먹거려도, 인간이 일궈낸 기술과 문명, 예술과 상상력, 시와 영감은 모두 자연에서 비롯된 것입니다. '으뜸의 가르침'이라 풀이되는 종교 역시 자연을 바탕으로 하고 있죠. 노자도 말했습니다. 도는 자연을 본받는다〔道法自然〕고. 그렇습니다. 우리는 이러한 교훈을 오늘 우리의 삶으로 다시 살려내야 합니다. 라다크에서 배우는 지혜를 과거의 것으로만 치부하지 말고 오늘 우리의 것으로 살려내고자 하는 열망과 실천이 필요한 때입니다.

그런데, 그런데 말이지요. 제가 짧은 여정 동안 정들었던 라다크 땅을 떠나기 위해 버스를 탔는데, 그 거친 황무지를 둘러보며 문득 하염없이 눈물이 나더군요. 헬레나가 '오래된 미래'라 명명했던 라다크에서도 더 이상 '오래된 미래'를 상상할 수 없을 것 같다는 생각이 밀려왔기 때문입니다. 언젠가 이문재 시인이 농업박물관 앞뜰에 쪼그리고 앉아 우리 밀 어린 싹을 바라본 광경을 시로 쓴 적이 있는데, 그 시가 라다크와 겹쳐지기도 해서 그랬던 것 같아요.

> 농업박물관에 전시된 우리 밀
> 우리 밀, 내가 지나온 시절
> 똥짐 지던 그 시절이
> 미래가 되고 말았다
> 우리 밀, 아 오래 된 미래
>
> 나는 울었다.
>
> — 이문재, 〈농업박물관 소식: 우리 밀 어린 싹〉 부분

하지만 저는 나이브한 감상에 젖고 싶지 않아 차창 밖 풍경을 바라보던 눈길을 거두고 다시 헬레나의 책을 펴 들었습니다. 헬레나는 라다크가 자기에게 준 가장 중요한 배움은 '행복'과 관련된 것이었다며 이렇게 말합니다.

여러 해가 걸려서 선입견의 여러 층을 벗겨내고 나서야 나는 라다크 사람들의 기쁨과 웃음을 제대로 보기 시작했다. 그것은 삶 그 자체를 순수하고 구김 없이 받아들이는 일이었다. 라다크에서 나는 마음의 평화와 삶의 기쁨을 누리는 것을 타고난 당연

한 권리라고 생각하는 사람들을 알게 되었다. 나는 공동체와 땅과의 긴밀한 관계가 물질적인 부나 고급기술과는 비교도 할 수 없이 인간의 삶을 풍부하게 만들 수 있음을 보았다. 나는 삶의 다른 길이 가능하다는 것을 알게 되었다.

9강

———

자
비

모든 사물과 존재들이
겉에서 보면 동떨어진 것처럼 보이지만,
표면 안으로 들어가면 서로 가까워지다가
가장 깊은 중심에서는 모두 하나로 되지요.

▌9강에서 함께 읽을 책

《축의 시대―종교의 탄생과 철학의 시작》 카렌 암스트롱 지음, 정영목 옮김, 교양인, 2010.
《카렌 암스트롱 자비를 말하다―TED상 수상자가 제안하는 더 나은 삶에 이르는 12단계》
카렌 암스트롱 지음, 권혁 옮김, 돋을새김, 2012.

가장 깊은 중심에서는
모두가 하나

———

오늘 여러분을 만나러 나오면서 보니, 산과 들에 조금씩 단풍이 물들고 있어 이제 가을이구나 하는 실감이 들더군요. 어느 선사가 그랬죠. 가을은 '알몸을 드러내는 계절'이라고! 저는 이 선사의 일갈을 이렇게 새겼죠. '우리의 삶으로 번역되지 않는 앎은 거짓이며, 그런 거짓은 반드시 옷을 벗는 가을 나무들처럼 드러나게 되어 있다'고. 하여간 오늘처럼 하늘이 투명해지는 이런 가을날, 여러분은 뭘 하고 싶으신가요? 저는 먼 낯선 땅으로 홀연 여행을 떠나고 싶기도 하고, 또 어디 깊은 암자 같은 데 들어가 두꺼운 책에 묻혀 지내고 싶어지기고 합니다.

  — 선생님 집이 암자처럼 조용한 곳에 있는데 뭘 그러세요?

  하하, 그렇긴 하지요. 제가 사는 동네에 와보신 분들은 잘 알지만, 젊은이들은 거의 없고 노인들이 많이 모여 사는 시골이라 명절 때가 아니면 늘 적막강산이지요. 사실 저는 지난 한 달 동안 조용히 집에 틀어박혀 오늘 강의를 위해 책에 푹 파묻혀 지냈죠. 무려 700쪽이 넘는 책이고 다소 무거운 책이라 공을 들여 읽고 지내다 보니, 한 달이 훌쩍 지나가더군요. 지난달에 예고해드린 카렌 암스트롱의 《축의 시대》말고도 그가 쓴 책을 한두 권 더 읽었거든요.

가끔은 아주 두꺼운 책을 읽자

혹 여러분 중에는 왜 이렇게 무거운 책을 읽는가, 생각하는 분들도 있을지 모르겠네요. 그런 분들에게 이런 말씀을 드리고 싶어요. '오늘 우리의 시대 상황을 보면, 우리의 삶이 너무 가볍고 천박하게 느껴져서'라고요. 봄부터 여름까지 세월호 사건이 뉴스를 뜨겁게 달궜는데, 바로 얼마 전이었죠. 자식과 가족을 잃은 유가족들이 모여 세월호 비극의 원인을 밝혀내기 위해 절박한 마음으로 단식을 하는데, 바로 그 옆에 어떤 젊은이들이 음식을 싸들고 와서 폭식을 하는 어처구니없는 광경을 여러분도 뉴스를 통해 보셨을 겁니다. 저는 그 광경을 보며, 아무리 그래도 이건 아닌데, 인간의 최소한의 도리마저 저버린 처사가 아닌가, 하는 생각을 금할 수 없었죠. 우리 역사 속에 보수와 진보의 갈등은 끊이지 않고 계속 있어 왔지만, 자기가 지향하는 이념이 어떻든지, 그런 행위는 인간의 탈을 쓰고 해서는 안 되는 일이 아닐까요?

사실 제가 오늘 다소 무겁게 느껴지는 책을 고른 까닭이 바로 여기에 있습니다. 지금 우리는 인터넷 바다 위를 떠다니면서 너무 쉽게 지식과 정보를 습득하는 관성에 젖어 삶의 깊이를 잃어가고 있는 것은 아닐까요? 저는 인터넷이 세상에 등장하기 전에 대학을 다녔는데, 지금도 기억나는 것은, 당시 독재정권이 불온하게 여겼던 시인의 시집을 구할 수 없어서, 친구가 가지고 있는 시집을 빌려다가 밤새 노트에 베낀 적이 있었죠. 그렇게 힘들여 얻은 지식과 인터넷에 떠다니는 것을 손가락만 까딱거려 퍼온 지식, 어떤 지식이 더 우리의 삶을 유용하게 할 양식이 될까요. 저 역시 인터넷에서 얻은 지식을 활용하지 않는 건 아니지만, 사실 그렇게 쉽게 얻은 지식은 쉽게 잊히고 맙니다. 또 그렇게 얻은 지식으로는 우리의 삶이 풍요로워지지 않습니다. 왜냐고요? 내 수고와 노력과 체험에서 비롯되지 않은 지식, 그건 '빌려온 지식'이잖아요. 그렇게 빌려온 지식, 자기 몸으로 체화된 지식이 아니면 우리 존재에 진정한 변화도 가져다주지 못하죠.

여행을 다녀 봐도 그렇습니다. 패키지 여행을 끊어 며칠 동안 분주히 이곳저곳을 다녀오면, 몇 장의 사진 외엔 별로 남는 게 없죠. 그런 행보를 사자성어로 뭐라 그럽니까? 주마간산(走馬看山)이라고 하죠. 만일 우리가 여행을 통해 자기 삶의 변화를 꾀한다면, 어느 정도 넉넉한 시간을 투자해야 합니다. 제 경험으로는 여행 기간이 적어도 한 달 이상은 될 때, 자기 삶의 변화를 꾀할 수 있다고 생각하죠.

책읽기도 여행과 같다고 생각하는데, 한 저자의 책을 며칠 만에 후딱 읽어치우는 것과 긴 시간을 두고 천천히 읽는 것은 큰 차이가 있습니다. 제가 여러분에게 다독보다 정독을 권하는 까닭이 바로 여기에 있습니다. 오래 전에 읽은 카렌 암스트롱의 책을 이번에 다시 한 달에 걸쳐 읽었는데, 스폰지가 물을 흡수하듯이 제 가슴이 흠뻑 저자의 생각에 물든다는 느낌이 들어 참 좋았죠. 제가 방금 '물든다' 는 표현을 썼는데, 천연염색을 해본 제 경험으로는, 천에 물을 들이 는 데도 적지 않은 노력과 시간이 소요됩니다. 예컨대 감물 염색을 한다고 했을 때, 천을 뜨거운 감물에 담갔다가 금방 건져 말리면 되 는 게 아니라 꽤 오랜 시간 천을 감물에 담가 쉬지 않고 정성껏 주무 르는 과정이 필요하거든요. 그래서 옛날에는 그 힘든 염색은 머슴들 에게 시켰다고 하더군요. 하여간 그런 어려운 과정을 거쳐 빨랫줄에 널어 햇빛에 말리고 또 물을 뿌려 다시 말리는 오랜 수고를 거칠 때 비로소 자기가 원하는 색깔의 천을 얻을 수 있죠.

서론이 너무 길어졌는데, 하여간 우리가 좋은 책을 시간을 들 이고 공을 들여 읽으면, 그 책은 분명히 우리 삶에 질적인 변화를 가 져다준다는 겁니다. 오늘 읽을 카렌 암스트롱의 책은 이 천박한 우 리 시대정신에 경종을 울릴 뿐만 아니라 앞뒤로 꽉꽉 막혀 있는 우 리 삶의 출구를 마련하는데도 큰 도움을 주리라 생각합니다.

신자유주의 시대, 자비는 어디에 있는가?

한글판 책의 제목이 《축의 시대》지요. 원제는 《위대한 변화(The Great

Transformation)》로 되어 있는데요. 그런데 축의 시대란 제목도 의미가 없지 않습니다, 사실 "축의 시대(Axial Age)"란 말을 한 것은 독일 철학자인 칼 야스퍼스였죠. '축(軸)'이란 말이 낯선가요? 축이란 단어는 옛날의 교통수단인 수레바퀴의 '굴대'를 가리키는 거죠. 아무리 바퀴가 있어도 굴대가 없으면 수레는 제 역할을 못합니다. 저자가 여기서 말하는 축의 시대라는 건, 인류라는 수레바퀴를 굴려갈 굴대, 즉 '지혜의 축'이 정립된 시대를 말하는 겁니다.

무슨 말인가 하면, 이 시기가 인류의 정신적 발전에서 획기적인 중심축을 이루었던 시대거든요. 저자는 이 시기를 대략 기원전 900년부터 기원전 200년 사이로 잡는데, 바로 이 시기 동안 인류의 정신에 자양이 될 위대한 전통이 탄생합니다. 붓다, 소크라테스, 공자, 노자, 예레미야 같은 영적 스승들이 바로 그 위대한 인류의 전통을 만든 이들이죠. 좀 더 자세히 말하면, 인도의 힌두교와 불교, 중국의 유교와 도교, 이스라엘의 유일신교, 그리스의 철학적 합리주의가 나타는 것이 바로 이때입니다. 참으로 놀라운 건, 저자는 그런 사상이 탄생한 시기를 매우 광범위하게 잡고 있지만, 붓다, 소크라테스, 공자, 노자, 예레미야 같은 인류의 영적 스승들은 대략 기원전 5세기를 전후해 동시에 등장했다는 것입니다. 어떻게 세계의 여러 곳에서 서로 약속이나 한 듯이 동시다발적으로 등장하는 놀라운 일이 생기게 되었을까! 정말 신비로울 따름입니다.

이 축의 시대는 인류 정신사의 '대전환'을 가져온 시기로 참으로 중요한데, 카렌 암스트롱은 바로 책 속에서 그 대전환의 전후사

(前後史)를 일목요연하게 정리해놓고 있습니다. 그리고 자신이 왜 축의 시대정신을 탐구했는가 하는 것도 서론에서 분명하게 밝히고 있죠.

　　우리는 축의 시대의 통찰을 넘어선 적이 없다. 정신적이고 사회적인 위기의 시대에 사람들은 늘 축의 시대를 돌아보며 길을 찾았다.

　　이것이 카렌이 책을 쓴 이유입니다. 그러니까 우리가 그 머나먼 시대를 공부하는 것은 '정신의 고고학'을 탐구하는 한 과정이 아니라, 인류가 정신적 사회적으로 위기를 경험하고 혼돈의 질곡에 빠져 출구를 발견하지 못할 때마다, 축의 시대에 나타난 선각들에게서 삶의 통찰과 지혜를 얻기 위함이라는 겁니다. 중국의 《현문》이란 책에도 이런 말이 나오지요. "지금을 살피고자 하면 의당 옛것을 거울로 삼아야 하나니, 옛것이 없으면 지금이 생겨날 수 없기 때문이다." 오늘 이 자리에는 말쑥하고 모던한 차림의 젊은이들도 있는데, 소위 모던한 것을 추구하는 이들은 옛것이라면 곰팡스럽다고 생각합니다. 그러나 카렌이 거울로 삼아야 한다는 축의 시대정신은 결코 곰팡스럽지 않습니다. 카렌이 확신에 차서 하는 말을 더 들어보죠.

　　뛰어난 과학기술적 재능에 뒤처지지 않는 어떤 정신적 혁명이 없으면, 이 행성을 구하지 못할 것 같은 느낌이 든다.

책은 돛

카렌은 여기서 "정신적 혁명"을 이야기하고 있는데, 혁명이 뭔가요? 종래의 관습, 제도 등을 깨뜨리고 새로운 뭔가를 세우는 일이죠. 한마디로 기존의 모든 것을 송두리째 뒤집어엎어버리는 겁니다. 축의 시대에 나타난 현자들은 절박한 마음으로 자기 당대의 종교적, 사회적 모순에 저항하며 혁명적으로 새로운 의식을 창조했던 분들이죠.

그러면 그들이 창조한 새로운 의식은 뭘까요? 카렌은 그것을 한마디로 '자아의 발견'이라고 표현합니다. 여기서 '자아'는 자기애에 사로잡힌 '에고(ego)'를 뜻하는 게 아니라, 자기애를 넘어선 '셀프(Self)'를 뜻하는 겁니다. 이것은 심리학자 구스타프 융의 구분이기도 한데, '에고'는 거짓 자아, '셀프'는 참자아〔眞我〕라 할 수 있을 겁니다.

좀 더 구체적인 예를 들어 말씀드려보죠. 축의 시대에 씌어진 인도의 경전《우파니샤드》에서는 참자아를 '아트만(Atman)'이라 불렀습니다. '아트만'을 다른 표현으로 하면 '불멸의 신성' 쯤으로 옮길 수 있을 텐데, 그런 불멸의 신성이 바로 인간 내면 깊은 곳에 깃들여 있다는 겁니다. 축의 시대에 나타난 인도의 현자들은 인간의 초월적 차원인 '아트만〔불멸의 신성〕'을 인간 존재의 깊은 곳에서 발견한 거죠. 축의 시대 이전에는 인도인들이 감히 이런 생각을 하지 못했습니다. 그들은 자기 존재 바깥에서 불멸의 신성을 찾았지요. 이를테면, 태양, 바람, 불, 바다, 천둥, 대지 같은 자연을 신으로 숭배했지만 인간 내면 속에 신이 거한다고는 생각하지 못했습니다. 그래서 그들은 신에게 바치는 제사를 중요시했는데, 그 제사의 중심은 동물 희생이었습니다. 동물 희생이 무슨 뜻인지는 잘 아시죠. 동물의 피를 흘려 자기의 죄를 용서 받거나, 신의 은총을 구하는 겁니다. 사실 이런 동물 희생은 고대 세계의 보편적 관행이었죠. 그런데 축의 시대에 나타난 현자들이 이 오랜 종교적 관행을 깨뜨려버린 겁니다. 신은 그런 동물 희생 같은 제의 속에 있는 게 아니라 바로 인간 존재의 내부에 있다고!

사실 이런 전환은 혁명적인 겁니다. 예를 들어보죠. 축의 시대에 성립된 《우파니샤드》에 보면 슈베타케투라는 소년의 이야기가 나오는데, 이 흥미로운 이야기는 인도인들 속에 나타난 의식의 전환을 생생하게 전해주고 있죠. 소년의 아버지의 이름은 아루나로, 당시 성자로 칭송받던 인물이었습니다. 어린 소년이 스승을 찾아가 세속적 지식을 쌓는 공부를 마치고 돌아오자, 아루나 성자는 아직 덜 익은 아들 슈베타케투에게 '아트만'이 무언인가를 비유를 들어 깨우쳐줍니다.

아버지는 아들에게 소금을 가져다가 물이 담긴 통에 담그라고 하죠. 그리고 다음 날 아침에 보자고 말합니다. 드디어 아침이 되자 아버지는 아들에게 소금을 담갔던 물에서 소금을 찾아 꺼내보라고 명하죠. 물론 아들은 물속에서 소금을 찾아내지 못합니다. 이때 아버지가 진지하고 엄숙한 표정으로 말합니다.

"총명한 아들아, 너는 지금 물속에서 소금을 볼 수 없다. 그러나 소금은 그대로 그 안에 녹아 있다. 물맛을 보려무나."

아들이 몇 차례 물맛을 보고 나서 말하죠.

"아버지, 물이 짭니다."

책은 돛

아버지가 비로소 아들에게 가르침을 베풉니다.

"네가 물속에서 소금을 볼 수는 없지만 그 존재는 여기 녹아 있다. 눈에 보이지 않는 그 미세한 존재, 그것을 세상 사람들은 아트만으로 삼고 있다. 그 존재가 곧 진리이다. 그 존재가 곧 아트만이다. 그것이 바로 너이다. 슈베타케투야."

이 비유는 아주 쉽고 명쾌합니다. 물속에 녹아 있는 소금의 존재는 볼 수 없지만 그 맛을 통해서 그 미세한 존재를 확인하듯이, 그렇게 보이지 않는 아트만이 곧 '너'라고 아버지는 선언합니다! 정말 엄청난 선언 아닙니까. 아직 배움의 도상에 있는 불완전한 아들, 인간의 몸에서 태어나 언젠가 죽을 운명의 아들에게, 네가 곧 불멸의 신성 아트만이라는 겁니다! 방대한 분량의 《인도철학사》를 남긴 철학자 사르베팔리 라다크리슈난은 아트만의 발견이야말로 인도철학의 가장 혁명적인 부분이라고 말했지요.

저도 젊었을 때 슈베타케투와 비슷한 경험을 한 적이 있습니다. 30대 초반이었지요. 당시 저는 어느 기독교 출판사에서 잡지 편집을 하다가 해직을 당했습니다. 독재정권에 항의하는 글을 잡지에 실었는데, 필화(筆禍) 사건이 터졌던 거예요. 그 때문에 난생처음 정보기관으로 끌려가 비인간적인 고문을 당한 뒤 직장에서 쫓겨난 저는 가족을 이끌고 낙향하고 말았죠. 입에 풀칠할 대책도 없이 좌절감에 젖어 막막하게 보내던 어느 날, 한 선배가 저를 부르더니 지금은 돌아가신 무위당 장일순 선생께 데리고 갔습니다. 강원도 '원주의 예수'로 알려진 장 선생에 대해서는 이미 풍문으로 들은 적이 있었죠.

처음 뵌 선생의 눈길은 따스했어요. 잠시 후 붓과 화선지를 꺼내 묵화 한 점을 쳐서 건네주시며 선생께서는 뜻 깊은 한마디를 던지셨습니다.

"이 사람아, 자네가 바로 하느님이여!"

저는 선생님이 하시는 말씀을 금세 알아듣지 못했습니다.

"네?"

선생님은 허리를 곧추세우며 다시 일갈하셨죠.

"자네가 바로 하느님이란 말이여!"

저는 선생님이 말씀하신 그 깊은 뜻을 알아챈 뒤 가슴이 뜨거워지며 쿵쿵 뛰기 시작했습니다. 아, 내가 하느님이라니! 물론 선생님으로부터 이 말씀을 듣기 이전에도 《성경》에서 말하듯 모든 인간은 '신의 형상'으로 지음 받은 존재라는 것, 또 동학에서 읽은 '인내천(人乃天)' 사상 같은 것을 통해 내가 곧 하느님(神)이라는 것을 머리로는 알고 있었죠. 하지만 선생님으로부터 직접 그 신비한 지식을 들으니 느낌이 달랐어요. 저는 이제 제 가슴으로 그 궁극의 신비를 껴안을 수 있었습니다.

제가 '신비한 지식'이라고 말씀드렸는데, 왜 그렇지 않겠습니까. 내 안에 불멸의 신성인 '아트만'이 거한다는 것, 혹은 내가 곧 신이라는 것, 이건 사실 말로 설명할 수 있는 게 아니잖아요. 그래서 '신비한 지식'이라고 말씀드리는 겁니다.

축의 시대의 또 한 인물인 붓다도, 표현은 다르지만, 같은 인식을 보여줍니다. 물론 붓다는 전통적인 신을 부정하지만, 인간 속에는 참 본성, '불성(佛性)이 있다!' 그러잖아요. 다시 말하면, 누구나 붓다가 될 가능성을 품고 있다는 겁니다. '붓다'가 무슨 뜻인지는 아시죠? 붓다는 고유명사가 아니라 보통명사입니다. 즉 '깨달은 자'는 누구나 붓다죠. 인도 카필라성에서 태어난 싯다르타만 붓다가 아니라 '깨달음'에 도달한 사람이면 누구나 붓다인 겁니다. 그 사회적 신분이나 계급이 어떻든 말이죠. 붓다가 살던 당시만 해도 인도 사회에는 신분 차별이 무척 심했어요. 소위 카스트라 부르는 고약한 제도가 있었는데, 인간을 네 계급으로 나누었죠. 사제 계급인 브라만, 귀족 무사 계급인 크샤트리아, 평민 계급인 바이샤, 노예 계급인 수드라가 그것이죠. 그 밑으로는 또 불가촉천민으로 불리는 이들이 있었죠. 불가촉천민이란 말은 문자 그대로 상위 계급과 접촉해서는 안 된다고 해서 그런 이름이 붙여진 겁니다. 이런 냉혹한 사회적 차별은 태어날 때부터 씌워지는 숙명적인 올가미라 아무도 벗어날 수 없었어요. 그런데 놀랍게도 크샤트리아 출신인 붓다는 자기의 기득권을 내려놓고 누구나 자기 본성을 깨달으면 붓다가 될 수 있다고 한 거예요. 오늘 우리는 당연한 듯 여기지만, 당시의 사회적 정황에서는 혁명적인 겁니다.

《우파니샤드》의 현자나 붓다 같은 이들이 혁명적으로 보여주는 이런 의식의 전환은 곧 인간은 누구나 존중 받아야 할 신성한 권리를 타고 났다는 겁니다. 카렌이 하는 말을 들어보죠.

축의 시대 현자들은 이런 정신성을 더 진정한 형태로 발전시켜,

사람들에게 자기 내면에서 이상적이고 원형적인 자아를 찾으라고 가르쳤다.

그러면 여기서 희랍 사람인 소크라테스는 뭐라고 했는지 살펴볼까요. 그는 이 '원형적인 자아'를 '프시케(psyche)', 곧 영혼이라고 불렀죠. 이 프시케의 발견은 소크라테스와 플라톤이 이룬 가장 중요한 성취라고 후대 철학자들은 이야기합니다. 인도의 현자들이 말하는 아트만과는 달리 프시케는 몸으로부터 분리된 것이었죠. 프시케는 개인의 탄생 이전부터 존재하며, 죽음 이후에도 살아 있는 겁니다. 인간이 살아 있는 동안 인간 내부에 존재하는 프시케, 즉 영혼의 계발을 소크라테스는 인간의 가장 중요한 과제로 보았어요. 그야말로 영혼의 계발은 부의 축적이나 권력의 추구 같은 세속적인 성취보다 훨씬 더 중요한 것이었습니다.

소크라테스는 인간 내부에 있는 이 프시케를 끌어내기 위해 스스로 산파가 되었죠. 왜 소크라테스는 자신을 산파로 묘사했을까요? 여인의 몸속에 있는 아기가 태어나도록 도와주는 것이 산파의 역할인데, 그는 자신과 대화를 나누는 사람 내부에 존재하는 진리를 태어나도록 도와주었기 때문입니다. 소크라테스 하면 떠오르는 유명한 명제가 있죠.

"네 자신을 알라!"

무슨 뜻으로 이런 말을 했을까요? 이 명제는 소크라테스의 철학의 목적을 드러내는 것이기도 합니다. 사실 그의 철학의 목적은 우주에 관한 심오하고 난해한 이론을 펼치는 것이 아니었죠. 그의 철학은 구체적으로 사는 방법을 배우는 문제였습니다. 예컨대, 왜 세상에는 악이 그렇게 많은가? 소크라테스에 따르면, 세상에 악이 편만한 까닭은 사람들이 삶과 도덕에 관하여 적절한 생각을 못하기 때문이라고 합니다. 만일 사람들이 자신이 얼마나 무지한지 깨닫는다면, 다르게 행동하겠지요. 그러니까 소크라테스가 "네 자신을 알라"고 한 것은 네가 얼마나 무지한지를 깨달으라는 것이죠. 그러면 왜 소크라테스는 우리가 무지한 상태에서 벗어나야 한다고 하는 걸까요? 네, 저 뒷자리에 앉으신 분 손을 드셨는데, 말씀해보세요.

　　― 제 생각엔, 소크라테스가 무지를 깨달으라는 건 겸손해지라는 게 아닐까요?

　　네, 그렇게 볼 수도 있겠지요. 우리 스스로가 무지한 존재라는 자각에 이르면 거들먹거리지 않게 될 테니까요. 그러나 소크라테스의 가르침에는 그 이상의 무엇이 있지 않을까요. 카렌이 본문 속에서 하는 말을 들어보죠.

　　소크라테스에게 오는 사람들은 보통 자신이 무엇에 관해 이야기를 하는지 안다고 생각했지만, 소크라테스는 체계적인 방법으로 그들의 무지를 깨닫게 하여 내부에 있는 참된 앎, 늘 그곳에 있던 앎을 발견하게 했다. 마침내 그 빛을 보게 되면, 사람들은 잊고 있던 통찰을 기억하는 듯한 느낌이 들었다. 소크라테스는 이런 깨달음을 주는, 거의 신비 체험에 가까운 발견이 올바

9강 | 자비

233

른 행동에 영감을 줄 것이라고 믿었다.

저는 지금 읽은 문장에서 "참된 앎, 늘 그곳에 있던 앎"이라는 말이 특히 가슴에 와 닿네요. 요컨대 "참된 앎"은 이미 인간 내부에 존재하고 있다는 겁니다. 산파인 소크라테스는 그걸 꺼내도록 도와주는 거죠.

문득 조각가 미켈란젤로의 이야기가 생각나는데, 그가 젊었을 때 있었던 일이랍니다. 어느 날 이 가난한 조각가가 어떤 화방 앞을 지나고 있었어요. 마침 화방 앞에는 큰 돌 하나가 버려져 있었습니다. 미켈란젤로는 화방으로 들어가 주인에게 저 버려진 돌을 가져가도 되겠느냐고 물었죠. 주인이 의아해하는 표정으로 그 못생긴 돌을 가져가서 뭣하겠냐고 되물었어요. 미켈란젤로가 미소를 지으며 이렇게 대답했답니다.

"지금 제 귀에는 저 돌 속에 있는 천사의 외침이 들립니다. 자기를 돌 속에서 꺼내달라고 외치는!"

제 이야기가 곁길로 나갔다고 생각할 분들이 있는지 모르지만, 위대한 안목을 지닌 분들의 공통점은 이처럼 존재의 심층을 들여다보는 통찰에 있는 거 아닐까요?

축의 시대 현자들은 모두 그런 위대한 통찰의 힘으로 인간 내부에 있는 무한한 가능성을 본 겁니다. 《우파니샤드》 현자들의 '아트만', 붓다의 '불성', 소크라테스의 '참된 앎', 공자와 노자의 '도', 서로 표현은 다르지만 인간 속에 잠재된 보화를 꿰뚫어본 거죠. 축의 시

대의 전통을 이어받은 예수 역시 '하늘나라가 네 속에 있다'고 했고, 성 바울은 '하느님이 질그릇 같은 우리 속에 보화를 담아 주셨다'고 했지요.

그런데 축의 시대 현자들이 꿰뚫어본 인간 속에 깃든 이 보화는, 누구에게나 보이는 게 아니라 그것을 볼 수 있는 눈을 지닌 자들에게만 보인다는 겁니다. 육안으로 볼 수 있는 것만 존재한다고 생각하는 유물론자들에게는 이 보화가 보이지 않겠죠. 누구나 그 보화를 지니고 있지만, 자기 안에 있는 그 보화를 볼 수 있는 눈을 지닌 자는 많지 않습니다.

살아 있는 성인으로 칭송 받던 마더 테레사 수녀가 지상에 계실 때, 어떤 기자가 찾아와서 이런 질문을 던졌답니다.

"수녀님은 길가에 버려진 고아와 병자와 노인들을 데려다 보살피며 돕는 일을 하셨는데, 도대체 어떻게 그런 힘든 일을 평생 동안 하실 수 있었습니까?"

기자의 질문을 받은 마더 테레사 수녀가 빙그레 웃으며 이렇게 대답했다지요.

"제 눈에는 그들이 모두 그리스도로 보이기 때문입니다."

놀랍지 않습니까? 어떻게 길가에 버려진 세상의 천덕꾸러기들을 '그리스도'로 볼 수 있었을까요? 테레사 수녀가 말한 '그리스도'가 뭡니까. '하느님'이라는 거거든요. 테레사 수녀는 천둥벌거숭이들의 겉모습을 본 게 아니라 그 존재의 심층에 깃든 '신성'을 본 겁니다. 굶주리고 병들고 늙은 인간의 육신은 결코 사랑스럽지 않습니다.

그러나 테레사 수녀는 그 육신만 본 게 아니라 그 안에 깃든 신성을 본 겁니다. 정말 위대한 안목을 가진 거죠. 저는 테레사 수녀의 이야기를 떠올릴 때마다 정말 테레사 수녀는 안복(眼福)을 지닌 분이구나, 탄성을 지르게 되죠.

오늘날 우리가 축의 시대정신에 주목해야 할 까닭은 바로 이런 점에 있습니다. 축의 시대의 선각자들에게는 무엇을 믿느냐가 아니라 어떻게 행동하느냐가 중요했죠. 그들은 무슨 교리나 형이상학에는 전혀 관심이 없었습니다. 이를테면 신이 존재하는가 존재하지 않는가 하는 논쟁 같은 것에는 철저히 무관심했습니다. 그들은 종교 교리나 형이상학의 논리 같은 것을 따라 살았던 것이 아니라 그들 존재 내부의 명령을 따라 움직였죠. 그 명령은 무엇이었을까요?

축의 시대의 인물로 볼 수 있는 이스라엘의 한 예언자를 예로 들어보죠. 기원전 7세기에 활동했던 인물로 호세아가 있습니다. 이때만 해도 이스라엘 종교의 중심은 신에게 동물을 잡아 바치는 희생제의였습니다. 그러나 호세아는 이런 종교적 관행을 기계적으로 따르지 않았어요. 그는 당시 사람들에게 자기가 신봉하는 신 야훼의 입을 빌려 이렇게 선언합니다.

내가 바라는 것은 제물이 아니라 사랑이다.

이런 선언에 담긴 의미는 뭘까요? 올바른 윤리적 행동이 없으면 동물을 죽여 바치는 희생제의는 아무런 가치가 없다는 것이죠.

진실이 자취를 감추고 폭력이 그칠 새 없는 당시의 시대정황에서 호세아는 종교의식인 희생제의보다 '공감과 자비의 영성'이 필요하다고 본 겁니다. 낡은 방식의 종교의식으로는 폭력의 주된 원인인 '자기중심주의'를 없앨 수 없음을 깨달았기 때문입니다. 결국 축의 시대 현자들은 종교 교리나 희생제의 같은 의식을 버리는 대신 그 영적 핵심을 제시했는데, 카렌은 그것을 한 마디로 '황금률'이라 말하죠. 기독교인이 아니더라도 황금률이라는 말은 들어보셨을 겁니다. 황금률이 뭐죠?

─"네가 하고 싶지 않은 일을 남에게 하지 말라!"는 것 아닙니까?

그렇습니다. 그 문장은 공자의 말이고, 예수는 그것을 표현만 달리하여 이렇게 말하죠. "남에게 대접을 받고자 하는 대로 먼저 남을 대접하라." 참으로 흥미로운 건 축의 시대 현자들이 서로 모여 의논을 한 것도 아닌데, 모두가 황금률을 얘기했고, 일관되게 황금률로 돌아갔다는 것입니다. 《우파니샤드》의 현자들, 중국의 공자와 노자, 이스라엘의 예언자들, 소크라테스 등이 표현은 다르지만 모두 공통적으로 황금률을 얘기하고 있습니다.

카렌은 이런 점에 착안하여, 나중에 《자비를 말하다》란 책을 썼습니다. 읽어 오신 분들은 아시겠지만, 카렌은 역시 종교학자답게 세계의 중요한 종교들을 모두 아우르면서 우리 시대에 자비가 필요한 까닭을 설득력 있게 이야기하고 있습니다.

제가 이따금 대학에 강연을 가면 꼭 하는 이야기인데, 저는 왜 대학 커리큘럼에 '자비' 같은 과목을 개설하는 대학이 없는지 의아하다고 말하곤 합니다. 미움과 증오와 폭력으로 가득한 세상에서 인류가 살아남기 위해서는 이제 자비가 선택이 아니라 필수과목이 되어야 한다는 게 제 생각이거든요. 이 자리에도 학부모들이 많이 계신 것 같은데, 요즘 젊은 학부모들은 아이들에게 영어나 중국어를 어려서부터 가르치기에 혈안이 되어 있는 것 같더군요. 저는 생각이 달라요. 우리가 몸담아 살아가는 좁아진 지구촌, 폭력으로 해가 뜨고 폭력으로 해가 지잖아요. 이런 지구촌에서 우리 아이들이 살아남기 위해서는 영어 가르치고 태권도 가르쳐서 되는 게 아닌 거거든요. 오늘날 신자유주의 체제하에서 무한 경쟁이 멀리 유배를 보낸 자비를 다시 찾아와야 해요.

하지만 과연 유배된 자비를 되찾아올 수 있을까, 회의하는 부정적인 시선들도 많은 것이 우리 현실입니다. 그러나 카렌은 절망하지 않고 교육과 훈련을 통해 자비를 회복할 수 있다고 생각하는 것 같아요. 본래 이 책의 원제는 《자비로운 삶에 이르는 열두 단계》지요. 그러니까 우리가 이 열두 단계를 깨어서, 천천히 서두르지 않고 훈련하면, 자비를 실천하는 존재가 될 수 있다는 겁니다.

너 자신을 열고 아래로 흘러라!

교육(education)이란 단어의 어원을 아시나요? 라틴어로 'educere'인데,

'밖으로 이끌다'는 의미를 갖고 있지요. '밖으로 이끌다'라는 교육의 어원을 가슴에 새겨두면 좋을 것 같네요. 무슨 말인가 하면, 교육이란 아이의 '안'에 존재하고 있는 걸 밖으로 이끌어내는 겁니다. '안'에 없는 걸 어떻게 바깥으로 끌어낼 수 있겠습니까. 축의 시대 현자들이 강조하는 게 바로 이거 아닙니까. 사람을 사람 되게 하는 것이 이미 다 '안'에 있다는 거죠. 물론 가능성으로! 아트만이나 불성, 참된 앎, 이런 것들이 사람 내부에 가능성으로 존재하고 있다는 겁니다! 그러니 교사나 부모의 역할은 뭡니까? 이미 학생 속에 가능성으로 존재하는 그걸 밖으로 끌어내는 거죠.

아이들이 교육과 훈련을 통해 이전보다 성숙해졌다고 했을 때, 그건 아이들 존재 내부의 가능성이 발현된 겁니다. 제 말이 아직도 이해가 되지 않으시면 사과를 예로 들어볼까요? 콩알만 하던 사과가 야구공만 한 사과가 되는 건, 그 사과 안의 가능성이 꽃을 피운 거라는 겁니다. 카렌은 이런 확신을 가지고 자기가 구성한 열두 단계의 프로그램에 대해 이렇게 설명합니다.

이 프로그램은 모든 인간의 내면에 잠재되어 있는 자비심을 '밖으로 이끌어내' 우리의 삶과 세계를 치유하는 원동력이 될 수 있도록 구성되어 있다.

우리 자신의 삶과 세계를 치유하는 힘을 얻게 되는 자비심, 그것은 부단한 훈련이 필요하다는 겁니다. 종교인들이 많이 사용하는 언어인 '수도', '수행' 같은 말이 있는 건 바로 그 때문이죠. 하다못해 우리가 운전을 배우려고 할 때도 자동차 설명서만 읽는다고 운전을 배울 수는 없습니다. 직접 핸들을 잡고 운전하며 그것이 제2의 천성이 될 때까지 자동차 조작법을 연습해야죠. 수영을 배우는 것도 마찬가지입니다. 남들이 물속에서 신나게 헤엄치며 노는 광경을 본다고 해서 수영을 배울 수는 없고, 스스로 과감히 물속에 뛰어들어 수영하는 법을 익혀야지요. 그렇게 꾸준히 익히다 보면 아무리 운동신경이 무딘 사람이라도 돌고래처럼 물에 떠서 물놀이를 즐길 수 있습니다.

'공감과 자비'를 향한 자연스런 욕구가 몸에 배게 하려면 이런 지속적인 수행이 필요합니다. 싯다르타가 하루아침에 갑자기 깨달음을 얻어 붓다가 된 게 아니지요. 카렌에 의하면 그는 당대 최고의 스승들을 모시고 요가와 명상 공부를 했고, 강도 높은 수행을 통해 비로소 공감과 자비의 사람이 될 수 있었던 겁니다.

어느 날 한 힌두교 사제가 나무 밑에 앉아 명상 중인 붓다를 발견하고, 그에게서 느껴지는 힘과 고요함 그리고 평온에 놀랐답니다. 그래서 사제가 붓다에게 절을 하고 나서 물었지요.

"선생님은 신이십니까? 아니면, 천사이십니까?"

붓다는 사제의 질문에 둘 다 아니라고 대답했어요. 그러니까 붓다는 부단한 자비의 수련을 통해 자신을 속박하던 자기중심주의를 소멸시켰고, 평소에는 잠들어 있던 자기 존재의 일부분을 활동시켜 인간 본성의 새로운 잠재력을 그렇게 드러낼 수 있었던 것을 스스로 알고 있었기 때문입니다. 하지만 이런 점을 간파하지 못한 사제는 붓다의 대답에 어리둥절해 했습니다. 그러자 붓다는 사제에게 이렇게 말해주었다고 합니다.

"나를 깨어 있는 사람으로 기억해주시오."

공자 역시 '공감과 자비'의 영성을 역설했는데, 그것은 그가 살던 시대가 자기 파괴에 몰두해 있는 난세(亂世)였기 때문이지요. 어느 날 그를 따르는 제자들이 '종일 그리고 매일' 실천해야 할 가르침에 대해 묻자, 공자는 이렇게 대답했다고 합니다.

"그것은 필시 '서(恕, 배려)'에 대한 가르침일 것이오. '서'는 남들이 그대들에게 하지 말았으면 하는 일을 그대들 역시 하지 않는 것이라오."

공자는 이 '서'가 도(道)라는 사상 체계를 관통하여 모든 가르침을 하나로 엮어주는 실이라고 생각했다고 합니다. 이 '서'라는 걸 간단히 해석하면, 다른 사람을 나 자신처럼 여기는 것입니다. 앞서 황금률에 대해 말씀드렸는데, 어쩌면 자본주의의 맹독에 물들어 자기 이익을 추구하기만 혈안이 된 이들은 공자가 말하는 황금률을 '똥'이라 여길지도 모릅니다. 황금과 똥의 빛깔이 비슷하잖아요!

공자를 비롯한 중국의 현자들이 배려, 공감, 자비를 말한 것은 정신적인 가르침을 주기 위해서만이 아니라 사회, 정치적 영역에 대한 관심 때문으로 보입니다. 특히 당대의 정치에 미친 현자들의 영향력은 매우 컸죠. 공자가 당시의 정치에 대해 한 말을 들어볼까요.

"타인에게 손해를 끼치며 무자비하게 사리사욕을 추구하는 대신, 통치자가 단 하루만이라도 자아를 억제하며 예에 복종할 수 있다면, 하늘 아래 있는 모든 사람이 그의 선함을 칭송할 것이다."

통렬하죠? 공자의 이런 일갈은 오늘 우리가 사는 세상의 정치가들에게도 해당되겠죠! 2014년 여름 프란체스코 교황이 우리나라를 다녀갔지요. 솔직히 말하면 저는 교황에게 별 기대를 하지 않고 있었는데, 그가 머무는 동안의 언행을 보며 아, 이분은 프란체스코라는 자기 이름값을 하고 사는구나 하는 생각이 들었죠. 교황이 다녀간 뒤 서울대학교의 조국 교수는 어느 신문 칼럼에서 그를 저파(低派)라 명명했더군요. 우파도 좌파도 아니고 '저파'란 표현이 참 재미있었어요. 사회 밑바닥에 사는 이들을 편드는 그를 두고 '저파'라 한 거죠. 교황은 "막대한 부 곁에서 매우 비참한 가난이 소리 없이 자라나고 가난한 사람들의 울부짖음이 좀처럼 주목받지 못하는 사회"를 경고했습니다. 그리고 '저파'다운 낮은 자세로 사회·경제적 약자의 말에 귀를 기울이고 그들을 찾아가 껴안았죠.

무위당 장일순 선생도 살아계실 때 '개문유하(開門流下)'라는 말씀을 자주 하셨어요. 풀어보자면, '너 자신을 열고 아래로 흐르라!'는 말씀이었죠. 조국 교수의 표현을 빌면 '저파'가 되라는 것이고, 밑바닥 민중의 삶 속으로 들어가라는 거죠. 가톨릭 교인이셨던 선생다운 말씀이신데, 사실 그건 곧 축의 시대 현자들의 가르침이기도 하죠. 이런 얘기를 하면, 부자와 기득권자들의 편에 선 정치가들은 종교가 왜 중립을 안 지키고 정치에 간섭하느냐고 그럽니다. 프란체스코 교황은 이 문제에 대해 아주 멋진 답변을 하고 가셨어요. 기억이 어렴풋하기는 하지만, 교황이 돌아가는 비행기 안에서 기자들이 이렇게 물었던 것 같아요.

"교황께서는 중립을 지켜야 하니, 세월호 리본을 떼시는 게 좋지 않겠습니까?"

교황이 이렇게 답변하셨죠.

"나는 인간의 고통 앞에서 중립을 지킬 수는 없소."

교황은 왜 중립을 지킬 수 없다고 했을까요. 중립을 지킨다는 건 곧 인간의 고통을 외면하는 것이 되니까요. 국빈으로 온 교황으로서 자기 체면을 더 중요하게 생각했다면 그런 말을 할 수 없었을 겁니다. 하지만 그는 겉치레 체면보다 자기 안에 살아 있는 생명의 법인 '자비심'을 따르는 것을 더 중요하게 여겼던 게 아닌가 싶습니다.

자, 오늘 이야기를 마무리할 시간이 되어가는군요. 여러 시간에 걸쳐 읽어야 할 책을 짧은 시간에 얘기하다보니 아쉬움이 많지만, 저는 오늘 강의를 이슬람 수피인 하즈라트 이나야트 칸의 말로 정리할까 합니다. 왜냐하면 이 수피는 축의 시대정신을 아주 간단한 경구로 잘 요약하고 있기 때문입니다.

> 모든 사물과 존재들이 겉에서 보면 동떨어진 것처럼 보이지만, 표면 안으로 들어가면 서로 가까워지다가 가장 깊은 중심에서는 모두 하나로 되지요.
>
> — 피르 빌라야트 이나야트, 《숨겨진 보물을 찾아서》중에서

책은 돛

이 말이 이해가 되십니까? 인도의 콜카타에 가면 세계에서 가장 큰 나무가 있습니다. 몇 년 전 인도를 여행하는 중에 그 거대한 나무를 보는 행운을 누렸죠. 반얀나무라 불리는 그 나무는 그 나뭇가지들을 펼친 둘레가 거의 500미터에 이릅니다. 한 그루의 나무가 숲을 이룬 것이지요. 그 나무의 가지들과 잎들은 헤아릴 수 없이 많지만, 그 뿌리는 하나입니다.

소위 영안(靈眼)이 열린 사람은 육안으로는 볼 수 없는 뿌리까지 봅니다. 수십 억 인간의 얼굴이 다 다르지만, 영안이 열린 사람은 인간의 뿌리가 하나라는 것을 알죠. 피부색, 언어, 종교, 계급, 사회적 지위 등이 다른 숱한 인간들이 지구별에 살지만, 그 뿌리는 하나라는 것. 숱한 차이에도 불구하고 그 뿌리가 하나임을 아는 사람은 자기와 차이가 난다고 남을 차별하지 않습니다. 자기와 다르다고 남을 차별하는 것은 거죽의 차이만 알았지 뿌리가 하나라는 것을 보지 못하기 때문입니다. 영의 눈이 열려 사람의 겉과 속을 다 보는 사람에게는 따로 '남'이라 부를 만한 사람이 없죠. 눈은 뜨고 있으나 그 하나임을 알지 못하는 사람은 맹인이나 다름없습니다.

그처럼 눈먼 사람은 태양이 숱한 사람의 눈동자에 비취니 태양이 숱하게 많다고 할 것입니다. 그러나 숱한 사람의 눈동자에 태양이 떠오른다고 태양이 수십 억 개이겠습니까. 달이 숱한 강물과 호수 위에 떠오른다고 달이 수만 개이겠습니까. 믿음을 가진 숱한 사람이 신을 그 가슴에 모시지만 신이 사람 수만큼 많겠습니까.

그러므로 우리에게 무엇보다 중요한 것은 '눈을 뜨는 일'입니다.

눈에 보이는 나무의 거죽만 보던 존재가 눈에 보이지 않는 그 뿌리까지 보게되는 눈 말입니다. '나'와 '너'의 차이를 보던 존재가 '나'와 '너'를 궁극적 근원에서 하나로 보게되는 눈 말입니다.

나의 얼굴과 너의 얼굴이 달라도 하나임을 아는 사람, 그는 신의 마음을 가진 사람이죠. 나의 빛깔과 너의 빛깔이 달라도 한 뿌리에 속한 것을 아는 사람, 그의 눈엔 신의 자비가 출렁일 겁니다. 축의 시대정신인 공감과 자비심, 그건 곧 가장 깊은 중심에서는 모두가 하나라는 것을 자각하고 사는 것이 아닐까요?

10강

—

느
림

느림은 무엇보다 사랑과 잘 맞는다.
전쟁에서 가장 중요한 덕목은 빠름이지만
사랑에서 혹은 평화에서 가장 중요한 것은 느림이다.
사랑은 느림에 의지한다.

■ 10강에서 함께 읽을 책

《걷기 예찬》다비드 르 브르통 지음, 김화영 옮김, 현대문학, 2002.
《시간》칼 하인츠 A. 가이슬러 지음, 박계수 옮김, 석필, 2002.

걷는 즐거움으로의
초대

요즘 정말 가을볕이 좋지요? 아무 대꾸가 없는 걸 보니, 오늘 도서관으로 나오실 때 걸어서 온 분이 없는 모양이군요. 저는 도서관으로 오는 은행나무 가로수 길이 좋아 버스에서 내려 일부러 천천히 걸어왔지요. 서정주의 시구처럼 "눈이 부시게 푸르른" 가을날은 금싸라기 같은 볕을 머리에 이고 걷기만 해도 기분이 좋아지고 건강에도 좋을 텐데, 너나없이 걷기를 싫어하지요. 그러면서도 건강을 챙긴다고 헬스장 같은 데를 찾아가 돈을 지불하고 러닝머신 위에서 뛰며 구슬땀을 쏟아내곤 하지요.

오늘 도서관으로 걸어오면서 보니, 며칠 후에 시에서 개최하는 '세계걷기대회'가 있을 거라는 포스터가 거리 여기저기에 걸렸더군요. 얼마나 사람들이 걷는 걸 기피했으면 그런 대회를 열어 걷기를 장려할까 하는 생각이 들었지요. 어떤 이는 세상이 참 좋아졌다고 말할지도 모르겠군요. 어린 시절 저는 시골에 살면서 학교까지 오리쯤 되는 길을 검은 고무신을 신고 걸어서 다녔습니다. 그때를 생각하면, 걷기대회라, 과연 세상이 전보다 더 나아진 겁니까? 그렇게 걷기가 자연스런 삶의 일상이었던 학창 시절을 보낸 저 같은 사람에게는, 학교에서의 배움보다 그렇게 걸으면서 겪었던 일들이 더 큰 공부가 되었다는 생각이 들곤 하지요.

걷는다는 것은 세계의 알몸과 만나는 일

오늘 여러분이 읽고 온 다비드 르 브르통의 《걷기예찬》에도 나옵니다만, 걷는다는 것은 '세계의 알몸'과 만나는 일이지요. '걷기가 세계의 알몸과 만나는 일이다!' 이 말이 이해가 되십니까? 이해가 안 된다고요? 쉽게 말하자면, 자동차를 타지 않고 천천히 걸음으로써 세계를 깊이 들여다보게 된다는 겁니다.

어떻습니까? 오늘 여러분이 도서관으로 차를 타고 이동하는 동안 뭘 제대로 보신 게 있나요? 뭘 보았는지 아무 생각도 나지 않는다고요? 그럴 겁니다. 자동차를 타고 뭘 보셨다면, 깜빡거리는 신호등, 앞에 달리는 차량들, 차가 멈추었을 때 길을 건너는 보행자들 정도겠지요. 머리 위에 빛나는 쨍쨍한 가을볕, 조금씩 울긋불긋 나뭇잎들이 물들기 시작하는 가로수들, 보도에 떨어진 아름답게 물든 낙엽들은 보지 못했을 겁니다. 그렇습니다. 우리가 차를 타고 어딘가로

이동하면서 세계의 알몸을 깊이 들여다본다는 건 사실상 불가능합니다.

저는 지난 주말에 가깝게 지내는 시인 몇 분과 멀지 않은 곳으로 산행을 다녀왔지요. 충주 쪽의 그리 높지 않은 산이었어요. 산은 가을 산다운 풍광을 보여주었지요. 저는 가을빛이 짙게 물드는 산을 오르내리며 상실과 퇴락을 느끼기보다는 성숙의 깊이를 맛보았지요. 열정의 여운이 불그죽죽 물드는 산 빛에서는 하강의 기운이 역력했지만, 그 하강의 빛깔은 여느 때와 달리 성숙의 징표로 읽혔습니다. 아마도 생의 가을에 접어든 제 나이 탓일지도 모릅니다. 산행의 시간은 그리 길지 않았습니다. 세 시간 남짓 걸었을까요. 우리는 산길을 내려오다가 산자락 끝에 걸려 있는 사과밭을 만났습니다. 잎사귀는 다 떨어지고 사과만 주렁주렁 매달려 있었지요. 얼마나 빨갛게 잘 익었는지 사과는 저마다 불타는 작은 태양처럼 보였습니다. 나무마다 수백 개의 불타는 태양들을 매달고 있는 듯한 사과나무 가지들은 그 무거움을 견디지 못해 아예 땅에 주저앉아 있기도 했습니다. 시인인 선배와 저는 주렁주렁 불타는 태양들을 매달고 있는 사과밭을 바라보며 한참동안 딱 벌어진 입을 다물지 못했지요. 그야말로 '풍요 그 자체'였어요.

사과밭 가에 퍼질러 앉은 우리는 잠시 넋을 잃었습니다. 따먹지 않아도 배부른 부요, 그 부요를 온몸으로 느꼈거든요. 우리가 꿈꾸는 낙원이 결핍이 들어설 곳이 없는 곳이라면, 사과밭에서 그런 낙원을 보았기 때문이었지요. 우리가 꿈꾸는 하늘나라가 위선이 들어설 곳이 없는 곳이라면, 알몸을 드러낸 사과밭에서 그런 감흥에 젖어들었기 때문이었어요.

우리가 그런 감흥에 젖을 수 있었던 건 천천히, 아주 천천히 걸었기 때문입니다. 만일 우리가 차를 타고 사과밭 옆을 스쳤다면 그런 감흥에 젖어들 수는 없었을 겁니다. 그야말로 천천히 걷고 또 걸었기에 그런 발견의 기쁨, 환희를 맛볼 수 있었던 것이죠.

저는 거침없이 자기의 속살을 열어 보여준 산, 그리고 그 산자락 끝에서 본 사과밭, 그 황홀한 빛 속을 걸으며 저의 내면을 깊이 들여다볼 수 있었습니다. 저의 키 높이와 발걸음으로, 있는 모습 그대로의 세계를 바라보면서 타성에 젖어 살아온 저 자신의 모습을 돌아보며 구태의연하게 살아온 삶도 반성할 수 있었습니다. 다비드 르 브르통이 한 말이 생생한 실감으로 가슴에 와 닿더군요.

걷는 것은 자신을 세계로 열어놓는 것이다. 발로, 다리로, 몸으로 걸으면서 인간은 자신의 실존에 대한 행복한 감정을 되찾는다. 발로 걸어가는 인간은 모든 감각기관의 모공을 활짝 열어주는 능동적 형식의 명상에 빠져든다. 그 명상에서 돌아올 때면 가끔 사람이 달라져서 당장의 삶을 지배하는 다급한 일에 매달리기보다는 시간을 그윽하게 즐기는 경향을 보인다. 걷는다는 것은 잠시 동안 혹은 오랫동안 자신의 몸으로 사는 것이다.

저자는 여기서 길 위로 걷는 것을 "능동적 형식의 명상"이라고 말합니다. 그렇다면 반대로 수동적 형식의 명상도 있겠지요? 그렇습니다. 우리가 사원이나 암자 같은 장소에서 조용히 눈 감고 가부좌 틀고 앉아서 하는 명상을 그렇게 부를 수 있겠지요. 하여간 저는 능동적 형식의 명상이란 표현이 무척 맘에 듭니다.

인도의 어떤 수행자는 명상(contemptation)이란 단어를 어원적으로 설명하면서 '사원(temple)'에서 신과 '함께(com=together)' 머무는 거라고 하더군요. 사원은 신이 계신 곳이죠. 그렇다면 신이 계시지 않는 곳이 없으니까 우리가 걷는 장소가 집 주변의 한적한 길이든 혹은 숲길이든, 모두 사원이 될 수 있겠지요. 저자는 걷기를 능동적 형식의 명상이라고 명명함으로써 명상을 어떤 장소에 가두지 않았고, 덕분에 우리는 명상의 범위를 훨씬 더 넓혀서 생각할 수 있게 되었습니다.

그것이 어떤 형식의 명상이든, 중요한 것은, 저자가 말하는 것처럼 명상을 하고 난 뒤 '사람이 달라지게 된다'는 겁니다. 그러니까 명상 이전의 사람과 명상 이후의 사람은 다릅니다. 어떻게 다르냐? 우리가 자동차 같은 문명의 이기에 의존하여 분주하게 살다 보면, 우리에게 주어진 시간을 즐기지 못하는데, 천천히 걷기 같은 명상을 하면서 살아가면, "시간을 그윽하게 즐길" 수 있죠. 그런 즐김을 저자는 "자신의 실존에 대한 행복한 감정을 되찾는다"고 표현합니다. 그리고 그런 삶을 직접 "자신의 몸으로 사는 것"이라고 갈파합니다.

저는 브르통의 이런 말을 제 몸으로 직접 실감하며 삽니다. 저는 글쟁이라 사실 책상 앞에 앉아 있는 시간이 많습니다. 지금보다

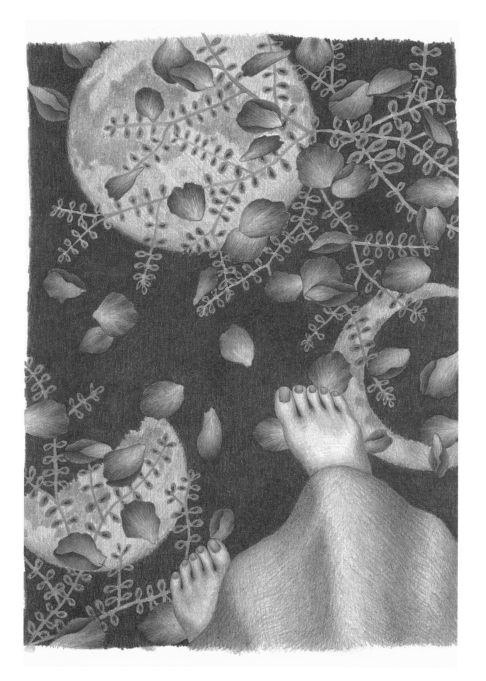

팽팽하게 젊었을 때는 움직이는 것을 아주 싫어했죠. 하릴없이 어디를 걷는다든지 등산을 한다든지 하는 것은 시간 낭비라고 생각했거든요. 그렇게 십 몇 년을 지내다 보니, 제 몸 여기저기가 고장 나서 삐걱거리기 시작하더군요. 몸에 좋다는 약을 구해 먹어도 몸의 삐걱거림은 쉽사리 멎지 않았어요. 그래서 어느 날부터 고장 난 몸의 소리에 귀를 기울였습니다. 몸이 제게 이렇게 속삭여주더군요.

'걸어, 걸으라고! 몸은 걷는 걸 좋아하거든!'

저는 제 몸의 소리에 순종했습니다. 그 후로 저는 매일같이 한두 시간씩 걷습니다. 그렇게 걷고 돌아오면 글을 쓸 아이디어도 신기하게 잘 떠오르고, 글도 잘 써졌습니다. 니체도 어느 책에선가 "가능한 한 앉아 있지 마라. 야외에서나 자유로운 움직임에서 나온 생각이 아니면 믿지 말라"고 했는데, 저는 그가 한 말을 비로소 납득할 수 있었습니다.

걸을 때 저는 주로 혼자 걷습니다. 집 주변의 농로든 가까운 산길이든 혼자서 걸으면 보폭도 내 마음대로 조절할 수 있고, 보행 중에 떠오르는 사색도 방해받지 않기 때문입니다. 누군가와 함께 걸으면 혼자만의 고독 속에 피어나는 지혜의 보석을 간수하기 어렵거든요. 《월든》을 쓴 헨리 데이비드 소로우도 산책을 즐겼는데, 걷기에 대한 자신의 생각을 이렇게 피력합니다.

내가 만약 산책의 동반자를 찾는다면 나는 자연과 하나가 되어 교감하는 어떤 내밀함을 포기하는 것이 된다. 그 결과 나의 산

책은 분명 더 진부한 것이 되고 말 것이다. 사람들과 어울리고자 하는 취미는 자연을 멀리함을 뜻한다. 그렇게 되면 산책을 함으로써 얻게 되는 저 심오하고 신비한 그 무엇과는 작별인 것이다.

걷는 동안 말동무 없이 보내는 침묵의 시간이 저는 참 좋습니다. 그렇게 입을 닫는 대신 귀를 열어 대자연의 소리를 경청하는 순간들을 사랑하기 때문이죠. 사실 우리는 문명의 혜택을 누리면서 잃어버린 것이 많잖아요? 셸 실버스타인의 시 〈사라져버린 언어〉에서처럼 오늘날 우리는 "꽃의 언어"를 잃어버리고, "찌르레기의 중얼거림", "떨어지는 눈송이의 소리"도 잘 알아채지 못하는 감각의 불구자가 되어버렸죠. 저는 들이나 산으로 산책을 나가면, 높은 나뭇가지에 앉아 지저귀는 새가 되고 싶고, 아무도 보아주지 않지만 저 혼자 숲 속에 피어나 활짝 웃는 꽃이 되고 싶습니다. 그렇게 걷다가 만난 새나 나비, 나무와 풀꽃, 하늘에 떠 흘러가는 구름과 바람과 어울리다 보면, 제 안에는 고요와 평화가 깃들고, 몸의 모든 감각이 생생히 깨어나는 느낌을 만끽하게 됩니다. 인간 세상 속에서는 이처럼 느낌표를 찍는 순간을 맛보는 것이 쉽지 않습니다.

보행은 가없이 넓은 도서관이다. 매번 길 위에 놓인 평범한 사물들의 이야기를 들려주는 도서관, 우리가 스쳐 지나가는 장소들의 기억을 매개하는 도서관인 동시에 표지판, 폐허, 기념물 등이 베풀어주는 집단적 기억을 간직하는 도서관이다.

"보행은 가없이 넓은 도서관이다." 저는 이 말이 너무 좋아 무릎을 쳤죠. 그런데 보행은 도서관일 뿐만 아니라 걷는 이에게 배움을 선사하는 학습장이기도 합니다. 지난해 어느 여름날, 집 주변의 농로를 걷는데, 산의 그늘 때문에 늘 젖어 있는 길가에 우슬초가 무리지어 피어 있었죠. 소의 무릎을 닮아 '쇠무릎'이라고도 부르는 우슬초. 관절염이나 요통에도 효능이 있는 것으로 알려진 풀인데, 평소 무릎이 썩 좋지 않아 우슬초를 뜯어 닭뼈를 넣어 고아먹은 적이 있었죠. 우슬초 군락에 한참 동안 앉아 들여다보고 있자니, 문득 우슬초에 대해 갖고 있던 의문 하나가 풀렸습니다. 대개 관절염이나 요통 환자들에게는 습한 곳에 살지 말라고 하지요. 그런데 습한 곳에서 병을 얻은 환자들을 치료할 약이 바로 습한 곳에 있다는 것이었습니다. 어떻습니까, 조물주가 하시는 일이 참 오묘하고 놀랍잖아요?

만일 제가 걷지 않고 자동차를 타고 갔다면 이런 자연의 이치를 깨닫지 못했을 겁니다. 천천히 걷다가 쪼그리고 앉아 깊이 관찰한 덕분에 그걸 알 수 있게 되었던 거죠. 또 언젠가 집에서 멀지 않은 자연휴양림으로 놀러갔다가 자벌레를 보았습니다. 산 중턱에 보행자를 위한 쉼터가 있었는데, 쉼터에 놓아둔 긴 의자에 자벌레 한 마리가 붙어 의자의 길이를 재기라도 하려는 듯 온몸을 구부렸다 폈다 구부렸다 펴기를 반복하며 움직였죠. 그 움직이는 모습을 관찰하며 문득 정현종의 시 한 수가 떠올랐습니다.

세상 만물 중에 실로

자 아닌 게 어디 있으랴

벌레는 기어다니는 자요

짐승들은 털난 자이며

물은 흐르는 자이다

스스로 자인 줄 모르니

참 좋은 자요

스스론 잴 줄 모르니

더없는 자이다

— 정현종, 〈자〔尺〕〉 부분

그날 저는 자벌레를 보며 정현종의 시가 아주 분명하게 이해되었습니다. "스스로 자인 줄 모르니 / 참 좋은 자요 / 스스론 잴 줄 모르니 / 더없는 자이다." 저는 특히 이 구절이 마음에 와 닿더군요. 하여간 시인은 '인공(人工)'을 자로 쓰는 인간에게 '자연만'이 진정한 자일 수 있다고 노래합니다. 자연을 마구잡이로 파괴하면서 인공 낙원을 꿈꾸는 어리석은 인간에 대한 경고가 담긴 노래라고나 할까요.

앞서 브르통이 보행을 '도서관'으로 멋지게 비유했는데, 우리가 보행 중에 만나는 도서관에서는 우주만물이 바로 책인 셈입니다. 읽을 눈만 뜬다면 우주만물이라는 책은 우리 삶을 비추는 거울이요, 우리 삶을 바른 길로 안내하는 스승이죠. 무릇 걸으면서 이런 체험을 한 사람에게는 걷는 것이 시간 낭비도 아니고 시간 죽이기도 아닙니다. 걷는 것은 몸을 살리는 일이며 우리의 의식 활동을 활기차

게 합니다. 문명의 편리와 속도와 효율에 붙잡혀 걷기를 기피하는 것은 우리의 중독된 의식이지 우리의 몸이 아닙니다. 다시 말하면 편리와 속도, 효율이라는 현대성의 마술에 중독되어 우리의 의식이 헤어 나오지 못하면, 우리를 낳은 어머니 대지로부터 멀어지고, 그 어머니의 자식인 우리의 몸으로부터도 멀어집니다.

몸으로부터 멀어진다는 것은 자기 존재 기반의 상실을 의미합니다. 현대성의 한 상징인 자동차를 이용하면서 인간은 자신의 몸을 소외시키고, 자신의 몸을 '몸의 주인'으로부터도 소외시켰습니다.

사랑은 느림에서 온다

여러분에게 미리 예고해드린 칼하인츠 A. 가이슬러의 《시간》이라는 책, 다들 읽고 오셨겠죠? 고개를 끄떡이지 않고 웃는 분들이 있는 걸 보니, 못 읽어온 분들도 있는 것 같군요. 제가 여러분에게 이 책을 《걷기 예찬》과 짝을 맞춰 읽자고 한 것은 걷기에 대한 사색은 곧 시간에 대한 사색이기도 하기 때문입니다. 가이슬러의 이 멋진 책은 '시간을 바라보는 스무 가지 색다른 관점'을 흥미진진하게 보여주고 있지요. 아직 읽지 못하신 분은 꼭 읽어보시기 바랍니다. 서문에서 저자도 말하고 있지만, 오늘날 '느림'은 인문학의 중요한 화두가 되어 있는데, 가이슬러는 이 느림의 화두를 여러 각도에서 깊이 성찰하게 만들어줍니다.

걷기 명상과 관련해서는 마지막 장 〈걷는 시간〉에서 흥미롭게 다루고 있지요. 걷기에 관한 가이슬러의 관점 역시 브르통의 관점과 매우 유사합니다.

"걸어라! 그래야만 사람은 스스로 그 자신의 주인이 된다!"(…) 걸으면서, 그리고 걷는 것을 통해서 우리의 세계는 내부와 외부로 확장된다. 걷는 사람은 자유롭다. 걸으면서 동시에 자기 자신을 들여다 볼 수 있으며 자기 자신으로부터 나올 수 있기 때문이다. (…) 걷지 않으면 많은 것이 우리에게서 빠져나간다.

어때요? 브르통의 생각과 아주 흡사하지요? 가이슬러는 이 책을 쓰면서 세계 여러 나라의 귀중한 자료들을 소개합니다. 이를테면, 티베트어로 '인간'은 '걷는 사람' 혹은 '걸으면서 방랑하는 사람'을 뜻한답니다. 어떻습니까? 인간에 관해 이보다 멋진 정의를 들어본 적이 있습니까? 걷는 사람이라야 인간이다! 좀 심하게 말하면, 걷기를 잃어버린 많은 현대인들은 인간이기를 포기한 거란 말입니다.

티베트 얘기가 나왔으니 말이지만 시인이며 여행가인 이용한이 쓴 티베트 여행기 《하늘에서 가장 가까운 길 — 티베트, 차마고도를 따라가다》에는 이런 말이 있더군요.

시간은 말과 야크가 걷는 속도로 흘러간다.

그런데 만일 우리가 티베트 같은 곳에 가서 문명세계에서처럼 "말과 야크가 걷는 속도"가 답답하다고 자동차를 타고 붕붕 달린다면, 그곳의 시간과 공간을 온새미로 향유할 수 없을 겁니다.

　　저는 아직 티베트는 가볼 기회가 없었지만 인도 여행은 여러 차례 했지요. 인도를 다녀온 분들은 아시겠지만 인도는 정말 광활한 나라 아닙니까. 한번은 인도 대륙을 기차를 타고 횡단한 적이 있는데, 그렇게 가로지르는 빠른 여행을 하고 나니까 대륙을 가로지르는 동안 '내가 뭘 봤지?' 하는 생각이 들더라고요. 그 후로는 인도에 갈 기회가 있으면 한두 곳에 오래 머물며 천천히 걷는 도보 여행을 즐기는 편이지요. 자기 몸을 움직여 직접 겪어보는 게 중요하다는 말입니다. 온몸으로 겪어야 생각이 변하고 자기 삶이 새로워집니다.

　　여러분은 참 웃긴다고 생각할는지 모르지만, 사실 제가 인도로 여행을 갈 때 가장 보고 싶은 것은 오래된 사원, 왕궁 같은 유적이나 그곳에 사는 사람들이 아니고, 소나 말, 염소, 양 같은 동물들입니다. 역시 웃으시는군요! 인도에 가면 시골에서는 물론이고 도시에서도 자유롭게 어슬렁 어슬렁거리는 동물들을 많이 마주칠 수 있으니까요. 그런 동물들 속에 동화되어 걷다 보면, 문명 세계 속에서 쫓기며 살아가던 삶의 시간이 무장 무장 늘어나는 것 같은 여유로움을 느끼곤 하지요. 그리고 비로소 내가 사람으로서의 정체성을 회복하는 것 같아서, 이 가속(加速)의 문명에서는 맛보지 못하는 융융한 희열에 젖어들곤 하지요.

　　시간의 문제에 대해 해박한 가이슬러는 걷는 것을 인류 진화사적인 관점에서도 들려줍니다.

진화사가 우리에게 가르쳐준 바에 의하면 걷는 것, 그것도 똑바로 서서 걷는 것은 결정적으로 인간의 뇌가 커지는 것을 도와주었다고 한다. 우리는 이런 진보의 성과를(실제로 그럴까 하는 등의 모든 기본적인 회의에도 불구하고) 유지해야 하고 그것을 지켜야 한다.

인류의 "진보의 성과"가 일러주는 것은, 인간은 걸을 때 비로소 진화에 걸맞은 존재라는 말이 아니겠습니까. 앞서 티베트인들이 인간을 '걷는 사람'이라고 정의한다는 말씀을 드렸습니다만, 인간은 걸을 때 자기의 본래 모습을 간직할 수 있다는 생각이 들곤 합니다. 그러면 인간 본래의 모습은 어떤 모습일까요? 브르통은 말합니다.

걷기는 사람의 마음을 가난하고 단순하게 하고 불필요한 군더더기를 털어낸다.

이 말에 기대어 생각하면, 단순하고 꾸미지 않고 군더더기 없는 그런 삶이 인간 본래의 모습이겠지요. 사실 저는 아직 운전도 못하고 제 소유의 자동차도 가진 적이 없습니다. 그래서 여행을 떠날 때는 되도록 짐을 가볍게 하려고 노력하지요. 언젠가 후배의 자동차를 얻어 타고 여행을 한 적이 있는데, 후배 자동차 뒤의 열린 트렁크

책은 돛

를 들여다보고 몹시 놀랐습니다. 유심히 보니, 정말 불필요한 많은 짐을 싣고 다니더군요. 아기를 태우지도 않았는데 아기들의 놀이기구가 잔뜩 실려 있고, 겨울인데도 여름 야영 때나 쓸 수 있는 텐트와 낚시 도구가 그대로 실려 있었습니다. 만일 후배가 차를 타지 않고 걸어서 다닌다면 저렇게 불필요한 짐을 짊어지고 다닐까, 하는 생각이 들더라고요.

저는 인도를 자주 여행하면서 사원이나 성지를 순례하는 수행자들을 유심히 살피곤 했습니다. 그 수행자들 가운데 '산야신'이라 불리는 이들이 있습니다. 그들은 가족과 집과 재산 등 모든 세속의 연을 끊어내고 떠도는 이들이죠. 한 번은 갠지스 강가에 머물 때였는데, 한 산야신과 친해졌습니다. 낡은 황색 가사를 걸친 그는 인도인들이 가장 사랑하는 신인 크리슈나라는 이름을 사용하고 있었습니다. 신화 속 크리슈나 신은 꽃미남인데, 그 산야신은 미남도 아니고 행색이 거지꼴에 다름 아니었죠. 저는 크리슈나에게 당신의 바랑을 보여줄 수 있느냐고 물었습니다. 그는 빙그레 웃으며 자기가 메고 다니는 천으로 된 바랑을 열어 보여주었습니다. 놀랍게도 그의 바랑에 든 것은 산스크리트어로 된 너덜너덜한 낡은 경전과 수건 하나, 그리고 비닐봉지에 든 마른 견과류가 전부였습니다. 그걸 보고 제가 그에게 물었습니다.

"이게 당신의 전 재산이냐?"

그가 웃으며 대답했습니다.

"이것은 군더더기이고, 내가 가진 가장 소중한 재산은 람이다."

'람'는 인도식으로 '신'을 가리키는 호칭입니다. 저는 그가 하는 말을 듣고 정말 부끄러웠죠. 같은 여행자이면서도 저의 배낭 속에는 불필요한 군더더기가 그와 비교할 수 없을 만큼 많이 담겨 있었기 때문입니다.

저는 종교적인 수행을 소중히 여깁니다. 그래서 저는 브르통의 책 가운데 특히 '걷기의 정신성'을 다룬 장을 공들여 읽었습니다. 이 장에는 세계 여러 종교의 사례가 소개되어있고, 걷기를 수행의 중요한 방편으로 소개하고 있죠. 물론 책의 앞부분도 건성건성 읽은 건 아닙니다. 문장의 아름다움과 걷기에 관한 사색에 있어 브르통의 책만큼 깊이를 가진 책을 만난 적이 없기 때문입니다. 하여간 브르통은 걷는 것과 정신의 관계에 대해 이런 의미심장한 말을 들려줍니다.

> 걷는 사람은 개인적 영성의 순례자이며 그는 걷기를 통해서 경건함과 겸허함, 인내를 배운다. 길을 걷는 것은 장소의 정령에게, 자신의 주위에 펼쳐진 세계의 무한함에 바치는 끝없는 기도의 한 형식이다.

오늘날 걷기는 몸의 건강과 삶의 여유를 잃어버린 이들에게 하나의 스포츠나 여가활동처럼 되어버렸지만, 영적인 순례를 하던 이들에게 걷는 것은 신(神)과의 친교와 일치를 모색하는 소중한 방편이기도 하다는 겁니다.

그리스도교를 예를 들어 말하자면, 오늘날 그리스도인들이 읽는 〈시편〉은 다른《성경》들과 함께 책으로 묶여져 있지만, 본래는 신을 만나기 위해 성전을 향해 걸어가면서 부르던 노래였습니다. 그러니까 〈시편〉은 눈으로 읽는 책이 아니라 걸으면서 부른 노래였다는 겁니다. 그런 걷기 속에서 히브리인들은 영성(靈性)을 수집하는 꿀벌처럼 이집트의 노예 생활에서 풀려난 해방의 역사를 기리고, 신에 대한 헌신을 새롭게 다짐하며, 자신들의 삶의 불안과 고뇌를 치료하는 약을 발견하기도 했던 것이지요. 모름지기 옛 종교인들은 걸으면서 신께 기도하고, 걸으면서 자기 존재의 심층으로 들어가는 명상을 했던 겁니다.

오늘날 한국 종교의 경우 신도들의 숫자가 자꾸 줄어들고 있다는데, 이처럼 신앙이 쇠퇴하는 까닭은 보행의 즐거움을 잃어버린 것과 무관하지 않아 보입니다. 제가 젊었을 때만 해도 사람들은 십 리가 넘는 예배당을 즐겁게 걸어서 다녔습니다. 그렇게 걷는 동안 꽃과 새와 들판과 해와 달과 별들을 바라보며, 초록의 사원(寺院)에 깃든 신의 창조의 신비와 아름다움이 저절로 가슴에 새겨지곤 했지요.

그러니까 나름 순수한 신심을 간직했던 저의 젊은 날, 걷기는 곧 예배며 찬양이었고, 영원을 향한 순례였던 거지요. 하지만 걷기의 여백을 잃어버린 현대인들은 '영원을 향한 순례'의 마음조차 잃어버렸습니다. 우리나라의 경우, 통계적으로는 아직 종교인이 많은 것으로 나타나지만, 실제로 젊은 세대들의 경우, 신은 '가까이하기엔 너무 먼 당신'이 되어버렸습니다.

이제 오늘 강의를 끝마치기 전에 여러분과 함께 꼭 읽고 싶은 구절이 있습니다. 가이슬러가 들려주는 소중한 잠언입니다.

> 느림은 무엇보다 사랑과 잘 맞는다.
> 전쟁에서 가장 중요한 덕목은 빠름이지만
> 사랑에서 혹은 평화에서 가장 중요한 것은 느림이다.
> 사랑은 느림에 의지한다.

　오늘 도서관으로 걸어 나오는 중에 느닷없이 걸려온 전화를 반갑게 받았습니다. 동해안에 있는 산골 마을에서 대안학교를 운영하는 후배였습니다. 그 후배는 자연과 예술을 아우르는 교육을 모토로 실천하는 그 학교의 교장이기도 합니다. 그가 싱그럽고 들뜬 목소리로 말했습니다. 지금 학생들과 함께 동해안을 걷고 있다고. 쪽빛 바다를 보며 걷는 길이 혼자 보기 아깝다고. 발이 부르트고 자주 목이 마르지만, 그래도 더없이 행복하다고. 선배에게 이 길을 보여주지 못해, 함께 걷지 못해 아쉽다고.
　전화를 받고 나서 저는 아름다운 쪽빛 바다를 겨드랑이에 끼고 천천히 걷는 아이들의 행복한 모습을 자연스레 떠올렸습니다. 그리고 혼자 속으로 중얼거렸습니다. 그 아이들은 정말 자기들이 걷는 길을 스승 삼아 살아 있는 교육을 받고 있구나! 그렇지 않습니까. 그 아이들은 그렇게 느리게 걸으면서 마음의 여백을 찾고, 그런 여백 속에서 자연스레 사랑할 수 있는 힘을 키울 수 있지 않겠습니까. 어쩌면 그 아이들은 파도치는 대자연의 싱그러운 빛깔과 향기에 젖어 그것을 지은 조물주의 숨결을 뜨겁게 느낄지도 모릅니다.

　가이슬러의 말처럼 전쟁 같은 삶 속에서는 '빠름'이 미덕으로 여겨지지만, 사랑 혹은 평화의 삶에서는 '느림'이 가장 중요한 미덕이지요. 과연 누가 사랑과 환희로 물결치는 낙원에 들어갈 수 있을까요. "느림에 의지해" 천천히 걷고 또 걷는 이만이 삶의 낙원에 들어갈 입장권을 얻을 수 있는 것이 아닐까요.

11강

—

지혜

블리스(bliss)를 따라가자.
그러면 당신을 위해 보이지 않는 길을 인도하는
헤르메스를 만나게 될 것이다.
당신의 길, 당신의 신화가 만들어질 것이다.

◾ 11강에서 함께 읽을 책

《신화의 힘》 조지프 캠벨·빌 모이어스 지음, 이윤기 옮김, 이끌리오, 2007.
《블리스, 내 인생의 신화를 찾아서》 조지프 캠벨 지음, 노혜숙 옮김, 아니마, 2014.
《신화와 인생》 조지프 캠벨·다이엔 K. 오스본 지음, 박중서 옮김, 갈라파고스, 2009.
《고통이라는 선물》 필립 얀시·폴 브랜드 지음, 송준인 옮김, 두란노, 2010.

당신의
희열을 따라 살라

———

'남들이 날 어떻게 생각할까?' 하는 생각을 치워버려야 희열이
온다. 당신의 희열을 따르라.

우리가 함께 읽을 책의 저자인 신화학자 조지프 캠벨의 말인데, 평
소에 제가 아주 좋아하는 경구입니다. 《신화의 힘》은 제가 대여섯
번은 읽었을 겁니다. 이렇게 여러 번 읽는 책은 흔치 않지요. 저는 좀
벽(癖)이 있는 사람인지라 제가 좋아하는 작가나 사상가가 있으면
그 사람의 책을 읽고 또 읽지요. 자기 마음에 드는 작가가 있으면 그
사람의 책은 모조리 읽는 게 좋아요. 그러면 일정한 관점을 획득하
게 되거든요.

저는 많은 책을 읽어야 한다고 생각하지 않습니다. 천천히, 깊
이 읽는 게 중요하다고 생각하죠. 어쩌다 공부하는 친구들을 만나

이야기를 나누다가 제가 읽지 않은 책에 대해서 이야기하면 저는 귀 기울여 잘 듣는 편입니다. 공짜로 귀동냥하는 즐거움을 누리는 거잖 아요. 그런데 좀 잘난 체하는 친구들은 제가 모르는 표정을 짓고 있 으면, '그 책을 여직 안 읽었어?' 하는 딱한 눈빛으로 바라보기도 하 죠. 그래도 저는 속상해 하거나 노여워하지 않습니다. 세상에 책이 얼마나 많은데, 책을 다 읽어야 한다는 욕심을 냅니까. 공부를 할 때 도 남의 시선은 중요하지 않습니다. 물론 남의 시선을 완전히 무시하 고 살 수는 없지만, 캠벨의 말처럼 나의 '희열'을 따라서 살아야지요. 책 읽기도 나의 희열을 따라서 내 마음이 움직이는 책을 읽어야지 요. 그래야 존재의 진보를 꾀할 수 있다고 저는 믿습니다.

제가 《신화의 힘》을 대여섯 번쯤 읽었다고 말씀드렸는데, 한 책 을 여러 번 곱씹으며 읽으면 우리는 그 책으로부터 영향을 받습니 다. 누가 제 인생에 큰 영향을 끼친 사상가를 꼽으라면 조지프 캠벨 을 얘기하죠. 저는 그를 통해서 독서하는 방법을 배웠고, 또 그의 저 서를 통해 제 존재가 넓어지고 깊어지는 경험을 했기 때문입니다. 《신화의 힘》에서 캠벨과 대담을 펼친 저널리스트 빌 모이어스는 캠 벨에 대해 이렇게 말했습니다.

그는 박사 과정을 밟아 박사가 되는 것도 마다하고 책의 숲으로 들어간 사람이다. 그는 책을 통해 우리가 사는 세계의 모양을 읽 으면서 평생을 산 사람이다. 그는 문화인류학, 생물학, 철학, 예 술, 역사, 종교 책 속에 파묻혀 살았다. 그러면서 다른 사람들에

책은 돛

게, 세계로 난 가장 확실한 길은 인쇄된 책의 갈피에 나 있음을 깨우쳤다.

저는 캠벨의 저술들을 읽으며 그렇게 박식한 사람이니 당연히 박사학위가 있을 거라 생각했죠. 하지만 그는 보통 사람들이 중요하게 여기는 박사학위 같은 이력을 우습게 여겼습니다.

저 역시 시인은 시만 잘 쓰면 존중받고, 다른 사람들을 가르칠 수 있는 자격이 주어져야 한다고 생각해요. 그런데 대학 풍토가 비뚤어져 있으니까 시인들도 교수가 되기 위해 자기 본연의 창작을 중단하고 박사가 되려고 거기 매달린단 말이죠. 이를테면 우리나라의 내로라하는 시인들, 고은이나 민영 같은 시인은 학력이 별 볼 일 없어요. 고은 시인의 경우에는 중졸이 학력의 전부거든요. 그래도 그의 시는 사람들 가슴을 울리잖아요. 저는 캠벨의 책을 읽다가 혼자 낄낄거리며 많이 웃은 대목이 있는데, 그가 자기를 일컬어 전문가가 아닌 '잡학가'라고 당당히 말한 대목입니다.

나같이 전문가가 아닌 잡학가(雜學家)는 여기에서는 이 전문가에게 한 수 배우고, 저기에서는 저 전문가에게 한 수 배우기 때문에 문제를 일단 위에서 내려다볼 줄 알지요. 그러나 내가 말한 그 전문가들은 어떤 현상이 왜 이 분야에서도 나타나고 저 분야에서도 나타나는지 알지 못합니다.

사실 저는 이 문장을 읽고 나서 굉장히 위안이 됐습니다. 저 역시 어느 분야에도 전문가는 못 되고 잡학가에 가깝거든요. 그런데 안타까운 것은, 제가 이따금 만나는 교수(전문가)들에게 '당신이 가르치는 학문이 삶의 가치와 어떤 관계가 있느냐?'고 물으면 제대로 답변하는 경우를 거의 보지 못했어요. 고개만 갸우뚱거리고! 우리는 전문가들로부터 특정 분야의 정보와 지식은 얻을 수 있습니다. 소위 '테크놀로지'를 배울 수는 있죠. 하지만 그들로부터 '삶의 지혜'는 얻을 수 없습니다. 그러니까 학생들이 대학에서 자기 삶을 풍요롭게 하는 '지혜'는 배울 수 없는 겁니다. 캠벨이 말하듯 우리 삶의 문제를 "위에서 내려다볼 줄" 알게 되는 건, 많은 지식과 정보에 있지 않고 '지혜'에 있는 거거든요. 저는 바로 지식이 아니라 지혜를 말하는 이 대목에서 캠벨에게 한 수 배웠죠.

고통 또한 세상이 존재하는 까닭의 일부

오늘 우리에게 주어진 짧은 시간에 《신화의 힘》에 나오는 많은 주제들을 다 소화할 수는 없습니다. 사실 이 책은 비교신화학자인 캠벨의 사유와 학문이 옹글게 여문 시점에서, 빌 모이어스라는 뛰어난 저널리스트와 여러 시간에 걸쳐 나눈 텔레비전 대담을 엮은 책이기 때문에, 내용이 무척 풍성하고 방대합니다. 전 세계의 수많은 신화들이 등장하거든요. 하지만 일반 대중을 염두에 두고 풀어간 대담이기 때문에 그 내용이 그리 어렵지 않아 신화에 대한 초보자도 쉽게 다가갈 수 있는 장점이 있지요. 저는 이 시간에 그가 일생 동안 비교 신화학을 공부한 뒤 토로하는 '삶의 지혜'에 초점을 맞춰 얘기를 풀어갈까 합니다.

저는 무엇보다도, 고통의 문제에 대한 그의 해석이 흥미로웠어요. 캠벨은 자기 인생의 스승으로 소설가 제임스 조이스와 토마스 만을 꼽는데, 그는 이 두 소설가가 쓴 책은 모조리 읽었다고 합니다. 특히 그는 토마스 만의 《토니오 크뢰거》라는 소설의 주인공 토니오 얘기를 하면서, 그 소설을 통해서 배운 고통의 문제에 대한 자기 생각을 들려주지요.

토니오는 "작가는 진실에 진실해야 한다"고 씁니다. 그런데 토니오가 진실에 진실하면서 애정을 기울이는 사람은 살인자입니다. 왜냐, 인간을 그려내는 유일한 방법은 인간이 지닌 불완전함을 그리는 것이기 때문입니다. 완전한 인간은 사람들의 흥미를 끌지 못합니다.

캠벨은 토니오 얘기 끝에 불완전한 삶의 한 표상으로, 놀랍게도, 붓다와 예수 그리스도를 꼽습니다. 우리는 보통 붓다나 예수의 삶을 흠모하면서 그들은 완전한 존재라고 생각하잖아요? 그러나 캠벨은 세상을 떠날 즈음 인간적인 면모를 드러낸 붓다, 그리고 십자가에 매달려 울부짖는 예수 그리스도에게서 지극히 인간적인 불완전한 모습을 본다고 말합니다. 그러고 그런 불완전한 모습 때문에 그들이 사랑스럽다고! 캠벨의 말을 직접 들어볼까요?

완전한 것은 비인간적입니다. 보고 듣는 사람에게 초자연적인 인간이나 불사신이라는 느낌을 주는 대신, 아슬아슬한 것, 인간이라고 느끼게 하는 인간미……. 이게 사랑스러운 겁니다.

그러니까 우리가 완전한 신을 사랑하는 건 무척 힘든 일입니다. 왜냐? 신에게는 불완전한 데가 없거든요. 유행가 가사의 한 구절처럼 신이라는 존재는 '가까이 하기엔 너무 먼 당신'이고, 사람들은 그런 신에게 두려움을 느끼죠. 그러한 느낌은 사랑스럽다는 감정을 불러일으키지 않습니다. 하지만 자칭 신의 아들이라면서 십자가에 매달려 '하느님, 하느님, 왜 저를 버리십니까?' 하고 울부짖는 그리스도는 사랑스럽지요. 유한성에 갇혀 고통 받는 우리와 같은 모습을 보여주니까 말입니다.

제가 좋아하는 시로, 월리스 스티븐스의 〈우리들 풍토의 시 (Poems of our Climate)〉가 있는데, 이 시에는 "불완전한 것이 우리의 낙원이다"라는 시구가 나옵니다. 이 시구는 우리가 삶을 무한히 긍정할 수 있도록 만들어줍니다. 인생을 보통 '생로병사' 네 글자로 요약하는데, 그걸 다시 한마디로 압축하면 '고통'이죠. 우리가 태어나고 늙고 병들고 죽는 것은 그 자체로 고통이잖아요. 하여간 우리가 불완전한 존재만이 체험하는 고통을 인정하고 받아들일 수 있으면 지혜의 문

책은 돛

턱으로 들어설 수 있다는 겁니다. 스티븐스는 그 다음 시구에서 "보아라, 불완전한 것이 우리 안에서 아주 뜨겁다"고 말하죠. 표현이야 어떻든, 그 뜨겁고 고통스럽고 괴로운 것이 우리 인생이잖아요. 그러면 "불완전한 것이 우리의 낙원이다"란 말은 무슨 뜻일까요? 아마도 시인이 생각하는 낙원이란 불완전함이 드러나는 삶을 사는 인간들의 고통조차도 긍정하는 그런 곳이 아닐까요?

문득 얼마 전에 읽은 폴 브랜드와 필립 얀시가 함께 지은《고통이라는 선물》이라는 책이 생각나는군요. 그 책에서 저자 폴 브랜드 박사는 통증에 대해 감사하라고 말합니다. 통증에 감사하라니? 아니, 밤새 잠을 이루지 못할 만큼 고통스러운데 어떻게 통증에 대해 감사할 수 있을까요? 선교사로서 평생 한센병 환자들을 섬기고 그들을 대상으로 통증에 대해 연구한 저자는 주목할 만한 사실을 발견했다고 합니다. 한센병 환자가 끔찍한 모습으로 변하는 것은 직접적으로 살을 썩게 만드는 병원체 때문이 아니라, 팔다리에서 통증의 감각을 잃게 만드는 질병 때문이랍니다.

실제로 한센병에 걸리면 통증을 느낄 수 없기 때문에 자신의 세포가 손상을 입고 있다는 경고를 받을 수 없다고 하죠. 그래서 한센병 환자들은 심지어 자기 손을 뜨거운 불 속에 집어넣어 무언가를 꺼내기도 한다는 겁니다. 이처럼 통증을 느끼지 못해 고통 받는 환자들을 평생 연구한 그는 차츰 통증을 서양의학에서 생각하듯 적으로 여기지 않고, 놀랍고 훌륭하고 정교한 생물학적 시스템으로 생각하게 되었다는 것입니다.

물론 우리는 통증으로 고통 받기를 원치 않습니다. 하지만 우리가 원치 않는다고 고통에서 자유로울 수는 없습니다. 이빨이 썩어 치통으로 고통 받을 수도 있고, 모기에게 물려 가려움으로 인한 작은 고통을 느낄 수도 있잖아요. 우리는 이런 통증의 경고를 통해 우리 몸을 보호할 수 있습니다. 치아에 통증을 느낄 경우 우리는 곧바로 치과로 가서 치아가 더 망가지는 것을 예방할 수 있고, 모기에 물려 고생한 사람은 모기약이나 모기장을 미리 준비하여 모기에 물리는 것을 미연에 방지할 수 있거든요.

그렇다면 통증을 느낄 때 감사하는 마음을 가져야 한다는 말을 충분히 수긍할 수 있지 않겠습니까. 물론 어느 누구도 통증 자체에 대해 감사하는 마음을 가질 수는 없을 겁니다. 그러나 통증을 느끼게 해주는 신체 시스템에 대해서는 감사할 수 있겠지요. 정말 참 오묘하고 놀랍지 않습니까. 우리가 몸으로 느끼는 통증이든, 마음으로 느끼는 고통이든, 이런 삶의 요인들이 우리 삶에 전혀 무익하지만은 않다는 겁니다. 따라서 캠벨은 우리가 겪는 고통 혹은 시련은 종교적으로도 큰 의미가 있다고 봅니다.

삶을 하나의 시련으로 보는 관념, 이 시련을 겪어야 세속적 의미의 삶의 굴레에서 벗어날 수 있다는 관념은 고등 종교의 관념입니다.

세상에는 고통 없는 인생을 살겠다는 환상을 갖고 있는 사람이

더러 있는데, 그건 정말 유치한 발상에 지나지 않습니다. 캠벨이 시련을 고등종교의 관념이라고 했는데, 생각해보십시오. 예수도 하늘의 명[天命]을 따라 살기 전에 큰 시련을 겪습니다. 스스로 거친 광야에 나가 악마의 유혹을 받는 시련에 직면하지요. 소위 빵과 권력과 명예욕의 유혹에 시달리며 엄청난 고통을 받습니다. 붓다 역시 보리수나무 아래서 깨달음을 얻기 직전에 예수가 겪었던 것과 비슷한 시련을 겪습니다. 이런 시련을 통해 그들은 무서운 삶의 격랑이 몰아쳐도 더 이상 흔들리지 않는 존재의 성숙에 이르게 되고, 비로소 세상을 구제하는 길로 나서지요. 캠벨의 말처럼 가혹한 시련을 겪음으로써 그들은 더 이상 삶의 굴레에 얽매이지 않았을 뿐 아니라 다른 사람들에게도 삶의 굴레에서 자유로워지는 길을 안내하는 영적인 멘토가 되었던 겁니다.

그런데 바로 이 대목에서 여러분이 오해할 수 있겠다는 생각이 들어 다시 말씀드립니다. '삶의 굴레에 얽매이지 않는다'고 해서 더 이상 삶의 고통이 없고, 시련의 폭풍이 없느냐? 그건 절대 아닙니다. 캠벨의 말인즉슨, 고통이 있는 삶을 있는 그대로 긍정하자는 거지요. 있는 그대로! 캠벨이 이런 말을 하니까, 어느 날 어떤 사람이 묻더래요.

"선생님은 이 세상일을 낙관하십니까?"

캠벨이 웃으며 이렇게 답변했답니다.

"그래요. 인생은 이대로도 굉장해요. 당신은 재미가 없나 보군요. 인생을 개선한 사람은 없어요. 그러니까 이보다 나아지지는 않을 겁니다. 이대로일 거니까 받아들이든지 떠나든지 하세요. 이걸 바로 잡는다거나 개선할 수는 없을 테니까."

자기가 사는 세상이 지금보다 더 "나아지지는 않을" 거라고 확신하면서, "인생은 이대로도 굉장해요!"라고 말하는 그의 아이러니한 표현이 이해가 되십니까? 캠벨은 세상의 사악한 것조차 긍정할 수밖에 없다고 여기는 신비주의자입니다. 그의 말을 또 들어보죠.

우리는 사악한 일에도 참여하고 있어요. 참여하지 않으면 살아가지 못합니다. 우리가 잘한다고 하는 일이 어느 누구에게는 반드시 사악한 일이 됩니다. 이 세상 피조물이 피할 수 없는 아이러니이지요.

캠벨이 단언적으로 말하는 것처럼 우리가 살아가는 '시간의 장'은 곧 '슬픔의 장'입니다. 왜 우리의 삶의 터전은 슬픔으로 물들어 있는가? 캠벨은 그것을 아주 쉽게 설명합니다.

생명은 생명을 먹어야 살 수 있다.

그렇지 않습니까? 살기 위해서는 먹어야 하는데, 먹기 위해서는 다른 생명을 죽여야 하는 겁니다. 요즘은 먹거리를 마트나 시장에 가서 구하니까, 내가 먹기 위해 다른 생명을 죽인다는 생각을 하지 않죠. 더욱이 채식을 즐기는 이들은 '나는 생명을 해치지 않는다!'고 항변할 수도 있습니다. 그러면 채식을 하는 이들의 먹거리인 식물은 생명이 아닌가요? 길에 떨어진 낙엽을 주워 먹는다 하더라도 생명을 먹기는 마찬가지죠.

시골 출신인 저는 어릴 때부터 다른 생명을 죽임으로써 내가 살아지는 경험을 하며 자랐습니다. 더욱이 먹거리가 요즘처럼 풍성하지 않은 시절이었기 때문에, 식구들의 밥상을 위해 집안에 키우던 가축들이 죽는 걸 늘 보곤 했죠. 닭, 오리, 돼지, 소 같은 동물들도 직접 잡아서 먹었거든요. 사실 저는 지금도 시골에 살면서 닭을 직접 키워서 잡아먹지요. 젊을 때는 닭의 목숨을 해치는 것이 아무렇지도 않았으나 지금은 닭 모가지를 비틀어 잡을 때 닭이 죽으면서 모가지를 잡고 있는 제 손에 전해오는 고통의 전율이 섬뜩하죠. 그렇지만 어쩝니까? 식구들을 먹여야 하잖아요. 사실 그때마다 저는 캠벨이 누누이 강조하는 '생명은 생명을 먹을 수밖에 없다'는 말이 생생한 실감으로 다가옵니다. 다른 생명을 살해함으로서 살 수밖에 없는 모든 생명의 조건! 이런 조건을 가리켜 캠벨은 "원초적 범죄"라고 말하는데, 지구 위에 살아 있는 생명치고 이런 조건에서 자유로운 생명체는 없지요. 이런 조건을 껴안고 살아갈 수밖에 없는 생명의 원초적 슬픔을, 캠벨은 "창조주의 비애"라고 말하죠. 그러니까 창조주도 자기가 지은 피조물이 다른 생명을 잡아먹는 것을 보면서 슬퍼할 수밖에 없을 거라는 말입니다.

세상의 슬픔에 기쁨으로 참여하라!

이제 우리가 살아가는 시간의 장이 '슬픔의 장'이라는 말이 이해가
가시죠? 혹 아직도 이해가 가지 않는 분들을 위해 책 속에 나오는
인도 신화 하나를 들려드리겠습니다.

인도의 신화에는 시바 신의 다음 같은 이야기가 나옵니다. 시바
신은 춤을 추는 신입니다. 우리가 우주라고 부르는 것은 이 신의
춤입니다. 어느 날 한 괴물이 시바 신에게 와서, "그대의 아내를
내 애인으로 삼고 싶다"고 말합니다. 시바 신은 화가 나서 잠깐
'제3의 눈'을 뜹니다. 그 순간 이 제3의 눈에서 벼락이 나와 땅을
때립니다. 연기가 일고 불길이 입니다. 그런데 연기가 가시고 나
서 보니, 괴물이 있던 자리 옆에 다른 괴물이 한 마리 더 와 있
습니다. 이 괴물은 피골이 상접할 정도로 마른 데다, 사방으로
뻗어 있는 머리카락은 흡사 사자의 털 같습니다. 첫 번째 괴물
은, 두 번째 괴물이 자기를 먹으려 하는 것을 알고 기겁을 합
니다. 자, 이런 상황에 처하면 우리는 어떻게 하지요? 인도의 전
승은 이 경우 신의 자비를 구하라고 충고합니다. 그래서 괴물은
시바 신에게 이렇게 말합니다.

"시바 신이시여, 이 몸을 신의 자비 앞에 던지나이다."

그런데 이 시바 신에게는 한 가지 원칙이 있습니다. 누가 자신
의 자비 앞으로 몸을 던지면 자비를 베푼다는 것입니다. 그래서

책은 돛

시바 신은 이렇게 말합니다.

"오냐, 내가 너에게 자비를 내린다. 그러니 깡마른 괴물이여, 그 괴물을 먹지 말아라."

그러자 아귀가 항변합니다.

"그럼 나더러 어떻게 하라는 거요? 나는 배고파 죽겠어요. 신이 나를 이렇게 허기지게 했으니 이 괴물을 먹겠소."

이 말에 시바 신은 이렇게 명합니다.

"그렇게 배가 고프거든 너 자신을 먹어라."

그래서 이 아귀는 발부터 시작해서 자신을 차례로 먹어 올라가기 시작합니다. 이게 바로, 남의 생명을 먹고 사는 생명의 이미지입니다. 결국 아귀가 있던 자리에는 얼굴 하나만 덩그렇게 남게 되지요. 시바 신은 그 얼굴을 물끄러미 바라보다가 이렇게 말하지요.

"삶이라는 게 무엇인지를 이토록 극명하게 보여주는 것은 없을 터이다."

저는 처음 이 이야기를 읽고 나서 무릎을 탁 쳤습니다. 생명이 생명을 먹는다는 것을 정말 극명하게 보여주는 이야기로다! 그리고 이것이야말로 바로 신화가 지닌 힘이구나! 그렇잖아요? 이 신화야말로 우주 안에 거하는 생명의 불가피한 운명을 드러내주거든요. 시바 신은 삶이라는 게 무엇인지 분명하게 보여주는 이 얼굴을 향해 "키르티무카"라 명명했다고 합니다. '영광의 얼굴'이란 뜻이죠. 그리고 그 영광의 얼굴을 향하여, "누구든 너를 예배하지 않는 자는 나에게 올 자격이 없다"고 했다네요. 그러니까 다른 생명을 해쳐서 내 생명을 영위하는 것이 슬프더라도 그런 원초적 삶의 조건을 긍정해야 한다는 거죠. 물론 이런 긍정을 하며 산다는 건 쉬운 일이 아닙니다. 하지만 긍정하지 않으면 우리의 삶이 지속될 수 없습니다. 그래서 캠벨은 단테의 《신곡》을 예로 들면서 이렇게 말하죠.

> 단테는 심지어 지옥의 불조차도
> 하느님의 사랑의 표현이라고 보았다.

캠벨은 또 다른 책 《신화와 인생》에서 그것을 이렇게 표현합니다.

> 이 세상의 슬픔에 기쁨으로 참여한다.

"세상의 슬픔에 기쁨으로 참여한다!" 이 문장이야말로 위대한 긍정이 아닐 수 없습니다. 여러분은 도대체 어떻게 "이 세상의 슬픔에 기쁨으로 참여"할 수 있느냐고 묻고 싶을 겁니다. 캠벨은 세상에서 일어나는 슬픔에 기쁨으로 참여한 위대한 모델로 '보살(菩薩, 보디사바트)'을 꼽습니다. 보살이라고 하니까 여러분 중에는 절에서 밥을 해주는 공양주보살을 떠올릴 수도 있습니다. 여기서 말하는 보살은 그 이상이죠. 예컨대 "이 세상에 고통 받는 중생이 한 사람이라도 있다면, 나는 극락에 들어가지 않을 것이다"라고 말한 유마거사 같은 인물이야말로 보살의 전형입니다. 캠벨은 예수 그리스도도 위대한 보살로 보는데, 예수가 그랬죠.

> 나는 하늘에서 내려온 빵이다. 나를 먹어라. 그리하면 너희가 살 것이다.

제 방식으로 표현하면, 보살은 그리스도처럼 '먹는 자'에서 '먹히는 자'로 변모한 존재를 가리키는 걸 겁니다. 마지못해 먹히는 게 아니라 기꺼이 먹히는 자 말입니다. '기꺼이'란 말뜻 아시죠? 슬픔으로 가득한 세상에 기쁨으로 참여한다는 겁니다. 자발적으로 자기 생명을 세상에 내어줌으로써! 우리는 이걸 뭐라고 부릅니까. '자비'라 부르죠? 우리가 이런 자비를 행하고 살아감으로써 세상이 나아질까, 묻고 싶은 이들도 있을 겁니다. 글쎄요, 세상이 나아지느냐 아니면 그렇지 않느냐는 우리 몫이 아닙니다. 우리는 그냥 우리 할 일을 하면 됩니다. 그리고 그 나머지는 우리가 알 수 없는 신비에 맡겨야지요. 그것을 캠벨은 《신화와 인생》에서 아주 멋지게 표현합니다.

> 이 세상을 있는 그대로 내버려두고,
> 파도와 함께 흔들리는 법을 배우라.

저도 젊을 때는 "세상을 있는 그대로 내버려두지" 못하고 제 힘으로 세상을 바꿔야 한다는 열망을 가졌었죠. 젊을 때 이런 열망과 꿈을 가지고 있지 않다면 그 사람은 애늙은이일 겁니다. 그러나 삶을 충분히 살아본 후에도 여전히 자기 맘대로 세상을 바꾸겠다는 야심을 버리지 못한다면 그는 여전히 철부지인 겁니다. 고대 인도인들의 삶의 방식을 따르자면, 저 같이 나이 든 사람은 이제 세상을 등지고 숲 속에 들어가 수행을 해야 할 시기이거든요. 캠벨의 말처럼 사람이 나이가 들면 자신을 육체의 나이와 동일시하지 말고 자기의 식과 동일시해야 하니까요. 비록 저는 숲으로 들어가지는 못하고 세속에 몸을 두고 살아가지만, 제 의식은 수행자처럼 살려고 하죠.

이를테면 이런 거예요. 어느 날 아내를 따라 풍물시장에 갔다가 인절미를 즉석에서 빚어 파는 할머니를 보았는데, 인절미를 콩고물에 묻히기도 하고, 팥고물에 묻히기도 하더군요. 그걸 보며 생각했어요. 그래, 나는 이제 인절미처럼 살아야겠다. 내 생명을 주재하는 분이 나를 콩고물에 묻히시면 콩인절미로, 팥고물에 묻히시면 팥인절미로! 이게 곧 캠벨이 "파도와 함께 흔들리며 사는 법"이라고 말한 것이겠지요. 누군가는 이런 삶의 방식을 '적극적 수동성'으로 사는 거라고 했죠. 노자 식으로 말하면 '위무위(爲無爲)'의 삶이며, 예수식으로 말하면 천명을 받드는 삶이겠죠.

표현이야 어떻든, 천명을 받들며 사는 삶이 결코 쉬운 건 아닙니다. 항상 깨어 있어야 가능한 일이니까요. 간디는 그것의 어려움을 《바가바드 기타》라는 책에서 이렇게 표현했습니다.

신은 우리를 명주실로 이끄신다.

명주실이 얼마나 가느다란지는 아시죠? 비단을 짜는 재료인 명주실, 좀 세게 당기면 끊어지고 맙니다. 그러니까 신이 우리를 밧줄 같은 것으로 묶어 강제로 끌고 가지 않고 명주실로 이끌어 가신다는 건데, 우리가 신과의 관계를 소중히 한다면 나의 에고를 죽이고 명주실로 이끄시는 신의 손길에 나를 내맡겨야겠지요. 여기서 명주실이 은유인 건 아시죠? 그건 우리를 아끼는 신의 자비를 가리키는 것으로 보면 됩니다. 하여간 우리가 신의 자비와 단절되지 않으려면 나의 에고를 스스로 통제할 수 있어야 한다는 겁니다.

나의 에고의 활동을 통제하고 조절하는 방편으로 사람들은 명상을 합니다. 명상, 곧 메디테이션(meditation)이 '마음의 병을 고치는 약'이라는 건 아시죠? 메디신(medicine)이 육체의 병을 고치는 약이라면, 메디테이션은 마음의 병을 고치는 약을 뜻하는 단어죠. 그런데 해보신 분들은 알지만, 자기 에고를 다스리기 위해 자기 마음을 들여다보는 일은 쉽지 않죠. 캠벨이 하는 얘기입니다만 많은 사람들은 '돈에 관한 명상'을 하죠. 돈이 들어올 데, 돈이 나갈 데에 관한 명상만 합니다. 이처럼 우리가 물질적 조건에만 붙잡혀 살면, 더러 가부좌를 틀고 앉아서 명상을 하더라도 그런 명상은 공염불에 불과하게 되죠. "의식의 변모"는 이런 명상을 통해 일어나지 않습니다.

— 질문이 있는데요, "의식의 변모"란 무슨 뜻입니까?

좋은 질문입니다. "의식의 변모", 이 말은 낮은 단계의 의식이 있고 높은 단계의 의식이 있음을 전제하고 있습니다. 캠벨이 "영적인 의식"이란 말을 자주 사용하는데, 이건 물질적 차원을 넘어선 의식을 말하는 겁니다. 영적으로 최고의 단계에 오른 예수가 하는 말을 들어보세요. "나는 세상에 속해 있지 않다!" 그가 비록 세상에 발을 딛고 있지만, 그의 의식은 세상을 뛰어넘어 있었던 거죠. 다시 말하면, 그는 더 이상 이 세상의 온갖 욕망에 끄달리지 않는 의식으로 살았던 겁니다. 그랬기에 힘겨운 세상을 건너야 했지만 동시에 세상에 속하지 않은 것처럼 가볍게 살 수 있었던 게 아닐까요? 종교가 지닌 힘은, 삶의 무거움을 가벼움으로 바꿀 수 있다는 것입니다. 예수는 이런 내적 능력을 지녔기에 자기를 따르는 사람들에게 "수고하고 무거운 짐 진 자들아, 다 내게로 오라. 내가 너희를 쉬게 하리라"고 말할 수 있었던 게 아닐까요.

요컨대 캠벨은 의식의 변모, 곧 영적인 의식의 수준으로 이끌어주는 역할을 하는 것이 신화라고 주장합니다. 그래서 신화가 필요하다는 거죠. 자, 여기서 인도 요가의 대가인 스와미 라마가 들려주는 재미있는 이야기를 들려드리겠습니다.

옛날에 어느 나라의 왕과 왕비가 한 전람회장을 방문했습니다. 그들은 전람회장에 전시된 물건들을 관람하다가 아름답게 조각된 한 상자에 눈길이 갔어요. 왕비가 그 상자를 보며 궁금해 하는 표정으로 물었지요.

"이 상자 속에는 무엇이 들었소?"

그 상자를 전시한 사람이 공손히 대답했습니다.

"이 전시장에 있는 다른 물건들은 사실 아무것도 아닙니다. 이 상자야말로 참으로 굉장한 것인데, 이것을 소유하시면 세상에서 더 좋은 것은 찾을 수 없을 것입니다."

왕이 물었습니다.

"이 조그마한 상자에 무엇이 들었길래 그렇게 대단하다는 것인가?"

"폐하, 이것을 작다고 하시면 안 됩니다. 이것은 아주 놀랍고 강력한 힘을 가지고 있습니다. 이 상자 속에는 '요정'이 들어 있는데, 이 요정은 무슨 일을 시켜도 단 일초 안에 해치웁니다."

호기심어린 눈으로 그 상자를 바라보던 왕비가 왕에게 말했어요.

"우리는 큰 왕국을 가지고 있는데, 만약 이런 물건을 가질 수 있다면 대단한 행운이 될 것 같군요."

마침내 왕과 왕비는 요정이 든 그 상자를 샀지요. 그리고 상자를 들고 왕궁으로 돌아온 그들은 즉시 요정에게 일을 시켰습니다.

요정은 왕과 왕비가 시키는 일을 무슨 일이든지 금세 해치웠습니다. 그리고는 말했습니다.

"내가 할 일을 더 주세요. 그렇지 않으면 당신들을 먹어버리겠어요."

왕과 왕비는 그날 밤 잠을 잘 수가 없었습니다. 일을 끝낸 요정이 그 즉시 일을 더하게 해달라고 요구했기 때문이죠. 일을 주지 않으면 '당신들을 먹어 버리겠다!'고 소리쳤습니다. 정말 큰일이었습니다. 그들은 요정을 어떻게 다루어야 할지 알 수가 없었어요. 요정은 할 일을 생각해낼 수 없을 정도로 무슨 일이든 금방 해치우고 계속 일거리를 달라고 요구했습니다.

왕은 마침내 그 나라의 현자인 수상을 불러 자초지종을 설명했습니다. 얘기를 다 듣고 난 수상이 왕과 왕비를 안심시키고 난 뒤 요정에게 가서 명령했어요.

"나는 이 나라의 수상이다. 너는 당장 가서 온 숲 속을 다 뒤져 가장 큰 대나무를 내게로 가져오너라."

놀랍게도 요정은 일초 안에 대나무를 가지고 나타났습니다. 수상이 요정에게 다시 명령했죠.

"너는 땅을 파고 이 대나무를 묻어라. 그리고 내가 시키는 일을 하고도 틈이 나면 그때마다 이 대나무 장대를 계속 오르락내리락하도록 하여라."

이렇게 하여 요정은 쉬지 않고 계속 일을 하게 되었고, 왕과 왕비는 그 위험에서 구출되었다고 합니다.

이 이야기는 결국 우리 마음의 요정을 잘 다스릴 수 있으면 우리의 마음은 '해탈' 혹은 '자유'의 도구가 될 수 있다는 겁니다. 그러나 우리가 자기 마음의 요정을 못 다스리면 우리는 '속박'을 벗어날 수 없다는 거죠.

제가 이 마음의 요정 얘기를 여러분에게 들려드린 까닭은, 우리가 의식의 변모를 추구하려면 자기 내면을 깊이 들여다보아야 한다는 겁니다. 캠벨 역시 우리가 신화를 공부해야 하는 까닭은, 그것이 내면으로 돌아가는 길을 가르쳐주기 때문이라고 말하죠. 사실 물질

책은 돛

만능 시대, 돈이 인생의 전부인 것처럼 생각하고 살아가는 이들은, '내면' 어쩌구 하면 그게 무슨 강아지 풀 뜯어먹는 소리냐고 할 겁니다. 그러나 사람이 나이를 먹고 나날의 삶에 대한 관심이 심드렁해지면, 내면적인 삶에 눈을 돌리게 된다고 캠벨은 말합니다.

다른 사람의 삶을 사느라 시간을 낭비하지 마세요

제 얘기를 해보겠습니다. 시인으로 살아온 저는 젊을 때는 문학지에 시를 발표하고 나서 비평가들이 뭐라 뭐라 하는 것에 대해 관심이 많았죠. 제 시에 대해 좋은 평가를 하면 우쭐했고, 제 시에 대해 혹평을 하거나 아무도 언급하지 않으면 의기소침해지곤 했죠. 그런데 세월이 흐르고 나이를 먹으니까, 이제는 비평가들이 뭐라 하든지 뭐라 하지 않든지 이젠 그야말로 심드렁해요. 왜냐? 이젠 시를 쓰고 발표했을 때 제 내면이 즐거운가, 만족하는가 하는 게 더 중요하기 때문이죠. 그러니까 이제는 남들이 제 시에 대해 찬사를 보내주지 않아도 서운하지 않은 겁니다. 그럴 단계를 제 스스로 넘어선 거죠. 시를 쓰는 건 제가 그냥 제 희열을 따라 하는 일이니까, 누가 뭐라 하든지 하지 않든지 그냥 꾸준히 하는 거지요.

　　지난여름 어느 신문과 인터뷰를 하면서 기자가 '당신에게 시는 뭐냐'고 묻길래, 나에게 시는 '놀람과 그리움을 직업으로 하는 사람의 언어'라고 했는데, 정말 그렇거든요. 캠벨의 말처럼 시를 쓰는 일은 저에게 '천복(天福)'이라 생각하죠. 여기서 '천복'이란 건 자기 가슴이 원하는 일을 하고 사는 삶을 말하는 겁니다. 주변을 둘러보세요. 자기가 원치 않는 일을 평생 하고 사는 사람이 얼마나 많습니까. 싱클레어 루이스의 소설《배빗》을 보면, 마지막에 이런 구절이 나와요.

나는 평생 하고 싶은 일은 하나도 해보지 못하고 살았다.

캠벨 때문에 이 책을 읽었는데, 이런 사람은 자기의 천복을 좇아보지 못한 사람이죠. 저 역시 40대 후반까지는 정말 제가 하고 싶은 일을 하지 못하고 살았어요. 가족들 때문이었죠. 그 무렵 제 아이들은 고등학생이었어요. 돈이 많이 들어갈 때였죠. 그런데 제가 가족들 때문에 제가 원하는 삶을 살지 못한다는 게 견딜 수 없었어요. 하지만 제가 원하는 삶을 위해 떠나는 것도 쉽지 않았지요. 그때 캠벨의 책을 읽었고, 지금 떠나지 못하고 나이 50세가 지나면 정말 결단할 수 없겠다는 생각이 밀려와 정말 대책도 없이 제가 머물던 안정된 자리를 박차고 나왔습니다. 캠벨이 저를 충동질한 문장은 이런 거였어요.

희열을 따라 살아가세요. 뭔가를 하면서 희열을 느끼는 순간들이 있을 겁니다. 그러한 느낌을 따라가는 것이 내면에 돈이 어디서 나올지 찾아다니는 것보다 더 확실한 선택입니다.

책은 돛

천복을 좇되 두려워하지 말라. 당신이 어디로 가는지 모르고 있어도 문은 열릴 것이다.

앞의 문장은 《블리스, 내 인생의 신화를 찾아서》에 나오고, 뒤의 문장은 《신화의 힘》에 나오는 말입니다. 하여간 "희열을 따라 살아가기"위해 안정된 자리를 박차고 나오긴 했지만, 솔직히 말하면 매우 불안했습니다. 가족들 역시 불안해했지요. 하루하루 살아갈 일이 막막했으니까요. 그때 아내가 제게 말했죠.

"여보, 전에도 하느님을 믿는다고 생각했는데, 그건 거짓이었던 것 같아요. 내일이 막막한 지금이야말로 하느님에 대한 믿음이 더 간절해지는 것 같아요."

제 아내에게도 길이 보이지 않았던 거지요. 어둠이 짙게 깔린 숲처럼! 지금 생각하면 제가 생각하는 천복을 따라나선 저와 제 가족들에겐 어떤 길도 나 있지 않았어요. 그때 저는 캠벨이 책에서 그림으로 보여주는 〈행운의 바퀴〉 그림을 그려서 벽에 붙여놓고 자주 들여다보곤 했죠. (다음 쪽 그림 참조)

이 바퀴에는 굴대가 있고, 바퀴살이 있고, 테도 있지요. 그런데 이 바퀴를 잡고 있으면 반드시 올라갈 때와 내려올 때가 있어요. 하지만 굴대를 잡고 있으면 늘 같은 자리, 즉 중심에 머물 수 있습니다. 그러면 그런 상황에서 제가 붙잡을 굴대는 뭐였겠어요? 제 천복을 잡는 거였죠. 당시 저는 글쓰기가 신이 저에게 준 천복이라 생각했으니까, 오직 글쓰기에만 매달렸지요. 글쓰기는 저에게 힘든 일이 아니

었어요. 제 자발성에서 나온 일이었으니까. 생계는 전보다 넉넉하지 않았지만, 제가 하고 싶은 일을 하며 식구들을 굶기진 않았고 제 자식들도 자기들이 원하는 대학에 진학할 수 있었죠. 지금까지 그렇게 뚜렷한 고정수입도 없이 살았지만, 굴대를 붙잡고 살면서 제 인생의 수레를 잘 굴려올 수 있었습니다.

다시 말하자면, 굴대를 붙잡는 삶은 자기의 블리스(bliss), 즉 희열을 좇는 삶입니다. 여기서 희열이란 '우리의 가장 높은 열광(entheos)'을 의미하죠. '엔테오스(entheos)'란 단어는 '신으로 가득 찬'이란 뜻입니다. 우리가 쓰는 말 중에 '신 들렸다'는 말이 있죠. 어떤 드높은 가치를 향해 미친 듯이 몰입하는 사람을 보면, 자기 힘으로 그러는 것 같지 않단 말입니다. 굿할 때 강신무의 몸동작을 보신 적 있나요. 자기 의지와 힘으로 그러는 것 같지 않지요.

하여간 캠벨이 말하는 희열은 우리가 무엇을 얻거나 목표를 이루었을 때 느끼는 기쁨의 감정 그 이상을 말하는 거예요. 여러분도 이런 체험이 한두 번은 있었을 겁니다. 조금 더 책을 따라가 보면, 《신화와 인생》을 편집한 다이엔 K. 오스본은 캠벨이 말하는 희열을 따르는 삶에 대해 이렇게 정리해줍니다. "우리를 신성으로 가득 채우는 것을 향해 나아가는 것, 즉 시간이 존재하지 않는 곳을 향해 나아가는 것이야말로 우리를 둘러싼 세계를 바꾸기 위해 모두가 반드시 해야 하는 일이다." 이처럼 희열은 우리 안에서 분출하는 초월적 지혜의 에너지입니다. 우리 '안'에서란 표현에 유의하세요. 우리 존재 내부에 있는 게 우리를 살게 하는 거죠. 그런데 희열이 사라지면 에너지는 분출되지 않는다며 캠벨은 블리스를 따라가라고 말합니다.

> 블리스(bliss)를 따라가자. 그러면 당신을 위해 보이지 않는 길을 인도하는 헤르메스를 만나게 될 것이다. 당신의 길, 당신의 신화가 만들어질 것이다.

헤르메스, 그는 그리스의 신으로, 신들의 사자(使者)이자 죽은 사람을 하데스에게로 인도하는 안내자로 나옵니다. 그는 또한 꿈의 신이기도 해서 그리스인들은 잠들기 전 마지막 헌주(獻奏)를 그에게 바쳤다고 합니다. 사자로서 그는 길이나 문간의 신이기도 했고 여행자들의 수호자였죠. 사람들이 살다가 우연히 발견한 보물은 헤르메스가 선물한 것이었고 뜻밖에 얻은 행운도 그의 덕분이었다고 전해집니다. 그렇다면 제가 블리스를 따라 걸어온 길을 안내해준 이가 바로 헤르메스인 셈이죠.

하여간 저는 캠벨을 만난 후 다른 사람의 모자를 쓰지 않으려 했습니다. 여기서 다른 사람의 모자를 쓴다는 건 자기 천복을 좇지 않고 다른 사람이 내놓은 길을 간다는 의미지요. 다른 사람이 닦아 놓은 길을 걸으면 물론 그 걸음이 어렵지 않죠. 그러나 그것은 조물주가 지어준 자기 고유의 생의 걸음은 아닌 겁니다. 그건 결국 타인의 옷을 껴입고 살아가는 것과 같은 겁니다. 평생 자기 생의 노래를 못 부르며 따분한 인생을 살 수밖에 없죠. 아마도 이런 생을 사는 이는 자신을 늘 남과 비교하며 우월감과 열등감 사이를 오르내리며 불행한 삶을 살 수밖에 없는 겁니다. 이런 이들은 행운의 바퀴의 굴대가 아니라 테두리를 붙잡는 삶을 살 수밖에 없어요.

여기 자녀들을 기르는 어머니들이 많은 것 같은데, 여러분의 욕망을 자녀들에게 투영하여 '넌 의과 대학에 가야 해!', 또는 '넌 취업이 보장되는 학과를 선택해야 해!' 이런 식으로 닦달하지 마세요. 그건 여러분의 자녀들로 하여금 굴대를 잡는 삶이 아니라 테두리를 붙잡는 삶을 살게 하니까요. 자녀들로 하여금 그들이 간절히 원하는 블리스를 따르게 해보세요. 그러면 행운의 신이 그들의 길을 인도할 거라고 저는 믿습니다.

여러분이 잘 아시는 스티브 잡스, 뛰어난 과학자였던 그는 뛰어난 영성가이기도 했습니다. 갑자기 병이 들어 세상을 떠나기 전, 그는 스탠퍼드 대학교의 졸업식에서 이런 얘기를 했죠.

"저는 약 1년 전에 암 진단을 받았습니다. 진단 결과, 저의 췌장에서는 종양이 발견됐습니다. 심지어 천국에 가고 싶다는 사람들도, 천국에 가기 위해 죽고 싶어 하지는 않습니다. 하지만 '죽음'은 우리 모두 언젠가는 도달해야 할 종착지입니다. 여러분에게 주어진 시간은 제한돼 있습니다. 그러니 다른 사람의 삶을 사느라 시간을 낭비하지 마십시오. 가장 중요한 것은 당신의 마음과 당신의 직관이 내는 소리에 따라 움직이는 것입니다. 여러분은 여러분이 진짜 하고 싶은 것을 이미 알고 있을 수 있습니다."

저는 특히 "다른 사람의 삶을 사느라 시간을 낭비하지 마십시오"라는 말에 주목했습니다. 우리가 물욕에 이끌리면 소위 세상에서 물질적으로 성공한 사람의 삶을 흉내 내려 하죠. 그렇게 흉내 내어 더러 성공한 사람도 있겠으나 대부분은 실패하고 자기도 잃어버리고 맙니다. 자기를 잃어버리면 다 잃어버리는 것입니다. 스티브 잡스는 "가장 중요한 것은 당신의 마음과 당신의 직관이 내는 소리에 따라 움직이는 것입니다"라고 말합니다. 무슨 말일까요? 모든 인간은 저마다 손가락에 다른 지문을 가지고 있듯이 자기만이 부를 노래가 있고, 자기만이 그릴 그림이 있다는 말입니다. 나뭇가지에 다닥다닥 매달린 무수한 나뭇잎들조차 현미경 같은 미세한 눈으로 보면 똑같은 나뭇잎은 하나도 없고, 겨울날 내리는 눈송이들조차 그 모양이 다 다르다고 하지 않습니까.

비 온 뒤 숲길에서 만난 민달팽이도 긴 더듬이를 흔들며 자기 길을 찾아갑니다. 이와 마찬가지로 우리는 내 마음 깊은 곳에서 울리는 소리를 따라 살아야겠지요. 그 소리는 자유의 부름일 수도 있고, 질긴 아집을 내려놓으라는 내면의 신호일 수도 있고, 창조적 삶을 부추기는 영혼의 태동일 수도 있습니다.

매일 설레는 가슴으로 마중하는 아침이지만, 저는 오늘을 어제와 다르게 살려 합니다. 빈 손, 빈 마음에 고이는 새소리, 물소리, 꽃잎 열리는 소리에 이어지는 성스런 시간의 태동…… 고요한 혁명을 꿈꾸는 하루를 살려고 하죠.

12강

—

죽음

이 세상이 하나의 학교라면,
상실과 이별은 그 학교의 주요 과목입니다.
상실과 이별을 경험하면서 우리는 필요한 시기에
우리를 보살펴주는 사랑하는 이들,
또는 전혀 알지 못하는 사람들의 손길을 자각하기도 합니다.
상실과 이별은 우리 가슴에 난 구멍입니다.

█ 12강에서 함께 읽을 책

《인생 수업》 엘리자베스 퀴블러 로스·데이비드 케슬러 지음, 류시화 옮김, 이레, 2006.
《생의 수레바퀴—죽음을 통해 삶을 배우고자 하는 이에게》 엘리자베스 퀴블러 로스 지음,
강대은 옮김, 황금부엉이, 2009.
《파이 이야기》 얀 마텔 지음, 공경희 옮김, 작가정신, 2004.

학생의 기쁨
— 배움은 끝이 없다

오늘은 마지막 강의 시간입니다. 끝이라고 생각하니 저는 좀 서운한데 여러분은 어떠신지 모르겠네요. 그런데 모든 끝은 새로운 시작이기도 합니다. 제야의 종소리가 울리고 나면 곧 새해의 동이 트잖아요. 그런데 만일 우리가 제야의 종소리를 들으며 낡은 과거를 불사르지 않는다면 달력이 바뀌는 새해는 우리에게 큰 의미가 없을 겁니다. 이런 자각이 일어나 얼마 전에 쓴 시가 있는데, 읽어드리죠. 〈제야(除夜)〉라는 제목의 시입니다.

> 기억의 집이 불타기 전
> 기억의 집에서 자유로워지게 하소서

굳이 이 시를 설명할 필요는 없겠죠. 다만 덧붙이고 싶은 것은 우리가 '기억의 짐', 즉 낡은 과거의 기억에서 자유로워지지 않는다면, 파릇파릇한 시간의 새싹은 돋아나지 않는다는 겁니다.

　총 열두 강에 걸쳐 책에 대한 이야기를 나누었는데, 여러분은 어떤지 모르지만 저에게는 매우 유익한 시간이었습니다. 그동안 우리가 읽은 책을 헤아려보니 무려 서른 권이 넘습니다. 꾸준히 따라오면서 책을 읽은 분들은 큰 공부가 되었으리라 생각합니다. 이 강의를 처음 시작하면서 드린 말씀이, 책만 읽지 말고 '자기 자신을 읽자'고 했는데, 그런 자기 성찰을 성실하게 해온 분들이 있다면 제대로 공부를 하신 겁니다.

삶의 끝에서 배울 수 있는 것

우리가 그동안 공부한 걸 정리하는 의미에서 오늘은 인생의 '배움'에 대해 생각해보려고 합니다. 그래서 선택한 책이 엘리자베스 퀴블러 로스의 《인생수업》입니다. 엘리자베스는 호스피스의 어머니, 의학계의 여신, 죽음학의 대가, 시사 주간지 《타임》이 선정한 20세기를 변화시킨 100인 중의 한 사람 등, 수많은 칭송의 수식어를 가지고 있는 분이지요. 20세기를 대표하는 정신의학자 중의 한 사람인 그가 인생 말년에 쓴 이 책은 생동하는 영혼의 근육이 불끈불끈 느껴지는 책이죠. 이 책은 그의 제자인 데이비드 케슬러와 공저로 되어 있습니다. 두 사람은 죽음 직전의 사람들 수백 명을 인터뷰해 인생에서 꼭 배워야 할 것들을 이야기 형식으로 아주 쉽게 전달하고 있죠. 그리고 엘리자베스 퀴블러 로스의 자서전인《생의 수레바퀴》도 오늘 강의 중에 틈틈이 언급할 겁니다.

책을 읽어 오신 분들에게는 해당되지 않는 얘기지만, 저자의 이름과 경력만 아는 분들은 이 책이 '죽음'에 대해 논하고 있는 게 아닌가 생각하실 지도 모르겠습니다. 많은 이들이 엘리자베스를 '죽음학' 전문가로만 알고 있으니까요. 물론 엘리자베스는 호스피스 활동을 하며 죽어가는 이들을 많이 만났기 때문에 '죽음'의 문제에 대해 누구보다 해박합니다. 하지만 그가 이 책을 쓴 것은 '죽음'의 문제를 다루기 위함이 아니라고 분명히 밝히고 있죠.

평생을 죽어가는 사람들 곁에서 죽음에 대한 책을 써온 나는 꼭 책 한 권을 더 쓰고 싶었다. 죽음에 대한 책이 아니라 삶과 살아가는 일에 대한 책 말이다. 삶의 끝에서 배울 수 있는 것들을 글로 남기기 위해 이 책을 썼다.

그러니까 엘리자베스는 평생을 죽어가는 환자들과 더불어 살았던 자신의 경험을 바탕으로 죽음이 아니라 '삶에 대한 배움', 즉 어떻게 살 것인가에 대한 배움을 전해주겠다는 사명으로 이 책을 썼다는 겁니다. 여기서 엘리자베스의 이력을 잠깐 일별하고 넘어가죠. 스위스 태생인 그는 결혼과 함께 미국으로 이주하여 자기가 소망하던 의사로서의 삶을 시작합니다. 병원에 근무하던 중에 그는 죽음을 앞둔 환자들이 마치 폐기 처분을 기다리는 물건처럼 취급되어 방치되는 현실에 큰 충격을 경험하죠. 그래서 말기 암 환자들의 마음 속 이야기를 들어주고 그들이 삶을 평화롭게 정리하도록 돕는 세미나를 시작합니다. 이런 세미나를 꾸준히 지속하면서 죽음을 앞둔 그들이 가르쳐주는 삶의 교훈을 살아 있는 사람들에게 전해야겠다는 소명을 품게 되었는데, 그는 그것을 자기 평생의 소중한 과제로 삼습니다.

누구나 인생을 살면서 숱한 경험을 하지만 죽음보다 강렬한 경험은 없습니다. 호스피스 활동을 한 두 저자는 죽음을 앞둔 많은 이들을 만나 그들이 깨달은 삶의 지혜를 우리에게 전해주고 있습니다. 그 지혜는 곧 죽음을 앞둔 환자들이 극심한 고통을 겪으며 얻어낸 배움이죠. 모든 것이 잘 돌아가고 건강할 때는 전혀 몰랐는데, 죽음의 문턱에 가보니까 삶이 새롭게 보이게 된 거지요. 독일의 영성가인 로렌츠 마티도 《신비주의자가 신발끈을 묶는 방법》에서 말했죠.

죽음이란 것을 친구로 혹은 스승으로 당신 삶 속에 받아들이라. 그러면 죽음이 많은 사물의 무게를 올바르게 잴 수 있도록 도와줄 테니까.

저에게도 일찍이 이런 경험이 있었죠. 30대 중반에 저는 십이지장궤양에 걸려 무척 고생을 했습니다. 그 무렵 저는 강원도 오지에 들어가 목회 활동을 하며 시골 노인들과 함께 살고 있었죠. 어느 날 저는 병세가 악화되는 걸 느끼며 그 아픔을 견딜 수가 없어 도시에 있는 병원으로 가기 위해 버스를 탔는데, 이러다 곧 죽을지도 모른다는 생각이 들더군요. 문득 창밖을 바라보았죠. 산과 들에는 봄꽃들이 만화방창 흐드러져 있었습니다. 그렇게 아름다울 수 없었어요. '그래, 어쩌면 이런 아름다운 풍경을 보는 게 마지막일지도 몰라!' 너무 아파서 그랬겠지만 이런 감상적인 생각마저 들며 눈물이 나더군요. 여러분도 이런 경험이 있으신지 모르지만, 마지막이라고 생각하면 눈앞의 사물이 새롭게 보입니다.

하여간 그때 좋은 의사를 만나 1년여를 치료하여 병의 고통에서 벗어날 수 있었는데, 그 경험은 제 인생에 참으로 소중한 배움의 기회가 되었습니다. 그때 새로운 좌우명 하나를 가슴에 새겼죠. '하루하루를 네 인생의 마지막 날처럼 살라.'

책 앞부분에 보면 매우 의미 있는 이야기가 나오는데, 엘리자베스는 교통사고로 죽음 직전까지 갔던 40대 초반 여성과 인터뷰한 경험을 들려줍니다. 그녀는 주말에 친구들과 즐거운 시간을 보내기 위해 고속도로로 차를 몰고 나갔답니다. 고속도로 중간쯤 갔을 때 앞서 달리던 차들이 갑자기 멈춰 섰어요. 그녀도 브레이크를 밟아 차를 세운 채 백미러를 보았답니다. 그런데 그녀 뒤를 따라오던 차 한 대가 전혀 정지할 기미를 보이지 않고 무서운 속도로 달려오더랍니다. 아마도 운전자가 한눈을 팔고 있었던 모양이었어요. 그녀는 무척 위급한 상황인 것을 직감했죠. 그 순간 그녀는 운전대를 움켜쥐고 있는 자신의 손을 내려다보았답니다. 의식적으로 그렇게 꽉 잡았던 건 아니고 그건 그녀가 그때까지 살아온 방식이었습니다. 그 위급한 중에도 그녀는 생각했대요. '계속 이런 식으로 살고 싶지도 않고, 이런 식으로 죽고 싶지도 않다.' 그런 생각이 들자 그녀는 곧 눈을 감고 숨을 크게 들이쉬고는 양손을 운전대 밖으로 턱 내려놓았답니다. 그러니까 삶과 죽음에 순순히 자신을 내맡긴 것이었죠. 뒤이어 차체가 강하게 부딪히며 엄청난 충격이 느껴졌다고 합니다. 얼마 후 사방이 고요해지고 나서 눈을 뜨고 보니 차는 종잇장처럼 부서져 있었는데, 차체 밖으로 튕겨져 나간 그녀는 손가락 하나 다치지 않고 멀쩡하더랍니다. 몸의 긴장을 풀고 운전대를 놔버린 것이 그녀를 살렸던 거죠. 그녀는 이런 엄청난 경험에서 배운 바를 이렇게 술회합니다.

> 지금까지 늘 주먹을 꽉 움켜쥔 채 살아왔지만, 이제는 손바닥 위에 부드러운 깃털이 놓인 것처럼 평화롭게 손을 편 채로도 삶을 살 수 있다는 걸 깨달았습니다. 그 어느 때보다도 나 자신을 가까이 느낄 수 있었습니다.

주먹을, 욕망의 주먹을 꽉 움켜쥔 채로 살던 존재가 평화롭게 손을 편 채로 살게 되었다는 건, 참으로 놀라운 변화 아닙니까. 죽음의 문턱에 가보지 않고는 이런 배움이 일어나기 쉽지 않죠. 아무리 성인들이나 현자들의 말씀을 읽고 또 읽는다고 해도 이런 존재의 변화는 쉽게 일어나지 않습니다. 설사 예수나 붓다 같은 성인들을 직접 대면한다 하더라도 이런 변화를 경험하기는 쉽지 않을 겁니다. 이런 점에서 질병으로 인한 고통이나 죽음만한 스승이 없다고 하는 거죠.

그럼 고통이나 죽음 같은 스승이 우리에게 가르치는 것은 무엇일까요? 아니 우리가 그런 스승을 만나 배우는 것은 무엇일까요? 엘리자베스는 그것을 '근본적 배움'이라고 합니다. 근본적 배움? 소소한 배움이 아니라 큰 배움이란 뜻이겠죠?

> 배움을 얻는다는 것은 다른 사람이 아닌 자기 자신의 인생을 사는 것을 의미합니다. 갑자기 더 행복해지거나 부자가 되거나 강해지는 것이 아니라, 세상을 더 깊이 이해하고 자기 자신과 더 평화롭게 지내는 것을 의미합니다. (…) 아무도 당신이 배워야 할 것이 무엇인지 알려줄 수 있는 사람은 없습니다. 그것을 발견하는 것은 당신만의 여행입니다.

어떻습니까? 여러분은 "자기 자신의 인생"을 산다고 자부할 수 있습니까? 말하자면 남을 부러워하거나 남을 흉내 내는 인생이 아니라, '있는 그대로의 자기'를 받아들이며 자기 고유의 생을 살고 계시냐는 말입니다. 제가 지금보다 젊었을 때의 얘기를 하나 해드릴게요. 7년 전쯤 가깝게 지내던 친구 하나를 먼저 딴 세상으로 떠나보냈는데, 그 친구는 깡마른 저와는 달리 평소 체중이 120킬로그램이나 되는 거구의 몸을 갖고 있었습니다. 평소 저는 그 친구만 만나면 저의 마른 체격 때문에 열등감을 가지고 있었죠. 그런 어느 날 친구는 제가 지닌 열등감을 꿰뚫어보고 있는 듯 이렇게 말했습니다.

"진하야, 나는 물만 먹어도 살이 쪄 늘 고민인데, 그런 고민이

전혀 없을 네가 부러워!"

그때 이후로 저는 마른 몸 때문에 갖던 모든 열등감을 내려놓았죠. 있는 그대로의 제 모습을 사랑하는 계기가 되었습니다. 제 깡마른 외모와 건강, 사회적 배경, 경제적 현실 등 저를 둘러싼 모든 외적 조건에 대해 불만을 갖고 살았으나, 그 친구가 던진 말 한 마디로 그런 것들이 내 진정한 모습이 아니라는 것을 깨닫게 된 것이죠. 그런 점에서 이미 세상에 없는 친구는 제게 큰 배움을 선사한 스승입니다.

자신의 참모습을 찾는 우리의 노력은 평생 계속되어야 합니다. 예수나 붓다 같은 성인들은 사람이라면 누구에게나 불변의 참모습〔眞我〕이 잠재되어 있다고 말하죠. 그러나 우리가 그것을 찾아내는 일은 그리 쉬운 일이 아닙니다.

엘리자베스 역시 자신의 특이한 출생을 얘기하며 자신의 진정한 모습을 찾는 것이 무척 어려웠다고 말합니다. 《생의 수레바퀴》에 보면, 그녀는 세 쌍둥이 중 한 아이로 태어났는데, 세 쌍둥이는 똑같은 옷을 입고, 똑같은 장난감을 갖고 놀고, 똑같은 학교에 다녔답니다. 그런데 문제는 사람들이 세 쌍둥이를 각각의 개인으로 대하지 않고 '한 묶음'으로 대했다는 겁니다. 학교의 선생들도 생김새가 똑같은 그들을 항상 혼동했기 때문에 그들의 성적을 매기는 데 있어서도 안전한 방법으로 똑같은 점수를 주었지요. 어린 엘리자베스는 아무리 열심히 노력해도 좋은 성적을 받을 수 없었습니다. 심지어 아버지조차 자기 무릎 앞에 앉은 딸들 중에 누가 엘리자베스인지구별하지 못했다는 겁니다. 세 딸 중에 누가 자기에게 오면 아버지는 항상 이렇게 물었습니다. "넌 누구지?" 이런 질문을 자주 들으면 정체성의 혼란이 일어날 수밖에 없죠. 엘리자베스는 이런 얘기를 하며 어린 시절에 겪은 그런 상황이 참 자기가 누구인가를 아는 일에 커다란 장애가 되었다고 고백합니다. 왜 안 그렇겠습니까? 어찌 보면 삶이란 참 역설적인데, 엘리자베스는 그런 정체성의 혼란 때문에 자기의 참모습을 찾는 탐구를 시작했다는군요. 쉽게 말해 일찍 철이 든 거지요.

사실 대부분의 사람들은 나이가 들어도 쉽게 철이 들지 않습니다. 이런저런 질병으로 큰 고통을 받거나 죽음에 직면해서야 철이 들죠. 건강할 때는 자신의 참모습을 생각조차 않고 사는 이들이 대부분입니다. 그러다가 생명이 얼마 남지 않았다는 진단을 받고서야 비로소 자신이 누구인지를 알아내려는 시도를 하죠. 지금까지 자신이 해온 역할, 예컨대 은행원, 의사, 교사, 농부, 혹은 한 가정의 주부나 어머니 같은 역할을 더 이상 할 수 없는 날이 오면, 그때서야 비로소 자신에게 중요한 질문을 던지게 되는 거죠.

'나는 누구지?'

이런 질문에 봉착한 사람은, 그때까지 자신의 참모습을 자기의 역할이나 활동으로만 오해했던 거지요. 다시 말해 삶이 '무엇을 하며 살 것인가?'의 문제가 아닌, '나는 누구인가?'의 문제라는 것을 모른 겁니다. 그래도 아직 살아서 이런 질문을 하게 되었다면, 그건 퍽 다행스런 일이죠. 불치병 같은 최악의 상황에 처했을지라도, 그런 상황이 그 존재의 성숙을 가져오는 계기가 될 수 있으니까요. 삶의 조건이 가장 나쁠 때, 오히려 자신이 가진 최상의 것을 발견할 수도 있습니다. 그런 발견은 배움을 선물하고, 진정 행복하고 가치 있는 삶이 무엇인지를 깨닫게 해줄 수 있죠. 그것이 완벽하지는 않지만 진정한 삶을 시작할 수 있는 순간입니다.

삶이란 우리에게 잠깐 맡겨진 선물

우리가 어떤 계기를 통해서든 자신의 참모습을 깨닫게 되면, '삶이란 우리에게 잠깐 맡겨진 선물'이란 것을 알게 됩니다. 사람은 누구나 자기가 소유했다고 여기는 것들을 잃게 됩니다. 우리는 사랑하는 이들과의 이별을 피할 수 없고, 우리가 가진 것들을 언젠가는 상실할 수밖에 없습니다. 이렇게 생각하면, 우리가 내 소유라고 여기는 집과 자동차, 직장, 돈과 젊음, 심지어 영원히 내 곁에 있을 것 같은 사랑하는 이들까지도 우리가 잠시 빌려 온 것에 불과하죠. 더 나아가 내 육체, 내 목숨까지도 잠시 빌려 쓰는 렌터카 같은 겁니다. 그래서 엘리자베스는 우리 삶의 조건으로 "상실과 이별"을 중요하게 다룹니다.

이 세상이 하나의 학교라면, 상실과 이별은 그 학교의 주요 과목입니다. 상실과 이별을 경험하면서 우리는 필요한 시기에 우리를 보살펴주는 사랑하는 이들, 또는 전혀 알지 못하는 사람들

책은 돛

의 손길을 자각하기도 합니다. 상실과 이별은 우리의 가슴에 난 구멍입니다. 하지만 그것은 다른 사람들로부터 사랑을 이끌어내고, 그들이 주는 사랑을 담아 둘 수 있는 구멍이기도 합니다.

저는 이 문장들을 읽으면서 "상실과 이별은 우리의 가슴에 난 구멍"이란 표현에 가슴이 저려왔습니다. 지난해 겨울에 저는 99세 된 어머니를 잃었습니다. 제게 존재의 자각이 생긴 후 무려 50년 이상을 함께 사신 분이죠. 세상의 모든 어머니들이 그렇지만, 어머니의 사랑은 조건 없는 사랑의 본보기가 아닙니까. 그런 어머니를 잃고 나서 든 생각은, 이제 나는 그 누구에게서도 그런 무조건적인 사랑을 받을 수 없구나! 하는 고아가 된 듯한 상실감! 시간이 흘러도 그것은 아직도 제 가슴에 큰 구멍으로 뻥 뚫려 있습니다. 어쩌면 그 구멍은 쉽사리 메워지지 않고 오랫동안 저를 괴롭히겠지요. 사실 저는 젊을 때 어머니 속을 많이 썩였거든요. 그래도 어머니는 저를 있는 그대로 받아주셨죠. 제 어머니는 하나밖에 없는 아들을 당신이 원하는 모습으로 바꾸겠다는 생각이 없으셨어요. 엘리자베스의 멋진 표현처럼 제 가슴에 난 구멍에 어머니가 베풀어주셨던 무조건적인 사랑을 담아두고, 저 역시 누군가에게 그런 사랑을 베풂으로써 크나큰 상실을 겪고 나서 얻게 된 배움을 소중히 갈무리해야겠지요.

이처럼 상실과 이별이 피할 수 없는 인간의 조건임에도 불구하고 많은 이들은 '삶이 곧 상실이고 상실이 곧 삶임'을 받아들이려 하지 않습니다. 수많은 환자들과 만나면서 그들이 느끼는 상실과 이별을 곁에서 지켜본 엘리자베스는 말합니다. 상실 없이 우리의 삶은 변화할 수 없고, 우리는 성장할 수 없다고! 그러면서 상실은 "어른이 되는 입문식"이라고까지 말합니다.

> 상실은 우리를 진정한 남성, 여성, 친구, 진정한 남편과 아내로 만들어줍니다. 상실은 불길을 헤치고 삶의 다른 편으로 갈 수 있는 통과의례와 같습니다.

그러나 성숙으로 가는 입문식 혹은 통과의례의 과정이 결코 쉬운 건 아닙니다. 엘리자베스는 모든 상실의 과정에서 사람들이 보이는 다섯 가지 반응을 잘 정리해놓았죠. 시각장애로 태어난 아이를 두고 부모가 느끼는 반응을 비근한 예로 들어놓았습니다.

첫 번째 반응은 물론 부정입니다.

"의사는 아이가 앞을 못 볼 거라고 했지만, 시간이 지나고 나이가 들면 아이는 정상이 될 거야."

두 번째 반응은 분노랍니다.

"의사들은 도대체 뭐하는 거야? 우리에게 좀 더 빨리 알려줬어야지! 신은 왜 우리에게 시련을 주는 거야?"

세 번째 반응은 타협이라지요.

"아이가 말귀를 잘 알아듣고, 자라서 혼자 앞가림을 할 수 있게 된다면, 난 견딜 수 있어."

네 번째 반응은 절망으로 나타난답니다.

"이건 끔직한 일이야. 아이의 인생이 너무나 불쌍해."

그리고 다섯 번째 반응은 수용이라고 합니다.

"어떤 문제가 생겨도 우린 잘 이겨낼 수 있어. 아이는 그래도 사랑으로 가득한 멋진 삶을 살 수 있어."

그런데 모든 사람이 상실에 대해 매번 이 다섯 단계를 모두 거치지는 않으며, 반응이 항상 순서대로 나타나지도 않는다고 합니다. 상실을 경험하는 사람들이 모두 다르니까 그렇겠지요. 중요한 건, 이런 축적된 상실의 경험은 삶에 더 잘 대처할 수 있는 힘이 된다고 합니다.

하여간 이와 같은 상실에 대한 반응을 통해 인간은 치유됩니다. 물론 상실의 고통과 상처가 치유되는 데는 시간이 걸리겠지요. 《생의 수레바퀴》에 보면, 엘리자베스는 환자들을 위해 혼신의 노력으로 세운 '힐링 워터스'라는 센터 건물이 원인을 알 수 없는 화재로 전소되는 상실의 고통을 겪습니다. 그 당시 그는 불의의 재난을 당해 쇼크 상태에 이르렀다고 합니다. 그런 큰 아픔을 겪고서도 그는 자기 자신에게 말합니다.

"지금은 성장의 기회야. 모든 것이 완벽하다면 성장할 수 없어."

그처럼 큰 상실을 경험하고 누가 그렇게 얘기할 수 있겠습니까. 결코 쉬운 일이 아니죠. 엘리자베스가 그렇게 큰 고통을 겪고도 그것을 수용할 수 있었던 것은 오랫동안 상실과 이별의 수업을 했기 때문이겠지요.

나는 고통을 그냥 긍정했다. 그러자 고통이 사라졌다. 그리고 오래 전에 들은 이야기가 떠올랐다. "눈물의 강에서, 시간을 친구 삼아라."

우리의 삶은 그야말로 기쁨보다는 "눈물의 강"을 건너야 하는 순간이 더 많습니다. 그런데 우리가 눈물의 강 앞에서 불평하며 저항하기만 한다면, 우리는 결코 상실과 고통의 감옥을 벗어나지 못할 겁니다. 눈물과 고통으로 점철된 시간을 '벗 삼을' 때 비로소 우리는 그 감옥에서 나올 수 있습니다. 여기서 벗 삼는다는 건 상실의 고통을 받아들이는 거죠. 저는 젊어서 건강을 소홀히 하다 보니, 척추에 문제가 생겼습니다. 글 쓰는 일을 하다 보니 의자에 앉아 있는 시간이 많은데, 요즘 들어 허리가 자주 아파서 고생하죠. 어쩌겠습니까. 이제 젊을 때의 상태로 돌아가기란 틀린 거죠. 병원에서도 허리 근육을 키우는 운동이나 열심히 하라고 합니다. 지금도 글 쓰느라 좀 무리하면 허리가 아파 고생하는데, 그때마다 '그래, 내가 지은 업보야' 하고 그냥 받아들이려 노력합니다. 제 몸의 아픔을 벗 삼는 거죠. 그렇게 긍정하고 나면 일단 마음이 편해집니다.

물론 자기에게 닥친 상실의 고통이나 육체의 아픔을 받아들이지 못하는 사람도 있습니다. 《성경》에 보면 성인으로 불렸던 고대인 욥도 자기가 겪는 상실의 고통 앞에서 "왜 죄 없는 나에게 이런 고통을 주시느냐?"고 신에게 항변하고 저항했으니까요. 그런 저항이 부정적으로 작용하면 자기 생을 포기하는 쪽으로 갑니다. 이를테면 의사에게 불치병 진단을 받은 환자가 양손을 추켜올리며 '나는 희망이 없어. 난 죽게 될 거야'라고 말한다면 그건 포기입니다. 그러나 의사의 그런 진단에도 불구하고 '살고 죽는 건 신의 뜻에 달려 있어. 나는 이제 살고 죽는 걸 신에게 맡길 거야'라고 생각한다면 그건 포기가 아니라 받아들임입니다. 인간의 힘으로 할 수 없는 한계를 인정하는 거니까요. 엘리자베스는 말합니다.

> 포기란 우리가 가진 생명력을 부인하는 것이고, 받아들임은 있는 그대로를 인정하는 것입니다. (…) 상황으로부터 등을 돌리는 것은 포기이며, 그쪽으로 몸을 돌리는 것은 받아들임입니다.

이처럼 우리가 인간의 한계상황을 인정하고 그쪽으로 몸을 돌릴 때, 자기 초월의 가능성이 열립니다. 최근에 저는 얀 마텔의 《파이 이야기》란 소설을 감동적으로 읽었습니다. 이미 영화로도 나와 있으니까 여러분 중에도 보신 분들이 있을 겁니다. 줄거리를 다 말씀드릴 수는 없고 제가 중요하게 생각하는 한 대목만 얘기하면, 파이라는 소년이 바다에서 조난을 당해 벵골호랑이와 구명보트를 함께 타고 있을 때에 일어난 일이죠. 동물원에 있던 호랑이이긴 하지만, 호랑이 같은 동물은 결코 그 사나운 본성이 사라지지 않고 길들여지지 않습니다. 파이가 보트에서 호랑이와 끝없는 사투를 벌이며 구조의 기적을 기다리는데, 멀리 유조선이 지나가죠. 파이는 희망을 가지고 조난신호를 보냈으나 유조선은 그걸 보지 못하고 지나쳐갑니다. 얼마나 망연자실했을까요. 그런 절망적인 상황에서도 파이는 구조선에 함께 타고 있는 벵골호랑이의 이름을 부르며 말하죠.

> 정말로 사랑해. 사랑한다, 리처드 파커. 지금 네가 없다면 난 어째야 좋을지 모를 거야. 난 버텨내지 못했을 거야. 그래, 못 견뎠을 거야. 희망이 없어서 죽을 거야. 포기하지 마, 리처드 파커. 포기하면 안 돼. 내가 육지에 데려다줄게. 약속할게. 약속한다구!

여기서 리처드 파커는 벵골호랑이의 이름입니다. 제가 이 이야기에서 주목하는 것은 파이가 자기가 처한 한계상황을 받아들인다는 겁니다. 자기 목숨을 노리는 적이기도 한 호랑이와 동거할 수밖에 없는 그 상황을 거부하지 않고, 그 적을 향해 "사랑한다!"고까지 말합니다. 파이는 결국 호랑이로 인해 죽음의 위협을 받지만, 그 호랑이로 인해 또 다른 위협인 거친 바다에서의 시련을 견뎌낼 수 있었음을 깨달은 거죠. 여러분 혹 '메기 효과'라는 얘기 들어보셨나요. 미꾸라지 양식장이나 운송 수조에 메기를 몇 마리 넣어두면, 폐사하는 미꾸라지가 줄어든다는 겁니다. 이걸 '메기 효과'라 부르는데, 미꾸라지가 메기를 피해 다니느라 살아 있을 수 있다는 거죠. 역설적이죠. 생명을 가진 존재는 이렇게 서로 자극을 주는 상대가 필요한 겁니다. 만일 파이 혼자 구명보트에 탔다면 살아남지 못했을 겁니다. 호랑이 혼자 탔어도 마찬가지였겠죠.

여기서 제가 말씀드리고 싶은 건, 파이가 자기 한계상황을 거부하지 않고 받아들일 때 삶의 가능성이 열렸다는 거죠. 앞에서는 '초월의 가능성'이 열린다고 말씀드렸는데, 파이라는 소년이 자기를 죽이려고 했던 리처드 파커라는 이름의 호랑이를 향해 사랑한다고 말할 수 있는 건, 자기 초월인 겁니다. 나만 살겠다는 게 아니라 적과 기꺼이 동거하겠다는 거니까, 초월이라고 말씀드리는 겁니다. 초월이라고 하면 어렵게 생각하는데, 왜소한 자기를 벗어나거나 넘어서는 게 곧 초월이죠. 그러니까 파이는 비록 어린 소년이지만 자기가 처한 한계상황을 받아들임으로써 그토록 성숙해질 수 있었던 겁니다.

우리는 모두 지구 학교의 학생이다

자, 이제 다시 《인생 수업》으로 돌아가죠. 우리가 인생을 살아가면서 '한계상황'에 봉착하는데, 그것은 대체로 우리 인간의 힘으로 해결할 수 없는 것들입니다. 늙음, 불치의 병, 죽음의 문제 같은 것들이 그렇죠. 그때 우리가 취할 수 있는 바람직한 삶의 태도는 무엇이겠습니까. 우리의 입장을 내려놓고 우리가 한계상황이라고 여기는 것들을 나보다 큰 존재, 즉 신비에 맡기는 겁니다. 그런 맡김의 태도를 엘리자베스는 우리가 자기 자신에게 베풀 수 있는 가장 멋진 선물이라고 말합니다.

어떤 일을 이루려는 욕망으로 끊임없이 분투하는 대신 자연스럽게 흘러가도록 내버려 두는 것도 우리 자신에게 베풀 수 있는 멋진 선물입니다. 삶을 뒤돌아본다면, 가장 중요한 순간과 멋진 기회들이 반드시 당신이 세워놓은 계획과 노력에서 나온 것이 아니라는 사실을 알게 될 것입니다. (…) 이것이 바로 받아들임이 일하는 방식이며, 삶이 일하는 방식입니다.

옛 사람 노자도 "가장 훌륭한 것은 물과 같다〔上善若水〕"고 말했죠. 물은 아래로 아래로 흐르면서도 다투지 않습니다. 흐르는 것을 방해하는 장애물이 나타나도 다투지 않고 비켜서 아래로 흘러갈 뿐이지요. 노자가 손짓하는 이런 삶의 태도는 엘리자베스가 평생을 고통 받는 환자들을 섬기면서 배운 것과 다르지 않습니다. 그래서 그는 이런 기도가 우리의 마음을 다스리는데 도움이 될 것이라며 친절하게 일러주고 있죠.

신이시여, 제게 주소서.
바꿀 수 없는 것을 받아들이는 평온,
바꿀 수 있는 것을 바꾸는 용기,
그리고 그 둘을 구분할 수 있는 지혜를.

참 멋진 기도죠? 우리의 힘과 의지로 바꿀 수 있는 것들에 대해서는 당연히 바꿀 용기를 내야겠죠. 하지만 우리의 힘과 의지로 바꿀 수 없는 것들에 대해서는 겸허히 그것을 받아들일 때 우리에

책은돛

게 평화가 임합니다. 그러기 위해서는 내가 직면한 문제가 바꿀 수 있는 것인가, 아니면 바꿀 수 없는 것인가를 구분할 수 있는 지혜가 먼저 필요하겠죠. 짧은 기도문이지만, 우리의 삶을 어떻게 다룰까 하는 에센스가 담겨 있는 참으로 소중한 기도문입니다.

사실 이런 기도는 아무나 올릴 수 없습니다. 나보다 큰 존재(신이라 하든, 존재의 원천이라 하든 혹은 자기 안에 살아 있는 현자라 하든) 즉 우주생명의 신비에 자기를 내맡길 정도로 영혼이 성장한 사람만이 그런 기도를 올릴 수 있죠. 갑작스레 자기에게 닥친 까닭을 알 수 없는 고통이나 시련을 배움과 성장의 기회로 받아들일 줄 아는 사람 말입니다. 엘리자베스는 자기 삶의 목적을 정신의학자로서의 외적인 성공에 두지 않고, 자기 영혼의 성장에 두었지요. 어떤 고통과 아픔이 밀려와도 그는 그것에 저항하지 않고 소중한 배움의 기회로 여겼습니다. 그래서 이런 멋진 잠언을 우리에게 전해줄 수 있었을 겁니다.

골짜기를 폭풍으로부터 지키려고 메워버린다면 자연이 새겨놓은 아름다움을 볼 수 없게 된다.

어디 자연뿐이겠습니까. 우리 인생도 마찬가지죠. 우리의 삶에 불가피하게 밀어닥치는 질병, 고통, 상실, 죽음의 폭풍이 없다면, 우리 존재가 토실토실 여물어가는 영혼의 아름다운 열매는 기대할 수 없을 겁니다. 엘리자베스는 우리 인생의 궁극적인 과제를 "무조건적으로 사랑하고 사랑받는 법을 배우는 거"라고 말하는데, 이런 말들이 관념적 수사로 들리지 않는 것은 그 자신이 평생 그렇게 살고자 몸부림쳤기 때문입니다. 더욱이 그것은 그가 돌보았던, 죽음을 앞둔 수많은 환자들에게서 배운 것이기도 했죠.

하여간 엘리자베스는 배움, 성장이란 말을 참 많이 하고 있는데, 이건 그가 질병, 고통, 죽음 같은 인생의 마이너스 지대를 평생 경험하며 살았기 때문일 겁니다. 여기서 문득 어떤 이의 잠언 하나가 떠오릅니다.

> 죽음이 나를 털려할 때 빈 주머니여서 큰 웃음이 나도록
> 살아가라.
> 우리가 생겨날 적의 상태로 들어가는 것을 빈 주머니라 한다.
> 그리고 가까이 갈수록 긴 여정의 피곤이 가셔진다.
> 그리고 여정이 끝나는 날, 대문을 열고 들어가
> "학교 다녀왔습니다"라고 하는 학생의 기쁨을 얻으리라.
>
> — 곽노순, 《신의 정원》 중에서

이 잠언에 기대어 말한다면, 엘리자베스는 평생 "학생의 기쁨"을 얻기 위해 살았던 거죠. 지금 이 교실에는 꽤 나이 든 분들도 계신데, 단지 지식을 얻고자 하는 욕심이 아니라 자기 존재의 성숙을 위해 여생을 살아가신다면 여러분 인생의 여정이 끝나는 날, 대문을 열고 들어가 "학교 다녀왔습니다"라고 말할 수 있는 "학생의 기쁨"을 누릴 수 있겠죠. 여긴 도서관 강의실이지만, 좀 거창하게 얘기하면,

우리는 모두 지구 학교의 학생인 겁니다.

우리가 지구에 보내져 배운 것에 대한 시험에 합격하면 졸업이
허용된다. 우리 몸을 벗는 것이 허용된다.

여러분 중에는 빨리 인생을 졸업하고 싶은 분도 계시겠죠? 아
니라고요? "몸을 벗는 것이 허용된다"는 말이 걸리십니까? 우리 속
담에 나오는 말처럼, 개똥밭에 굴러도 이승이 좋다는 거죠?

엘리자베스는 아픈 이들을 돕느라 자기 몸을 돌보지 않고 혹사
한 까닭에, 70세 가까이 되었을 무렵 뇌졸중으로 쓰러집니다. 반신마
비가 왔지만 다행히 뇌 기능은 멀쩡했습니다. 그는 삶이 자기에게 가
르쳐 준 것들을 말하라는 신의 뜻이라 여기며 집필 활동을 계속하
죠. 마지막 저서인 그의 자서전《생의 수레바퀴》는 그래서 세상에 빛
을 보게 됩니다. 하지만 뇌졸중으로 쓰러진 이후 그는 몸을 움직이
는 것조차 남의 도움을 필요로 하게 되죠. 일생 동안 남을 돕기 위해
서 살아온 그가 이제는 남의 도움 없이는 살 수 없게 된 겁니다. 그
래서 그는 남에게 '주는 법'은 알았지만 '받는 법'은 배우지 못했다고
고백합니다. 해서 이제는 타인의 도움을 받는 법, 타인의 사랑을 받
아들이는 법을 배울 때라는 거죠. 시인 칼릴 지브란이 말한 것처럼
이제는 "받아주는 자비심"을 배울 때라는 겁니다. 흔히들 자기가 가
진 것을 주는 것만 자비심이라 여기잖아요. 엘리자베스도 그렇게만
생각하고 살아왔는데, 이제 건강을 잃은 후 새로운 배움의 길이 열

린 겁니다.

배움은 끝이 없다는 걸 엘리자베스는 죽음 직전에 또 보여줍니다. 어느 날 뇌졸중이 더 악화되어 쓰러진 그는 이제 자기 생을 '졸업'하기를 간절히 원하게 됩니다. 몸은 완전히 쇠약해지고, 끊임없는 통증에 시달리며 모든 것을 남에게 의지하고 있었으니, 왜 졸업하고 싶지 않겠습니까.

이 '생명의 끝'에 그저 "예스!"라고 말하기만 하면 몸을 떠나 더 나은 세계로, 더 나은 삶으로 나아갈 수 있다는 것을 알고 있었다. 하지만 너무나도 고집스럽고 반항적인 나는 이 마지막 교훈을 배워야 한다.

죽음의 그림자가 어른거리고 견딜 수 없는 통증으로 시달리면 보통 사람들은 안락사의 유혹을 받게 됩니다. 하지만 엘리자베스는 그 마지막 순간을 앞에 두고도 고통스럽다는 이유만으로 안락사 장치를 사용하여 생을 끝내는 것을 반대합니다. 안락사는 환자가 졸업하기 전에 마지막 교훈을 배울 기회를 앗아가기 때문이라는 거죠. 그러면 그런 고통 속에 죽어가면서 배울 마지막 배움은 뭘까요? 엘리자베스는 말합니다.

나는 지금 인내와 순종을 배우고 있다. 그 교훈이 아무리 어렵더라도 창조주에게는 계획이 있다는 것을 나는 알고 있다.

말이 배움이지, 졸업 직전의 '인내'와 '순종'이라는 과목을 배운다는 건 정말이지 고통스러운 겁니다. 이것은 아마도 엘리자베스가 환자들의 숱한 죽음을 곁에서 지켜보면서 "죽음은 인생 최대의 경험"이라는 배움이 있었기에 가능한 일이었을 겁니다. 그리고 그는 죽음은 끝이 아니라 자기 존재의 근원으로 돌아가는 일이라는 확신을 갖고 있었죠. 문득 인도의 시성으로 불리는 라빈드라나드 타고르의 시 한 편이 생각납니다.

내가 처음 이 생명의 문지방을 건넜을 때의 순간을 나는 알지 못했지요.
한밤중 숲 속의 꽃봉오리와도 같이 나를 이 광대한 신비의 품 속에 피어나게 한 것은 무슨 힘이었을까요.
아침에 내가 빛을 우러렀을 때 그 순간 나는 이 세상의 낯선 사람이 아님을 느꼈던 것입니다. 이름도 형태도 없는 불가해한 것이 나의 어머니 모습이 되어 나를 그 두 팔로 안았던 것이지요.
꼭 그처럼, 죽음에 있어서도 그 똑같은 미지의 것이 내게 나타날 것입니다. 그리고 나는 이 생명을 사랑하는 까닭에, 죽음 또한 사랑하게 될 것을 알고 있습니다.
어머니가 그 오른편 젖에서 아기를 떼어낼 때 아기는 웁니다만, 바로 그 다음 왼편 젖에서 그 위안을 찾아내게 마련이지요.

— 타고르,《기탄잘리》중에서

참으로 아름다운 이 시는 죽음의 두려움에 사로잡혀 있는 이들에게 크나큰 위안을 안겨줄 겁니다. 특히 마지막 문장, "어머니가 그 오른편 젖에서 아기를 떼어낼 때 아기는 웁니다만, 바로 그 다음 왼편 젖에서 그 위안을 찾아내게 마련이지요."란 표현이 감동적이지요. 죽음에서 새로운 삶으로의 이행을 어쩜 이렇게 아름다운 언어로 표현할 수 있는지! 지금 여기 계신 분들 중에 아기에게 젖을 물려본 어머니들은 이 시가 굉장히 생생하게 다가올 겁니다. 이런 경험을 하지 못한 남성들은 당연히 실감이 덜하겠죠. 이 시를 잘 이해하지 못하는 분들을 위해 조금 더 설명하면, 어머니가 그 오른편 젖을 물고 있던 아기를 떼어내는 행위를 '죽음'으로 읽는다면, 그 죽음은 어머니의 왼편 젖, 곧 불멸의 생명의 문지방에 닿게 하기 위한 가교로 읽으면 될 겁니다. 그러니까 타고르에게 있어서 죽음은 그것으로 끝이 아니라 새로운 차원의 생명의 시작되는 다리인 거죠.

엘리자베스 역시 죽음을 "이 삶에서 고통도 번뇌도 없는 다른 존재로 이행"하는 것이라고 생각하고 있기 때문에, 죽음은 두렵지 않다고 말하죠. 그리고 죽음은 삶에서 가장 멋진 경험이 될 수 있다고. 이런 자각이 또렷하다면, 우리도 타고르의 시구처럼 삶뿐만 아니라 죽음까지 사랑할 수 있지 않을까요.

여기서 죽음 또한 사랑한다는 말은 뭘까요? 더 이상 미지의 죽음을 두려워하지 않고 현재의 삶에 충실한다는 말이 아닐까요. 우리가 아직 오지 않은 미래를 앞당겨 염려하고 미지의 죽음이 두려워 전전긍긍한다면, 엘리자베스가 말하는 "진정한 삶"은 자꾸 유예되고

책은 돛

말 겁니다.

나는 은하수로 춤추러 갈 거예요. 그곳에서 노래하고 춤추며
놀 거예요.

엘리자베스는 자신에게 다가오는 죽음을 느끼며 이런 말을 남
겼다고 합니다. 어젯밤에 혹시 밤하늘을 보신 분 있나요? 온종일 눈
이 내린 후 밤에 하늘이 갰는데, 그야말로 별들이 주먹만 하게 보이
더군요. 저는 황홀한 별밤 하늘을 바라보며 삶과 죽음에 관한 스승
으로 혼신을 다하며 살다가 지금 저 은하 세계에서 춤추고 있을 엘
리자베스를 생각했습니다. 그리고 쿵쿵, 제 심장의 박동 소리가 들
리는 동안 하늘이 선물로 준 삶을 흠뻑 누리며 살아야겠다고 다짐
했죠.
　오늘로서 제 부족한 강의는 모두 끝납니다. 이 시간 저는《무
문관》이란 책에 나오는 짧은 이야기 하나를 소개해드리고 물러가려
합니다. 서암이란 선사가 있었는데, 그는 매일 자기 자신을 향해 "어
이, 주인공!" 하고 불렀다고 합니다. 그리고는 스스로 "예!" 하고 대답
을 했답니다. 이런 자문자답이 주는 교훈은 뭘까요? 저는 우리가 그
동안 공부한 것이 이 이야기의 교훈과 무관하지 않다고 생각합니다.
서암 선사의 말처럼 우리 스스로 주인공이 되는 삶을 살아야 한다
는 것이지요. 과연 주인공으로 사는 삶이 무엇일까요? 간단히 말씀
드리죠. 우리가 읽은 책들을 통해 얻은 지식을 우리의 온몸으로 살

　　　　　　　　　　　　　　　　　　　　　　　　　책은 돛

아내는 일입니다. 그걸 우리가 몸으로 살아내지 못하면 아무리 많이 쌓은 지식도 공염불에 불과하거든요. 신심도 없이 입으로만 떠들어 대는 것이 바로 공염불 아닙니까. 다시 말하면, 그건 겉모양은 생화(生花)를 쏙 빼닮았지만 향기라곤 없는 조화(造花) 같은 거죠. 그러니까 자기 삶의 주인공으로 사는 이는 이 세상에 싱그러운 향기를 퍼뜨리는 생화 같은 존재가 되어야 하는 겁니다.

조금 표현을 달리하여 말씀드리면, 진정 자기 삶의 주인공으로 사는 이는 '가슴 뛰는 삶'을 살아갑니다. 하지만 이 광기에 사로잡힌 자본주의 세상은 우리에게 그런 가슴 뛰는 삶을 잘 허용하지 않습니다. 더욱이 우리가 숱한 정보와 지식의 바다 위에서 중심을 잃고 표류하다 보면 '가슴'의 뜨거운 박동소리를 못 듣고 '머리'의 요구에만 민감하게 반응하기 쉽죠. 그래서 엘리자베스는 죽음 앞에 선 이들이 주는 교훈을 통해 지금 살아 있는 순간 자기 가슴이 간절히 원하는 것을 하고 살아가라는 것입니다.

> 우리가 한 말과 행동이 어쩌면 우리가 사랑하는 이에게 하는 마지막 말과 행동이 될지도 모른다. 어느 누구도, 단 한 사람도 죽음을 피할 수는 없다. 따라서 너무 늦을 때까지 기다려서는 안 된다. 이것이 '죽어가는' 사람들로부터 배울 수 있는 가장 큰 교훈이다. 그들은 말한다. 지금 이 순간을 살라고. 삶이 우리에게 사랑하고, 일하고, 놀이를 하고, 별들을 바라볼 마지막 기회를 주었으니까.

참고 도서

《1분의 명상여행》스와미 웨다 바라티 지음, 고진하 옮김, 꿈꾸는돌, 2004.

《80소년 떠돌이의 시》서정주 지음, 시와시학사, 2000.

《기탄잘리》라빈드라나드 타고르 지음, 김병익 옮김, 민음사, 1974.

《니체의 위험한 책, 차라투스트라는 이렇게 말했다》고병권 지음, 그린비, 2003.

《단순하게 사는 법》켄트 너번 지음, 공경희 옮김, 아침나라, 2000.

《말과 시간의 깊이》황현산 지음, 문학과지성사, 2002.

《무문관-수행자와 중문학자가 함께 풀이한》안재철·수암 지음, 운주사, 2014.

《문심조룡》유협 지음, 최동호 역편, 민음사, 1994.

《바가바드 기타》마하트마 간디 지음, 이현주 옮김, 당대, 2001.

《배빗》싱클레어 루이스 지음, 이종인 옮김, 열린책들, 2011.

《분서》이지 지음, 김혜경 옮김, 한길사, 2004.

《사랑을 배우다-인생에서 가장 따뜻한 순간을 놓치지 않기 위하여》무무 지음, 양성희 옮김,
　　　책읽는수요일, 2012.

《사랑의 기술》에리히 프롬 지음, 황문수 옮김, 문예출판사, 2000.

《상대적이며 절대적인 지식의 백과사전》베르나르 베르베르 지음, 기욤 아레토스 그림,
　　　이세욱 옮김, 열린책들, 1996.

《상상력 사전》베르나르 베르베르 지음, 임호경·이세욱 옮김, 열린책들, 2011.

《성자 프란체스코》카잔차키스 지음, 김영신 옮김, 열린책들, 2008.

《성채》생텍쥐페리 지음, 배영란 옮김, 현대문화센타, 2010.

《순간의 꽃》고은 지음, 문학동네, 2001.

《숨겨진 보물을 찾아서-삶과 죽음의 연금술 수피즘》피르 빌라야트 이나야트 한 지음, 마리
　　　이나야트 그림, 이현주 옮김, 삼인, 2004.

《신비주의자가 신발끈을 묶는 방법》, 로렌츠 마티 지음, 권기대 옮김, 미토, 2005.

《신의 정원》곽노순 지음, 네쌍스, 1995.

《우상의 황혼》프리드리히 니체 지음, 송무 옮김, 청하, 2004.

《원복》매튜 폭스 지음, 황종렬 옮김, 분도출판사, 2001.

《월든》헨리 데이비드 소로우 지음, 강승영 옮김, 은행나무, 2011.

《유몽영》장조 지음, 박양숙 옮김, 자유문고, 1997.

《자아의 발견》레프 니콜라예비치 톨스토이 지음, 함현규 옮김, 빛과향기, 2012.

《장자》장자 지음.

《춤추는 신》샘 킨 지음, 이현주 옮김, 대한기독교서회, 1977.

《토니오 크뢰거》토마스 만 지음, 안삼환 옮김, 민음사, 1998.

《하늘에서 가장 가까운 길-티베트, 차마고도를 따라가다》이용한 지음, 넥서스BOOKS, 2007

《한정록》허균 지음, 솔출판사, 1997.

《현문》임동석 옮김, 김영사, 2004.